Frank Huhnhäuser

Moralische Motive

Ein Massachusetts-Krimi

Bibliografische Information der Deutschen Nationalbibliothek:
Die Deutsche Nationalbibliothek verzeichnet diese Publikation in der Deutschen Nationalbibliografie; detaillierte bibliografische Daten sind im Internet über http://dnb.dnb.de abrufbar.

2. Auflage 2018, überarbeitet

© 2015 Frank Huhnhäuser

Titelbild, Covergestaltung, Überarbeitung & Layout:

Frank Huhnhäuser

Lektorat & Korrektorat:

Angela Hochwimmer

Herstellung und Verlag: BoD – Books on Demand, Nordersted

ISBN: 9783748138990

Prolog

Es war ein schlechter Morgen für Freddy.

Eigentlich sah er gar nicht wie ein Frauenheld aus. Freddy Grey war 42 Jahre alt; erste graue Haare machten sich in dem vollen, dunkelblonden Schopf bemerkbar.
Freddy, der eigentlich Karl Hanson hieß, war mit 1,70 Metern relativ klein und hatte mit achtzig Kilogramm leichtes Übergewicht. In seinem etwas weich wirkenden Gesicht mit den graublauen Augen zog sich eine leicht blutende Wunde vom rechten Ohr zum Unterkiefer. Ein Andenken an den Mann von Lydia, einen Chirurgen, der zu früh nach Hause kam und ihn sofort mit einem Messer attackierte. Freddy war geistesgegenwärtig genug gewesen, dem Angriff auszuweichen und dem Arzt die teuer aussehende Vase vom Kaminsims auf den Kopf zu schlagen. Vermutlich tat dem Chirurgen der Verlust der Vase mehr weh als die Untreue seiner Frau und die Beule, die seinen Schädel zierte. Noch während der Arzt besinnungslos am Boden lag, stürmte Freddy, der sich in Boston Jack Meyers nannte, aus dem Haus und fuhr in seine eigene Wohnung. An Lydia verschwendete er keinen Gedanken mehr.

Kurze Zeit später betrat er sein gemietetes Penthouse. Für die exklusive Einrichtung, die ihm die Arztfrau geschenkt hatte, hatte er keinen Blick mehr übrig. Er ging direkt zum Wandschrank im Schlafzimmer. Dort holte er aus dem Versteck hinter der doppelten Wand seinen ständig gepackten Notfallkoffer hervor.

Fluchtartig verließ er Boston.

1.Kapitel

Sonntag

1.

Wenn sie nur endlich kommen würde.
Sie hat den Tod verdient. Punkt. Aus.

Dies waren die Gedanken des Mannes, der auf dem Flachdach der Brookfield-Highschool lag. Nie war er sich so sicher wie dieses Mal.
Seit fünfzehn Jahren verdiente er sich seinen Lebensunterhalt nebenbei als ‚Cleaner'. Er reinigte keine Tatorte, nein, er beseitigte den menschlichen Abschaum dieser Welt. Der Mann war ein Geheimtipp, wenn es darum ging, jemanden schnell und sauber zu beseitigen. Meist arbeitete er unauffällig, und die Leichen wurden in den seltensten Fällen gefunden. Heute aber war das anders. Dieses Mal glaubte er, keine andere Wahl zu haben. Der Mord musste in aller Öffentlichkeit über die Bühne gehen, denn es war an der Zeit, ein Zeichen zu setzen.

Seit über einer Stunde lag er auf dem Dach. Neben ihm stand eine kleine Kühlbox aus Aluminium, die dick mit Styropor ausgekleidet war. Groß genug, um zwei lange Patronen darin aufzubewahren. Das Präzisionsgewehr mit Zielfernrohr hatte er quer vor sich liegen. Sein Waffenlieferant, dem er seit Jahren vertraute, hatte sich wieder einmal selbst übertroffen. Die Waffe war so umgebaut, dass man sie in drei Teile zerlegen konnte. Die Munition würde keine Hinweise auf die Waffe hinterlassen. Er musste warten, bis sein Opfer etwa einhundert Meter von ihm entfernt aus dem Wald käme. Das wäre die perfekte Entfernung für einen präzisen Schuss.

Vom Dach aus hatte er einen guten Überblick über den Shield-Park, der vom schmalen Band des Green River durchzogen war. Die Schule lag am südlichen Rand der Stadt, nahe der Ausfallstraße 43 nach Sweets Corner, genau gegenüber des Parks. Das Gebäude war in den siebziger Jahren in aller Eile und in Fertigbauweise hochgezogen worden. Damals herrschte plötzlich ein Mangel an Schulplätzen und die Stadt musste reagieren. Seitdem wurde an dem Bau anscheinend nichts mehr getan. Die graue Fassade war von den wechselnden Wetterverhältnissen in Massachusetts völlig verwittert, und die ganze Schule machte äußerlich einen sehr vernachlässigten Eindruck.

Ganz anders der Park gegenüber.
Auf der gegenüberliegenden Straßenseite erstreckte sich ein weitläufiges Gelände, das zum größten Teil naturbelassen war. Nur ein verzweigtes Wegenetz und eine hübsch angelegte, große Rasenfläche zeugten von den wenigen Eingriffen der Menschen.
Zu so früher Stunde an einem Sonntag hatten die Tiere den Park fast für sich allein. Die Vögel zwitscherten ihr Herbstlied, und zwei Kaninchen hoppelten nahe der Straße über den Rasen. Weit über dem Park zog ein einsamer Adler seine Kreise. In dieser Idylle konnte man selbst auf dem Dach der Schule das leise Glucksen des Flusses hören.
Es war ein herrliches Fleckchen, wie man es heutzutage selten fand.
Selbst der Cleaner wurde von der Schönheit in seinen Bann gezogen.

Es ärgerte ihn, dass Hannah Elroy in dieser schönen Umgebung sterben sollte; ein dreckiger Hinterhof in Springfield wäre der bessere Ort gewesen.

Er wusste, sie war eine dieser schamlosen Ehebrecherinnen, die seinem Empfinden nach alle den Tod verdient hatten. Überhaupt nahm er nur solche Aufträge an, die in seine Weltanschauung passten. Zu seinen Auftraggebern zählten Richter, Staatsanwälte, Bürgermeister und Firmenchefs. Selten trat jemand aus den ärmeren Schichten an ihn heran. Die konnten sich die 100.000 Dollar für einen Mord auch gar nicht leisten, aber er hätte so manchen Auftrag auch für weniger Geld angenommen. Hauptsache, es traf das - seiner Meinung nach - richtige Opfer.

Er hatte freigesprochene Mörder, Vergewaltiger, Kinderschänder und sogar korrupte Politiker beseitigt. Manche Aufträge hatte er abgelehnt, aber am liebsten legte er auf Ehebrecher an, egal ob das der vierfache Familienvater mit der Geliebten war oder das ‚Heimchen am Herd', das statt zum wöchentlichen Bridgeabend zu gehen, lieber in einem heruntergekommenen Motel mit einem Bauarbeiter vögelte.

Und trotzdem war heute alles anders.

2.

Seit über zwei Jahren lebte Freddy jetzt in Brookfield, Massachusetts. Seit zwanzig Jahren hatte er, der seine Kindheit und Jugendzeit in New York verbringen musste, den Bundesstaat nicht mehr verlassen. Des Öfteren flüchtete er vor wild gewordenen Ehemännern, und hatte sein Glück schon arg strapaziert. Nun war er im äußersten Nordwesten von Massachusetts gelandet. Es gab nicht mehr viele Orte in diesem Bundesstaat, in denen ihn nicht jemand verfluchte.

Brookfield grenzte im Westen an den Bundesstaat New York, im Norden an Vermont. Beide Grenzen lagen innerhalb von 5 Kilometern zur City, eine perfekte Ausgangsposition zur schnellen Flucht. Aus Boston gekommen, quartierte Freddy sich erstmal im Fairview-Motel ein.

Drei Monate später kaufte er das Haus 2023 Maple Street, das er locker mit seinem ersparten Geld finanzieren konnte. Dabei half ihm auch, dass er kurz zuvor ein großzügiges Geschenk von Michelle, einer reichen Witwe aus Greylock, erhielt. Michelle hatte er am zweiten Abend kennengelernt, als er eigentlich noch die Lage sondieren wollte. Im ‚Glossy', einer Single-Bar, fiel ihm die einsam wirkende Frau auf. Nach der ersten Nacht wollte sie nicht mehr von ihm lassen, nach drei Wochen hatte er sie ausgenommen wie eine Weihnachtsgans. Aus Scham darüber, auf einen Blender hereingefallen zu sein, unternahm Michelle nichts. Sie forderte nicht mal die 85.000 Dollar zurück, die sie ihm für eine Geldanlage anvertraut hatte.

Natürlich war das Geld gut angelegt, nur hatte Michelle nichts mehr davon.

Freddy war mit seinem Leben zufrieden. Als er bemerkte, wie er auf Frauen wirkte, suchte er sich verheiratete, reiche Frauen. Diese waren oftmals sexuell frustriert und einsam. Der Mann oft auf Geschäftsreise, hungerten diese Frauen, körperlich in den besten Jahren, nach unkompliziertem Sex. Und den bot Freddy.

Wenn die Frauen dann von ihm abhängig waren, verlangte er immer mehr Geld. Wollten sie nicht mehr für seinen Unterhalt aufkommen, wurden sie eiskalt von Freddy erpresst. Und bis jetzt hatten alle aus Angst vor ihren Männern bezahlt.

Damit konnte man doch zufrieden sein, oder?

Nun hatte sein Leben aber einen kleinen Schönheitsfehler.

Freddy konnte sich seit 4 Monaten wieder eine Haushälterin leisten. Die Neue war 20 Jahre alt und Tochter illegaler Einwanderer aus Mexiko. Jahrelang war sie mit ihren Eltern durch die Staaten gereist, immer auf der Flucht vor den Behörden. Jetzt lebten sie schon seit über zehn Monaten hier in der Gegend.

Einmal in der Woche kam Conchita Martinez zum Aufräumen und Putzen bei Freddy vorbei. Sie brauchte diesen Job, denn ihr Vater war im letzten Jahr verstorben, und nun musste sie allein für sich, ihre Mutter und ihre kleine Schwester sorgen.

Als sie an diesem Morgen Freddys Haus betrat, sollte sich ihr Leben wieder einmal abrupt ändern.

Beim Putzen hielt sie sich immer an denselben Ablauf. Nachdem sie das Wohnzimmer mit den vielen antiken Vasen und Skulpturen vom Staub befreit und das Geschirr gespült hatte, wollte sie in die Waschküche gehen, um die Wäsche zu sortieren und die Waschmaschine einzuschalten.

Als sie die Tür öffnete, nahm sie einen stark fauligen Geruch wahr.

»Madre de Dios!«, flüsterte sie.

Dann sah sie Freddy.

Obwohl sie sich wegen des Geruchs die Hand vor den Mund hielt, entfuhr ihrer Kehle ein lauter Schrei.

Als sie sich wieder beruhigt hatte, raffte sie ihre Sachen zusammen, schaute sich um, ob noch etwas auf sie hinweisen könnte und verließ schnell das Haus.

Den an einem Wasserrohr in der Waschküche hängenden Freddy Grey ließ sie zurück.

3.

Er kannte die Frau, die er beseitigen wollte, sehr gut.

Es war das erste Mal, dass er seinem Nebenjob an seinem Wohnort nachging, denn er war ein angesehener Bürger dieser Stadt. Das machte es ihm umso schwerer, unerkannt und ungesehen zu bleiben. Deshalb hatte er sich heute perfekt verkleidet. Die Haut unter dem falschen Vollbart juckte etwas, und die Brille sah aus, als hätte sie schon vierzig Jahre in einem Schrank gelegen. Auf seinem Kopf saß eine alte Baseballmütze, den Schirm im Nacken.

Es kam ihm sehr gelegen, dass vor drei Tagen die Herbstferien begonnen hatten. Das Schulgebäude war vollkommen verlassen. Selbst der alte Hausmeister, der in einer Wohnung im Schulgebäude lebte, war für ein paar Tage verreist. All das hatte der Cleaner in seine Planungen mit einbezogen.

Die ersten zarten Strahlen der Sonne durchdrangen den leichten Nebel, der vom Fluss aufstieg. Mit seinem leicht rötlich gefärbten Wasser zog der Green River träge durch den Park. Eigentlich hatte der Green River seinen Namen vom Unterlauf bekommen, wo Algen das Wasser färbten. Hier in Brookfield aber war das Wasser rötlich von den Sedimenten, die es im Quellgebiet am Mt. Greylock, dem höchsten Berg in Massachusetts, mit sich riss.

»Verdammt nochmal, jetzt komm endlich«, murmelte der Mann vor sich hin. Sie joggte jeden Morgen zur selben Zeit durch den Park, immer dieselbe Strecke, auch am Wochenende.

So langsam wurde er ungeduldig, es fröstelte ihn und die Nässe des Nebels kroch in seine Kleidung, ließ die Fenstergläser der Brille beschlagen und setzte sich auf dem Schaft des Gewehres nieder.

Wenn sie nur endlich kommen würde!

4.

Sie hatte tatsächlich verschlafen!

Hannah schlief nie so lange. Normalerweise stieg sie mit Albert, mit dem sie seit 15 Jahren verheiratet war, zusammen auf. Noch vor dem Frühstück fuhr sie dann zum Joggen in den Park, wo sie immer dieselbe Strecke lief. Sie liebte die Einsamkeit und die Stille, die am frühen Morgen im Park herrschten. Danach fuhr sie nach Hause, duschte und machte dann das Frühstück für Carrie.

Jeden Tag das Gleiche - Monotonie pur.

Sie hatte Albert Elroy im Urlaub auf Cape Cod kennen gelernt. Cape Cod, bekannt durch zahlreiche Filme und Romane, eine Landzunge um eine Bucht südlich der Massachusetts Bay, war der beliebteste Ferienort des Bundesstaates. Man musste mindestens einmal im Leben dort gewesen sein, musste die Schönheit der meist rauen See erlebt haben. Am dritten Tag ihres Urlaubs ging sie auf den Klippen am Atlantik spazieren und schaute fasziniert auf die Brandung.

Sie hatte den Mann weder gehört noch gesehen, bevor er sie ansprach.

»Ich wusste bisher nicht, dass es am Cape so hübsche Meerjungfrauen gibt.«

Sie erschrak, wirbelte herum und dachte gleichzeitig, dass sie noch nie eine solch dumme Anmache gehört hatte. Doch als sie ihn ansah, verschlug es ihr den Atem.

Sie stand ihrem Traummann gegenüber!

Der Fremde war etwa dreißig Jahre alt, mindestens 1,80 Meter groß und hatte eine großartige Figur. Die weiße Bermudahose betonte seine braunen Beine, nur das bunte Hawaii-Hemd machte ein bisschen zu viel 'Magnum' aus ihm. Dem markanten Gesicht mit den braunen Augen, den schmalen Lippen und den gelockten schwarzen Haaren traute man eine solch sanfte Stimme gar nicht zu.

Sie verliebte sich sofort.

Noch am gleichen Tag ging sie mit ihm in sein eigenes Ferienhaus am Rande der Klippen bei Provincetown, wo sie auch sehr schnell im Bett landeten.

Albert Elroy verbrachte hier seit Jahren regelmäßig seinen Urlaub. Trotz seines jungen Alters war er schon ein erfolgreicher Anwalt mit eigener Kanzlei und einem großen Haus in Brookfield. Nach den vier Tagen mit Albert, von denen sie jede Sekunde auskostete, fuhr Hannah zurück nach Boston. Sie brauchte eine Woche, um ihre Wohnung zu kündigen, ihre Einrichtung zu verkaufen und ihren Eltern beizubringen, dass diese ihre Tochter von nun an noch weniger sehen würden.

Natürlich waren diese dagegen, dass ihre Tochter nach so kurzer Zeit einem Mann hinterherrannte, aber sie wussten auch, dass sich Hannah durch nichts davon abhalten lassen würde.

Zwölf Tage, nachdem sie Albert kennengelernt hatte, stieg Hannah ins Flugzeug nach Springfield, wo sie von ihrem Traummann abgeholt wurde.

Das alles geschah vor 15 Jahren.

Heute war alles anders. Ihre Eltern waren bei einem Unfall gestorben, die große Liebe zu Albert war abgekühlt, und sie hatte seit 5 Monaten einen heimlichen Geliebten. Momentan war Albert am Cape, um das Haus für den Winter vorzubereiten, aber er würde an diesem Abend zurückkommen.

Und sie hatte verschlafen.

5.

Als David Soames um 7 Uhr morgens am Tatort in der Maple Street eintraf, waren die Detectives Brooks und Shaney schon fünfzig Minuten vor Ort.

»Es ist mal wieder soweit!«, sagte Todd Brooks leise zu Melissa Shaney und deutete mit einer leichten Kopfbewegung auf Soames. Sie sah sofort, was los war.

»Mein Gott, Detective, wo sind Sie denn unter die Räder gekommen?«

Sie konnte sich als Einzige erlauben, so mit ihrem Vorgesetzten zu sprechen. Als sie zur Polizei in Brookfield-West kam, hatte sie sofort bemerkt, dass Soames mehr als nur ein Auge auf sie geworfen hatte. Sie war einer Beziehung nicht abgeneigt, aber immerhin war David noch verheiratet. Das hatte sich vor zwei Wochen geändert, als er von seiner Frau geschieden wurde.

Heute Morgen hatte ihn ein Anruf seines Kollegen Bane in aller Frühe aus dem Schlaf gerissen. Ein Mord war geschehen, und David war der Hauptermittler im County.

Er hätte eigentlich noch Urlaub bis zum nächsten Donnerstag gehabt, aber ein Mordfall kam in dieser kleinen Stadt mit ihren 30.000 Einwohnern äußerst selten vor. Das durfte er sich nicht entgehen lassen.

»Vergessen Sie´s, es wurde eben später, und außerdem habe ich immer noch Urlaub.«

Lieber würde er sich die Zunge abbeißen als zu verraten, dass er mit dieser stadtbekannten Hure Mandy in einer Nachtbar versackt war! Nachdem sie um drei Uhr früh aus der Bar torkelten, konnte ihn aber selbst die schärfste Frau nicht mehr hochbringen. Und das hatte ihn 200 Dollar gekostet.

»Würden sie mich endlich mal informieren, was hier passiert ist?«, blaffte er Brooks an.

»Wir haben hier wahrscheinlich einen Mord. Fred Grey wurde in seiner Waschküche tot aufgefunden, an einem Wasserrohr aufgehängt. Ein Nachbar, Mister Pascoe, hat uns informiert, dass er einen Schrei gehört hat und danach ein junges Mädchen aus dem Haus laufen sah.«

»Okay, schauen wir uns um«, sagte Soames und ging mit den beiden ins Haus.

6.

Eigentlich wollte sie immer eine große Familie haben, aber nachdem Carrie geboren wurde, ließ Albert im Springfield Memorial eine Vasektomie durchführen. Die führt zwar zur Zeugungsunfähigkeit, aber keineswegs zur Impotenz.

Er weihte sie erst zwei Jahre später ein, nachdem sie sich schon gewundert hatte, warum sie nicht mehr schwanger wurde.

»Ich will keine weiteren Kinder mehr, das eine Balg genügt mir vollkommen! Die ständigen schlaflosen Nächte machen mich so fertig, dass ich im Job vollkommen unkonzentriert bin«, schrie er sie während einer der vielen hitzigen Diskussionen an.

»Ich habe dadurch einen einfachen Fall verloren, und mein Klient muss für lange Zeit einsitzen. Das ist ganz schlecht für mein Image, schließlich muss ich das Geld beschaffen, das du für dich und das hässliche Ding, das du mir angedreht hast, nur so verschleuderst!"

An diesem Tag war für Hannah eine Welt zerbrochen. Erst jetzt erkannte sie, welch ein Mensch sich hinter dieser gutbürgerlichen Fassade verbarg.

Die Jahre danach wurden zur Hölle. Albert kam selten nach Hause, er konzentrierte sich fast ausschließlich auf seine

Arbeit, und in seiner wenigen Freizeit betrog er Hannah mit allem, was ihm vor die Flinte kam. Seine Tochter ignorierte er; sie interessierte ihn einfach nicht.

Hannah musste zu Hause bleiben, Carrie erziehen und das Haus sauber halten.

Das erste Mal verprügelte Albert seine Frau, als diese nur andeutete, dass ihr langweilig sei und sie gerne halbtags arbeiten würde.

»Du brauchst nicht arbeiten, ich verdiene genug«, brüllte er sie an und schlug sie ins Gesicht. Die Schläge waren nicht mit voller Wucht geführt, aber sie taten ihr unheimlich weh.

Klatsch! Linkes Auge.

»Willst du, dass die Leute über mich herziehen, dass erzählt wird, ich könnte meine Familie nicht mehr allein ernähren? Das habe ich nicht nötig!«

Klatsch! Die Nase.

»Kümmere dich um den Haushalt, die Wohnung stinkt.«

Klatsch! Er traf das rechte Auge.

»Zieh deine Tochter so auf, dass mal was Besseres, als du es bist, aus ihr wird und geh zum Kaffeeklatsch mit diesen Schlampen vom Elternausschuss, aber komme nie wieder auf den Gedanken arbeiten zu gehen, sonst passiert was.«

Der Schmerz erwirkte einen trotzigen Widerstand. Nun wich sie seinem Schlag, der sie am Kinn erwischt hätte, aus. Das machte ihn so richtig rasend und er verpasste ihr die größte Tracht Prügel, die sie je bekommen hatte.

Von da an hielt sie sich an seine Anweisung, nur dass sie anstatt zum Elternausschuss zu anderen Männern ging.

Er würde sie töten, wenn er es erfahren würde!

7.

Kommt denn diese Hure überhaupt nicht mehr?

Jetzt fror der Cleaner richtig. Der kalte Kies auf dem Dach gab ihm den Rest. Zum Glück hatte er Handschuhe an, so blieben wenigstens die Finger halbwegs warm. Er war ja auch nicht mehr der Jüngste, und langsam fing er an zu zittern.

Scheiß Herbst!

Der frühe Morgen war ungemütlicher, als er gedacht hatte. Hoffentlich würde ihn das nicht bei seinem Vorhaben behindern. Immer wieder überprüfte er seine Waffe.

Bei seinem nächsten Blick durch das Zielfernrohr bemerkte er eine Bewegung im Wald. Da der Weg in Kurven zwischen den Bäumen hindurch führte, hatte der Cleaner teilweise freien Blick auf die Route, die Hannah direkt zu ihm lief. Für einen kurzen Moment nahm er eine Gestalt in roter Kleidung wahr, die sich in seine Richtung bewegte.

»Na endlich«, murmelte er vor sich hin. Er erkannte sie an ihrer Kleidung. Sie trug immer den roten Dress zum Joggen. Natürlich rot - die Farbe der Nutten!
Immer wieder verschwand die Gestalt zwischen den zahlreichen Büschen und Bäumen im Park. Jetzt blieb sie plötzlich stehen und machte Dehnübungen. Sie war noch 250 Meter von ihm entfernt. Normal hätte er bei dieser Entfernung nicht gezögert, aber heute war wirklich alles anders.
Er war ein Profi und hatte schon auf Entfernungen bis zu 600 Metern präzise getroffen. Aufgrund der Kälte und den jetzt doch klammen Fingern musste er ganz sichergehen. Er

konnte nicht riskieren, sie zu verfehlen oder gar nur zu verletzen. Also wartete er weiter ab. 100 Meter, das wäre heute, unter diesen Umständen, die ideale Entfernung.

»Verdammt noch mal, jetzt komm endlich!«, hätte er vor Ungeduld beinahe gerufen. Als hätte sie ihn erhört, lief sie wieder los.

Zufrieden nahm er eine der Spezialpatronen aus der Kühlbox und schob sie in den Lauf der Waffe.

Sie hatte noch 150 Meter zu leben.

8.

Hätte sie gewusst, was auf sie zukam, sie hätte sich vielleicht trotzdem überlegt, zum Park zu fahren und ihre Runde zu laufen.

Sie war in großen Schwierigkeiten.

Wenn Albert von ihrer Affäre erfahren würde, dann wäre alles vorbei. Warum nur hatte sie nicht aufgepasst? In Gedanken versunken stieg sie in ihren ‚Rabbit' und fuhr zum Park. Der rote Jogginganzug schien heute nicht zu passen; sie fühlte sich sonderbar unwohl darin. Vielleicht kaufe ich mir morgen einen Neuen, dachte sie. Am Park angekommen, lief sie sofort los.

Obwohl kein Wind wehte, war es verdammt kühl. Nebel lag über dem Fluss und zog langsam zwischen den Bäumen hindurch auf die freien Rasenflächen. Ihre Route führte fast gänzlich durch den Wald. Nur einmal musste sie über eine freie Fläche laufen, die vor der Schule.

Sie liebte den Wald, besonders jetzt, wenn das Laub bunt war. Jeden Tag fünf Kilometer, so hielt sie sich mit ihren nun vierzig Jahren richtig fit.

Sie hatte für ihr Alter eine super Figur und keine Falten im Gesicht, die den langsamen Zerfall ankündigen würden.

Hannah musste lächeln, als sie an ihren Geliebten dachte. Vielleicht gab es ja doch einen Ausweg, und sie konnte mit ihm und ihrer Tochter zusammen ein neues Leben beginnen.

Noch 250 Meter bis zur Schule. Sie blieb stehen und machte ein paar Dehnübungen. Immer hier, neben der großen Ulme, lockerte sie ihre Muskulatur wieder auf, um dann die letzten drei Kilometer am Stück zu laufen. Als sie loslief, kroch die Angst in ihr hoch. Wie würde Albert reagieren?

Sie hatte noch 100 Meter zu leben.

9.

Brooks ging voran, gefolgt von Soames und Shaney. Hinter der Eingangstür lag ein großer Wohnraum, von dem mehrere Türen abzweigten. Vom Wohnraum aus gingen sie durch die Küche zu einer weiteren Tür im hinteren Bereich. Schon in der Küche nahm Soames den strengen Geruch wahr, der sich im ganzen Haus verbreitet hatte. Durch die Tür sah er Freddy.

Die Leiche bot einen grauenhaften Anblick. Freddy musste schon einige Zeit da hängen. Soames verspürte ein komisches Gefühl in der Magengegend.

Der Tote hatte die Augen weit aufgerissen und schien den Polizisten direkt ins Gesicht zu starren.

Aus seinem Mund ragte sein Penis, seine Wangen waren außergewöhnlich dick. Wahrscheinlich der Täter hatte dem Toten die Genitalien abgetrennt und in dessen Mund gestopft. Fliegen umkreisten die blasse Leiche.

An Freddys Brust war einer dieser gelben Merkzettel getackert, auf dem stand in krakeliger Schrift:
»Buch der Offenbarung, Vers 14, 6-20«.
Ansonsten war der Tote nackt.

Dieser Anblick war zu viel für Soames´ Magen. Er machte auf dem Absatz kehrt und lief aus dem Haus. Neben dem hübsch angelegten Blumenbeet übergab er sich würgend auf die Gehwegplatten. Noch während er die letzten Reste der abendlichen Sauforgie ausspuckte, dachte er daran, dass er hier wohl kaum etwaige Spuren vernichtet hatte.

Brooks und Shaney blickten sich an, als Soames hinausstürmte und prusteten vor Lachen. Dies taten sie allerdings, so leise es ging. Vor allem Brooks presste sich die Hand fest auf den Mund, damit man ihn nicht hören konnte.

Geschieht ihm recht, dem Scheißkerl, dachte Brooks, hatte sich aber wieder gefangen, als Soames zurückkam.

Soames hatte, als er noch in Boston war, schon viele Leichen gesehen, war bei Obduktionen anwesend, und jetzt das. Er hatte sich vor den Kollegen auf das Peinlichste blamiert - Scheiß Sauferei!

Jetzt muss ich natürlich doppelte Autorität an den Tag legen, ging ihm durch den nun schmerzenden Kopf, sonst würde mich auf dem Revier keiner mehr ernst nehmen.

»Wie weit sind die von der Spurensicherung? Warum hängt der Tote noch da? Schlafen die noch?«, blaffte er Brooks an.

»Nein, Sir! Ich habe die Leute von der Spurensicherung angewiesen, nichts zu verändern. Ich wollte Ihnen die Möglichkeit geben, sich einen eigenen Überblick über die Situation zu verschaffen.«

Das saß.

Brooks musste innerlich schon wieder lachen, verzog aber keine Miene. Er wusste genau, wann er sich zurückzuhalten hatte.

10.

Er hatte sie genau im Fadenkreuz.

Plötzlich überkam ihn eine eigenartige Ruhe. Diese innere Gelassenheit war eine seiner großen Stärken in solchen Situationen.

Noch 80 Meter.

Langsam krümmte sich sein Zeigefinger um den Abzug und suchte den Druckpunkt. Die Waffe war eine ‚Single Action‘. Es bedurfte nur einer leichten Bewegung des Fingers und das Geschoss würde durch den Lauf jagen, den Schalldämpfer passieren und mit tödlicher Geschwindigkeit und unheimlicher Präzision auf sein Ziel zurasen.

»Das darf doch nicht wahr sein!«, entfuhr es ihm.

Jetzt blieb diese Schlampe schon wieder stehen.

Für einen Moment war seine Ruhe wie weggeblasen. Das konnte sich der Cleaner nun überhaupt nicht erklären. Es war das erste Mal, dass er seine Ungeduld bei einem Job nicht im Griff hatte.

Doch nach kurzer Zeit machte sich die jahrelange Routine bemerkbar und er wurde zunehmend ruhiger.

Es ist wirklich an der Zeit, diesen Job aufzugeben, dachte er. Er verwarf diesen Gedanken allerdings sofort und konzentrierte sich wieder auf sein Opfer.

Die Frau bückte sich und fummelte an ihren Schuhen herum. Erleichtert registrierte er, dass sie sich wieder aufrichtete und weiterlief.

Sie hatte noch 50 Meter zu leben.

11.

Obwohl sie ein eigenes Haus in der Latham Street besaß, sah Rosie aus wie eine dieser Obdachlosen, die des Nachts unter Brücken schliefen und morgens in den Mülltonnen nach etwas Essbarem wühlten. Sie kam mit ihrer mageren Rente gerade so über die Runden; ihren alten Laden hatte sie verkaufen müssen, damit sie das Haus behalten konnte.

Eigentlich hieß sie Rosalie, aber dieser Name hatte ihr schon in ihrer Jugend missfallen, und so ließ sie sich nur noch ‚Rosie‘ nennen. Heute, mit ihren 80 Jahren, konnte sie sich nicht mehr an ihren richtigen Namen erinnern.

Überhaupt fiel ihr in den letzten Jahren das Erinnern schwer. Seit etwa zehn Jahren litt sie an Alzheimer. Anfangs fiel ihr noch auf, dass sie viel schneller Ereignisse oder Namen anderer Personen vergaß. Niemals hätte sie gedacht, dass sie an einer Krankheit litt, bei der durch absterbende Hirnzellen ein langsamer, aber unaufhaltsamer Gedächtnisschwund einsetzt. Immer öfter erkannte sie Personen nicht mehr, wusste nicht, wo sie gerade war oder was sie machen wollte.

Doch immer, wenn sie einigermaßen klar denken konnte, ging sie frühmorgens in den Park zu ihrer Lieblingsbank, um ihren Gedanken an Joseph nachzuhängen.

Sie erinnerte sich dann liebevoll an ihn. Dachte an die schönen gemeinsamen Jahre und ihre Pläne für das Alter. Wie gerne wäre sie zusammen mit ihm in das neue Altersheim gezogen. Dort hätten sie die Zeit, die ihnen der Herrgott noch schenken würde, zusammen verbringen können.

Aber urplötzlich hatte sich Joseph, mit seinen fünfundsiebzig Jahren auf dem Buckel, einfach davongemacht.

12.

Wie soll ich aus dieser Sache wieder rauskommen?
Hannah zermarterte sich das Hirn nach einer Lösung. Seit Wochen konnte sie keinen klaren Gedanken mehr fassen.

Sie dachte ständig daran, was Albert mit ihr anstellen würde, wenn sie ihm die Wahrheit sagen würde.

Ich werde das nicht überleben, dachte sie immer wieder, und die Angst fraß sich unaufhaltsam in ihre Seele.

Ihr Geliebter hatte ihr zwar angeboten, Albert die Tatsachen selbst zu erklären oder zumindest dabei zu sein, damit sie eine der schwersten Stunden ihres Lebens überstehen konnte. Das hatte Hannah aber strikt abgelehnt. Zu viel Angst hatte sie, dass Albert ihrem Geliebten dann auch etwas antun könnte. Der war zwar nicht gerade ein Schwächling, aber ihr Mann war in seiner Wut unberechenbar. Zu oft hatte sie dies am eigenen Leib erfahren.

Nur zufällig blickte sie nach unten und sah, dass sich die Sohle des rechten Laufschuhs langsam löste. Sie bückte sich, um den Schaden zu begutachten. Albert hatte ihr in den letzten Jahren das Haushaltsgeld dermaßen gekürzt, dass es nur noch für die billigsten Sachen reichte. Das würde sich bei ihrem neuen Mann ändern. Sie war sich dessen sicher, nein, sie wusste es.

Wenn, ja wenn sie die Konfrontation mit Albert überleben würde.

»Naja, bis zum Auto werde ich es noch schaffen«, sagte sie vor sich hin und richtete sich auf.

Dann lief sie in einem langsameren Tempo weiter.

Sie hatte noch 30 Meter zu leben.

13.

Jetzt kam sie zwischen den Bäumen hervor gelaufen.

Sie lief langsamer. Irgendetwas musste mit ihren Schuhen sein.

Das kam ihm natürlich sehr gelegen, ein langsameres Ziel war einfacher zu treffen!

Noch 10 Meter.

Ganz konzentriert lag sein linker Zeigefinger am Druckpunkt. Ja, er war Linkshänder. Früher wurde er deswegen ausgelacht und verspottet, man hielt dies damals noch für eine Behinderung. Aber er wusste bald, dass es keinen Unterschied machte, ob man Rechtshänder war oder fast alles mit der linken Hand erledigte. Trotzdem regte er sich immer noch über seine ehemaligen Schulkameraden auf, wenn er in Gedanken zurück in seine Kindheit schweifte. Noch mehr Wut hatte er auf deren Eltern. Die hatten ihre Kinder ja erst gegen ihn aufgehetzt. Wie konnten Eltern einem anderen Kind so etwas antun? Dass Kinder in ihrer Ehrlichkeit grausam sein konnten, das war ihm heute bewusst. Aber wenn die Eltern diese Grausamkeiten noch vorlebten, wie sollte man dann die Kinder für ihre Taten verurteilen? Wie gerne würde er all die Lästerer von früher heute einmal besuchen und ihnen zeigen, welche Präzision in einer linken Hand stecken konnte. Seine Wut wuchs mit der Erinnerung.

Noch 5 Meter.

Gleich.

Gleich würde er diese Schlampe ins Jenseits befördern, wo sie auf Gleichgesinnte treffen konnte. Dort würde ihre Strafe auf sie warten und sie könnte vor allem keine Ehe mehr zerstören.

Ziel erreicht.

„Fahr zur Hölle!", presste er zwischen seinen Zähnen hervor, als sich sein Zeigefinger krümmte.

14.

Die Gedanken an ihre Situation ließen Hannah nicht mehr los.

Wo war der Ausweg?

Heute! Heute würde sie mit Albert reden und danach gleich aus dem Haus ausziehen. Carrie würde sie natürlich mit sich nehmen. Ihr Mann hatte ja sowieso kein Interesse an seiner Tochter. Hannah befürchtete allerdings, dass Albert Carrie als Druckmittel gegen sie verwenden würde. Als Anwalt wusste er natürlich genau, wie er ihr empfindlich schaden konnte. Wahrscheinlich würde er sie mit Sorgerechtsprozessen überhäufen und ihr Carrie wegnehmen wollen. Das Schlimmste aber war, dass er diese Prozesse wahrscheinlich auch noch gewinnen würde. Die Gerichte in den Staaten neigten immer noch dazu, Kinder dem Elternteil zuzusprechen, das von seinem Partner betrogen wurde. Egal, ob sich Vater oder Mutter besser um das Kind kümmern konnten. Hannah hatte keine Beweise für Alberts Untreue. In dieser Hinsicht war er sehr geschickt vorgegangen.

Wie sollte sie das Gespräch mit Albert beginnen? Welche Worte sollte sie wählen, um ihn nicht gleich wieder zur Raserei zu bringen? Carrie würde sofort mit ihr gehen, aber würde Albert sie überhaupt gehen lassen?

Hannah wurde kurz von ihren Gedanken abgelenkt, als sie eine flüchtige Bewegung auf dem Dach der Schule bemerkte.

»Wer ist denn heute so früh auf dem Dach?«, flüsterte sie leise vor sich hin; es waren doch Ferien und der alte Henry war auch in Urlaub gefahren.

Dann explodierte etwas in ihrem Kopf, nahm ihr das Denkvermögen und schleuderte sie nach hinten. Ein kurzer, scharfer Schmerz durchfuhr sie, und bevor sie sich Gedanken darüber machen konnte, was passiert sei, war sie tot.

Keine Sorgen mehr.
Keine Ängste mehr.
So hatte sie sich die Lösung ihrer Probleme nicht vorgestellt.

15.

Treffer!
Zufrieden sah er durch das Zielfernrohr wie die Kugel ihr Opfer traf, den Hinterkopf regelrecht explodieren ließ und dann im Fuße eines Baumes einschlug.
Mit einem diabolischen Grinsen zerlegte der Cleaner die Waffe und verstaute die Einzelteile in den speziell dafür in den Mantel eingenähten Taschen. Er hob die leere Hülse auf und steckte sie sorgfältig zu der anderen Patrone in die Kühlbox. Dann verschloss er diese und schob sie ebenfalls in den Mantel.
Der Mann blieb noch kurz stehen und blickte zu seinem Opfer hinüber. Hannah lag auf dem Weg und rührte sich nicht mehr.

Vielleicht höre ich tatsächlich mit dem Job auf, dachte er. Er zitterte nun am ganzen Körper. Nicht weil er aufgeregt war, nein, die Kälte hatte ihn nun, als er sich erstmals seit fast zwei Stunden wieder richtig bewegte, voll erfasst. Er schlang sich die Arme um den Leib, um sich selbst zu wärmen, schaute sich noch einmal auf dem Dach um, ob er auch keine Spuren hinterlassen hatte und ging dann zu der Leiter an der Rückseite des Gebäudes.
Während der ganzen Zeit, die er auf dem Dach verbrachte, hatte er außer einem streunenden Hund niemanden

gesehen, der hier nicht sein sollte. Auch jetzt war niemand zu sehen. So stieg er langsam die Treppe hinab.

Die alte Rosie, die von der westlichen Seite zwischen den Bäumen her auf das Gebäude zu kam, bemerkte er nicht.

16.

Rosie war tief in ihren Gedanken versunken.
Sie überlegte, ob sie nicht doch ihr Haus verkaufen sollte. Dann konnte sie sich einen schönen Platz in dem neu erbauten Altersheim leisten. Das ‚Manjor Home' war in freier Natur erbaut worden, nicht weit vom Park entfernt. Es gab nur eine schmale Zufahrt, ansonsten war das Heim von den Straßen Brookfields sehr weit entfernt. Rosie hasste Autos, seit ihr Mann sich in seinen Wagen gesetzt und sie verlassen hatte.
Es gab aber noch weitere Aspekte, die für das Altersheim sprachen. Man würde ihr dort all die Arbeiten abnehmen, die sie heute fast schon nicht mehr bewältigen konnte. Die ärztliche Versorgung war vom Feinsten, wie ihr eine Freundin, die als eine der ersten Bewohnerinnen in das Heim gezogen war, erzählt hatte.
Es wird wohl das Beste für mich sein, dachte Rosie. Im Übrigen gab es dort auch Männer in ihrem Alter und Rosie sehnte sich nach männlicher Gesellschaft. Sie musste bei dem Gedanken an die Männer lächeln.

Plötzlich glaubte sie ein Geräusch zu hören, das nicht in die Umgebung passte. Sie war zwar im Kopf etwas wirr, aber ihr Gehör war immer noch exzellent.
Als Rosie sich umsah, entdeckte sie durch die Bäume einen Mann, der sich vom Schulgebäude entfernte. Erst schenkte sie ihm keine Beachtung und wollte weitergehen, doch

plötzlich drehte sie sich herum und starrte dem Mann nach, der sich in nördlicher Richtung entfernte.

»Das gibt´s doch nicht!«, flüsterte sie.

Der lange Mantel verhüllte zwar die Figur, aber die Art, wie der Mann leicht das linke Bein nachzog, der Vollbart, den sie von der Seite sah, das nach hinten gerichtete Basecap und die Brille…

Sie konnte kaum einen klaren Gedanken fassen.

Konnte das wirklich sein?

Das war doch nicht möglich.

Aber - Rosie war sich sicher - das war er.

Der Mann verschwand hinter den Bäumen.

Rosie stand reglos da und stammelte: »Joseph!?«

2. Kapitel

1.

»Verdammt nochmal!«

Als der Cleaner die eiserne Leiter des Schulgebäudes herunterstieg, rutschte er, vier Stufen über dem Boden, auf den kalten, nassen Sprossen aus. Beinahe wäre er gestürzt, konnte sich aber gerade noch halbwegs abfangen und schlug sich dabei den linken Fuß an einer Sprosse an. Der Aufprall verursachte in dieser stillen Morgenstunde ein Geräusch wie ein Donnerknall. Ein stechender Schmerz zuckte durch seinen Knöchel und trieb ihm Tränen in die Augen.
Schnell rappelte er sich auf und sah sich um. Dabei bemerkte er nicht, dass ihm die Kühlbox aus der Manteltasche gerutscht war. Er hielt sich nicht damit auf, stehenzubleiben und den Schmerz abklingen zu lassen.
So schnell es ging, humpelte er weg vom Gebäude in Richtung Straße, an der etwa einhundert Meter entfernt sein Fluchtwagen stand. Bei jedem Schritt fuhr der Schmerz durch seinen Knöchel. Ausgerechnet jetzt musste ihm solch ein Missgeschick passieren.

Sein Fuß schmerzte, als würden ihm glühende Nadeln hindurchgetrieben. Der Mann zwang sich einzig und allein darauf zu konzentrieren, so schnell wie möglich das Auto zu erreichen. Er blickte sich nicht einmal mehr um.
So konnte er auch Rosie nicht sehen, die etwa dreißig Meter von ihm entfernt stand und ihn anstarrte.
Am Auto angekommen, beugte er sich unter die Armaturentafel und schloss die Zündung kurz.

Er hatte den Chrysler am Vortag vom Flughafenparkplatz in Albany gestohlen und war froh darüber, dass der Wagen mit einem Automatikgetriebe ausgestattet war. Der Motor sprang sofort an, und der Killer fuhr langsam los, wendete und fuhr in Richtung Sweets Corner davon.

Sein Fuß war nun so stark angeschwollen, dass er befürchten musste, der Knöchel sei gebrochen. Er hielt sich streng an das Tempolimit, nur um nicht aufzufallen.

Auf einem Waldweg bei South-Brookfield hatte er sein eigenes Auto abgestellt. Eigentlich wollte er den Chrysler einen Kilometer entfernt abstellen, um dann zu seinem Wagen zu laufen. Das konnte er jetzt vergessen.

Also fuhr er direkt zum Waldweg, stieg um und gelangte über die Staatsstraße 7 direkt nach Brookfield zurück.

2.

Rosie war mit ihren Nerven am Ende.

Jetzt musste sie sich erst einmal ein bisschen ausruhen und weiter über das Erlebte nachdenken.

Sie ging in Richtung Fluss zu ihrer Lieblingsbank. Gerade wollte sie sich setzen, da bemerkte sie die Frau, die etwa dreißig Meter vor ihr auf dem Weg lag. Langsam näherte sich Rosie.

»He, Sie da!«, rief sie der Frau zu. »Schlafen Sie? Stehen Sie doch auf, Sie holen sich sonst noch den Tod auf dem kalten Boden.«

Die Frau rührte sich nicht.

Erst als Rosie sich zu der Frau hinunterbeugte, sah sie, dass dieser der halbe Hinterkopf fehlte.

Plötzlich war Rosie ganz klar.

Sie schrie nicht und geriet auch nicht in Panik.

Sie sah sofort, was passiert war.

Während des Vietnamkrieges ging sie freiwillig zwei Jahre lang als Krankenschwester nach Saigon, der heutigen Ho-Chi-Minh-Stadt. Dort hatte sie unbeschreibliche Verletzungen von Soldaten und Zivilisten gesehen.

Rosie berührte die Tote nicht und ging umgehend zur Telefonzelle am Schulgebäude.
Dort wählte sie den Notruf.
Nachdem sie wieder aufgelegt hatte, ging sie zurück zur Bank und dachte nach.
Es dauerte eine Weile, bis sie den Mann, in dem sie Joseph erkannte, und die Tote in Zusammenhang brachte.

Und jetzt bekam sie Panik.

3.

David Soames und seine Kollegen sahen sich in Freddys Haus um. Alle drei hatten sich Latexhandschuhe übergestreift. Die Leute von der Spurensicherung und der Gerichtsmediziner waren in der Waschküche beschäftigt.
David war beim ersten Betreten schon aufgefallen, wie sauber und gepflegt hier alles war.
Er sah sich die Einrichtung im Wohnraum genauer an, während Todd Brooks und Melissa Shaney die anderen Räume durchsuchten.

Der Wohnraum war in zwei Bereiche aufgeteilt. Der größere, ungefähr siebzig Quadratmeter groß, war sehr gemütlich eingerichtet. Am großen Fenster zur Straße hin standen zahlreiche Blumenstöcke, seitlich des Fensters hingen teure, in beige gehaltene Seidenschals. An der gegenüberliegenden Wand befand sich ein großer Kamin, dessen Feuerstelle blitzblank geputzt war. Auf dem Sims standen drei teuer aussehende Vasen. Die graue, wuchtige Ledergarnitur stand auf persischen Seidenteppichen, der große Tisch mit der Kristallglasplatte war leer bis auf einen Ascher und eine halbvolle Packung Players. Der Aschenbecher war sauber geputzt.

Der zweite, hintere Bereich, war als Büro eingerichtet. Vor dem Computertisch mit dem PC, einem Flachbildschirm und weiterem Zubehör stand ein schwerer Drehstuhl, mit teurem schwarzem Leder bezogen. Auf einem Beistelltisch standen ein Laptop und eine umfangreiche Sammlung von CDs und DVDs.
»Das wird eine Menge Arbeit geben«, sagte Melissa, die mit der Durchsuchung der Küche fertig war und zu David herüberkam.
Brooks war noch mit dem Schlafzimmer beschäftigt, so dass David und Melissa alleine waren.
»Meinen Sie, wir finden hier etwas, das uns weiterhilft?«, fragte sie David. Die Antwort, die sie bekam, ließ ihr Herz höherschlagen.
»Wollen Sie morgen Abend mit mir essen gehen?«, fragte David unverhofft.
»Äh, ja, natürlich, gerne«, war alles, was sie sagen konnte.
»Gut, dann hole ich Sie um halb acht ab, okay?«
»Ja, das ist okay.«

Melissa war von der unverhofften Entwicklung des Gesprächs äußerst überrascht. Nun berührte David sie auch noch leicht am Arm, was einen wohligen Schauer durch den Körper jagte. Sie bemerkte, dass sie errötete, was ihr peinlich war.
Plötzlich wurde dieser schöne Moment von Brooks unterbrochen.
»Hey, schaut euch das mal an«, rief er ihnen zu.

Die beiden gingen zu ihm in das Schlafzimmer, wo Brooks ihnen einen großen grauen Koffer präsentierte. Den Inhalt hatte er auf dem breiten Bett ausgebreitet.

Ein Umschlag mit ca. 80.000 Dollar in Tausendern, fünf Ausweise, auf verschiedene Namen ausgestellt, Führerscheine, Sozialversicherungskarten und zwei Pistolen mit dazugehöriger Munition lagen auf der weichen Tagesdecke.

Daneben befanden etliche triviale Sachen wie Rasierzeug, Zahnbürste, Unterwäsche, Hemden und Hosen. Einzig eine DVD des Kinofilms ‚Free Willy' passte nicht in das Gesamtbild.

Unter den Papieren fand Melissa einen kleinen Zettel. Mit krakeliger Schrift waren einige Buchstaben und Zahlen vermerkt.

»Sieht aus, als wäre das ein Passwort oder Code«, sagte Brooks. »Vielleicht für ein Konto oder den Computer?«

»Das ist ja interessant«, sagte David. »Wo war der Koffer?«

Brooks zeigte ihnen das Versteck, das er im Kleiderschrank entdeckt hatte, ein fünfzig mal achtzig Zentimeter großes, dreißig Zentimeter tiefes Fach unter einer Verkleidung am Boden.

»Ich glaube, wir sind hier auf etwas ganz Großes gestoßen. Brooks, holen Sie die Leute von der Spurensicherung herein, die sollen hier alles auseinandernehmen. Die Computer-Spezialisten sollen sich mit dem ganzen Zeugs im Wohnraum beschäftigen und alles mitnehmen. Shaney, Sie befragen die Nachbarn. Wer war dieser Grey? Hieß er wirklich so, oder stimmt einer der anderen Namen in den Papieren? Was für ein Mensch war er? Hatte er eine Freundin, Frau, Verwandte? War er schwul? Wo hat er gearbeitet? Wer hat ihn zuletzt gesehen? Die Leute von der Gerichtsmedizin sollen die Fingerabdrücke durch den Computer jagen. Ich will alles über ihn wissen. Notfalls sogar, welches Toilettenpapier er benutzte. Und die in der Waschküche sollen ihn endlich von dem Strick abschneiden.«

Plötzlich war in David der Jagdinstinkt erwacht.

Er sah sich die Sachen aus dem Koffer noch einmal an. Das schien alles perfekt für eine Flucht vorbereitet. Was hatte Grey für ein Geheimnis?
David überlegte. Der Zettel mit der möglichen Kombination war zwar ungewöhnlich, aber wer nimmt eine DVD mit einem Kinderfilm darauf mit auf die Flucht?
War Grey ein Fan von Kinderfilmen? David sah sich das Cover der anderen DVDs im Wohnzimmer an. Keine weiteren Kinder- oder Jugendfilme, alles Action- und Abenteuerfilme. Sogar einige romantische Streifen waren darunter.
Nein, der Film im Koffer war der einzige dieser Art, der sich in der Wohnung befand.
David steckte die DVD in seine Jacke; er würde sie zu Hause anschauen. Damit handelte er zwar gegen die Regeln, aber durch diese Art von Ermittlungen hatte er in seinem Beruf schon sehr viel erreicht.

Er ging zurück zur Waschküche, wo die Leiche gerade in einen Zinksarg gelegt wurde.
Den Post-it-Zettel mit dem Spruch schob David in einen Plastikbeutel und steckte diesen ebenfalls ein. Er würde den ansässigen Pfarrer nach der Bedeutung des Bibelverses fragen müssen.
Plötzlich kam ein Streifenpolizist zur Tür hereingestürmt.

»Detective, ein Funkspruch, wir haben eine Tote im Shield-Park.«

4.

Der Cleaner kam gegen 7:45 Uhr zu Hause an.
Niemand hatte ihn kommen sehen, als er den Wagen neben dem Haus parkte und danach das Haus betrat.
Schon im Wagen hatte er sich den falschen Bart abgenommen, nun steckte er ihn zusammen mit Brille und Mütze in einen bereitliegenden Lederbeutel. Dann zog er den Mantel aus und entnahm ihm die Einzelteile der Waffe.
Nachdem er die Teile gereinigt hatte, wickelte er sie in Ölpapier und packte sie in eine Plastiktüte, die er luftdicht verschloss. Den Mantel legte er fein säuberlich zusammen und steckte ihn ebenfalls in den Lederbeutel.
Vorsichtig humpelte er mit den Sachen unterm Arm in den Garten hinter seinem Haus, den ein alter kleiner Ziehbrunnen schmückte. Auf dem Grund des Brunnens befand sich schon seit langer Zeit kein Wasser mehr.
Der Mann befestigte den Lederbeutel und die Plastiktüte an der Leine und ließ sie in den Brunnen hinab.
Dann deckte er die Öffnung sorgfältig mit den alten Brettern ab, die er bereitgelegt hatte.
Nachdem er sich noch einmal überzeugte, dass nichts auffälliges mehr zu sehen war, ging er ins Haus zurück.
Im Badezimmer kümmerte er sich endlich um seinen Fuß.
Der tat höllisch weh und war dick angeschwollen. Die bläuliche Verfärbung am inneren Knöchel signalisierte ihm, dass er wohl ein größeres Problem bekommen würde.
Während er den Knöchel betrachtete, durchzuckte ihn plötzlich ein Gedanke.

Die Kühlbox!
Ein heißer Schreck durchfuhr ihn.
Wo war die verdammte Box?

Er wusste genau, dass er sie nicht zu den anderen Sachen in den Beutel getan hatte.

Hier im Haus war sie auch nicht.

In Panik stolperte er hinaus zu seinem Wagen und durchsuchte ihn gründlich.

»Verdammt nochmal«, entfuhr es ihm, als er sicher war, dass er die Kühlbox verloren hatte.

Fieberhaft dachte er nach. Es gab nur zwei Möglichkeiten. Entweder hatte er sie an der Leiter verloren, oder sie lag im Fluchtauto. Beides war katastrophal dumm von ihm; zum ersten Mal hatte er einen großen Fehler gemacht.

Er überlegte.

Es machte keinen Sinn, in Panik zu geraten. Aber jetzt war er sicher, dass es an der Zeit war, diesen Job an den Nagel zu hängen.

5.

Als David und Brooks eintrafen, lag der ganze Park unter leichtem, aufsteigendem Nebel.

Jetzt muss ich diesen Idioten Brooks auch noch mitnehmen, dachte David. Melissa wäre ihm lieber gewesen, aber die hatte er ja selbst zu Greys Nachbarn geschickt.

Als sie aus dessen Haus stürmten, geriet David vom Gehweg ab, trat in seine eigene Hinterlassenschaft, rutschte darin aus und schlug der Länge nach hin.

Diesmal konnte sich Brooks nicht mehr beherrschen und lachte laut los. Der Blick, den er von David dafür erntete, hätte die Wüste in einen Eisberg verwandeln können.

Um gut Wetter zu machen, half Brooks seinem Chef auf die Beine, dann fuhren sie gemeinsam in Davids Wagen zum Shield-Park.

Ein Streifenwagen stand im Park, zwei Polizisten sicherten den Tatort. Es war gerade mal 7:26 Uhr an einem Sonntagmorgen, Schaulustige waren nicht zu sehen.
Nur ein Spaziergänger, der seinen Pinscher ausführte, lief an der Absperrung vorbei.
Auf einer Bank in der Nähe saß eine alte Frau.

Die beiden gingen zu der am Boden liegenden Gestalt. Von weitem schon erkannten sie, dass es sich um eine Frau handelte. Sie lag auf ihrer rechten Seite und die Detectives mussten um sie herumgehen, um das Gesicht zu sehen.
Es war ein hübsches, ungeschminktes Gesicht mit vollen Lippen und einer kleinen Stupsnase. Ein paar Sommersprossen waren auf Wangen und Nase verteilt, die grünen, gebrochenen Augen starrten weit aufgerissen zum Fluss hinunter. In ihrer Stirn befand sich ein kleines Loch, aus welchem ein dünner Blutfaden rann. Die kurzen Haare waren strahlend rot, passend zu ihrem Sportdress.
Dumm nur, dass ihr der halbe Hinterkopf fehlte.

»Mein Gott, das ist Hannah Elroy, die Frau dieses Rechtsanwalts«, entfuhr es David.
Der Gerichtsmediziner traf gerade ein und sah zu der Toten hin.
Zu David gewandt sagte er: »Habt ihr eigentlich keine Familie und solche Langeweile, dass ihr sonntags ehrbare Bürger aus dem Bett holt und sie mit Arbeit überhäuft? Ich bin mit diesem Grey gerade so weit fertig, dass man ihn in die Gerichtsmedizin bringen kann, und schon habt ihr die nächste Leiche für mich.«
David hörte nur halb hin, nur ein Wort blieb hängen und ließ ihn erschrecken.
Sonntags?

Ach, du Scheiße.

Sonntags um halb acht holte er immer seinen Sohn Cliff bei seiner Ex-Frau in Greenfield ab und verbrachte den Tag mit ihm. Er hatte ihn schon letztes Wochenende vergessen. Wenn er ihn heute wieder nicht holte, würde Shelley ihm wahrscheinlich auch noch diese Möglichkeit nehmen, seinen Sohn zu sehen. Zu allem Unglück waren Ferien, und Cliff sollte die ganze nächste Woche bei ihm bleiben.

»Hören Sie, Brooks. Übernehmen Sie diese Sache hier, mir fällt gerade ein wichtiger Termin ein. Sie kennen ja den Ablauf, ich hoffe, Sie machen mir keine Schande. Sagen Sie Miss Shaney, dass wir uns um elf Uhr im Revier treffen. Ich will dann auch Spurensicherung und Gerichtsmedizin dabeihaben. Und ich will Ergebnisse sehen. Wenn ich zurück bin, fahre ich zu Reverend Deacon. Der wird mir hoffentlich sagen können, was diese Worte auf dem Zettel bedeuten. Danach suche ich Albert Elroy auf. Sie informieren ihn bis dahin aber nicht davon, dass er nun Witwer ist. Alles verstanden? Okay, ich muss los.«

Ohne auf eine Antwort zu warten, rannte David zu seinem Auto und fuhr mit quietschenden Reifen davon.

Brooks hatte es die Sprache verschlagen. Aber selbst, wenn er gewollt hätte, er hätte keine Möglichkeit gehabt, auch nur einen Satz zu sagen, so schnell war sein Vorgesetzter verschwunden.

Brooks sah ihm hinterher und verdaute erstmal, was gerade passiert war.

Da bot ihm dieser Arsch urplötzlich die Chance, sich zu profilieren. Das gab´s doch nicht, das war das erste Mal, dass Soames ihm Verantwortung übertrug. Es war nun seine Gelegenheit, sein Fall.

Er würde die Chance nutzen, oh ja, das würde er. Der Chief sollte sehen, was für ein guter Polizist er war, und im Übrigen konnte er vor Melissa damit protzen.

Er würde den Fall lösen.

6.

David Soames war fünfunddreißig Jahre alt. Kurze, leicht angegraute Haare zierten seinen Kopf, den Oberlippenbart hatte er sich erst kürzlich wachsen lassen. Vor zehn Jahren heiratete er seine Jugendliebe Shelley Graves. Zwei Jahre später wurde Cliff geboren.
Es kam wie in den meisten Polizistenehen. David hatte nie Feierabend, Urlaube wurden kurzfristig gestrichen, und die Angst, es könnte etwas passieren, gab Shelley den Rest.
So kam, was kommen musste.
Vor einem Jahr zog Shelley mit Cliff nach Greenfield, wo sie als freie Journalistin arbeitete.
David durfte Cliff jeden Sonntag zu sich holen und hatte in den Ferien eine ganze Woche mit ihm.
Vor zwei Wochen wurden David und Shelley geschieden. Zehn Jahre Ehe einfach mit einer Unterschrift beendet.

Er kam zwölf Minuten nach acht Uhr in Greenfield an.
»Mom ist sauer auf dich, weil du wieder zu spät bist«, richtete ihm sein Sohn aus, der vor dem Haus schon auf ihn gewartet hatte.
Cliff war mit seinen acht Jahren ein intelligenter, aufgeweckter Junge. Die schwarzen Haare sowie die braunen Augen hatte er von David, das weiche, fast zarte Gesicht von seiner Mutter. Er war für sein Alter groß gewachsen, dafür aber sehr schlank.

»Tut mir leid, Cliff. Ich habe heute zwei neue Fälle bekommen und konnte nicht früher weg.«

»Hey, super! Dad, erzählst du mir davon? War ein Mord dabei? Wurde eine Bank überfallen? Los, sag schon«, drängte Cliff.

David musste lachen. Das war sein Sohn. Sofort war die Neugier erwacht und der Ärger vergessen.

»Hör mal, ich darf dir davon nichts erzählen, aber wenn du mich nicht weiter löcherst, nehme ich dich mit zu Reverend Deacon. Den kennst du ja noch, oder? Da muss ich nämlich ermitteln«, tat David wichtig. Cliff war begeistert.

Bis sie in Brookfield ankamen, unterhielten sie sich über belanglose Dinge.

Cliff wusste natürlich, dass sein Dad wieder mal keine Zeit für ihn haben würde. So freute er sich, seinen Freund Micky wiederzusehen und eine ganze Woche mit ihm zu verbringen.

7.

Todd Brooks arbeitete seit fünf Monaten bei der Brookfield-Police. Zuvor war er in Northampton, aber er ließ sich versetzen, weil er dort keine Chance zum beruflichen Aufstieg sah. Und in Brookfield hatte man ihm Soames vor die Nase gesetzt. Dieser hatte ihn nie respektiert, und Brooks spielte schon wieder mit dem Gedanken, die Stadt zu wechseln. Egal, wo er arbeitete, er hatte immer ein großes Problem mit seinen Vorgesetzten.

Aber da war ja noch Melissa. Die musste doch irgendwie zu knacken sein. Allein wegen ihr blieb er in Brookfield.

Er war gerade mal dreißig Jahre alt, sah aber jünger aus.

Seit Jahren hielt er sich durch regelmäßiges Krafttraining in Form. Eigentlich hatte er alles, was sich - seiner Ansicht nach – Frauen so wünschten. Aber Melissa wich seinen Annäherungsversuchen immer wieder geschickt aus.

Und jetzt hatte er tatsächlich einen eigenen Fall.

Brooks ging voller Elan an seine verantwortungsvolle Aufgabe heran.
»Wer hat den Mord gemeldet?«, fragte er einen der Streifenpolizisten.
»Die alte Frau dort auf der Bank, Rosie MacFarron. Sie sagt, sie hätte sogar den Mörder gesehen.«
Brooks sah zu der Frau hinüber.
»Okay, gehen Sie zu ihr und sagen Sie ihr, dass ich sofort zu ihr komme.«
Er wandte sich wieder der Toten zu.
Als er sich den Tatort genauer ansah, fiel ihm die lange Spur aus Blut, Knochensplittern und Hirnpartikeln im Gras hinter der Frau auf. Der Schuss musste aus Richtung Schule gekommen sein.
Die Leute von der Spurensicherung, die nach und nach vom ersten Tatort in den Park kamen, nahmen gerade die Arbeit auf.
»Schicken Sie einen ihrer Leute zur Schule, ich denke der Schuss kam von dort«, sagte Brooks zu Dan Ryan, dem Chef der Truppe.

Dann ging Brooks zu der alten Frau auf der Bank.
Bei ihr angekommen vermutete er, dass die Alte noch ziemlich unter Schock stand.
»Madam, wie geht es Ihnen? Brauchen Sie einen Arzt?«
Rosie blickte zu ihm auf und sagte: »Nein, nein, es geht mir gut. Ich war Krankenschwester und habe schon Schlimmeres gesehen.«
Brooks setzte sich neben sie.

»Ich bin Detective Brooks, ich leite die Ermittlungen. Sie haben uns angerufen, können Sie mir erzählen, was Sie gesehen haben?«

Rosie holte tief Luft und blickte zum Fluss.

»Ich bin wie immer in den Park gelaufen. Als ich an der Schule vorbeikam, sah ich die Frau da liegen. Ich habe sofort gesehen, was mit ihr passiert ist. Das arme Ding. Wissen Sie, ich war in Saigon als Krankenschwester und da sah ich...«

»Madam, der Officer sagte, Sie hätten den Mörder gesehen?«, unterbrach Brooks die alte Frau ungeduldig.

Rosie blickte verträumt zum Fluss.

»Madam, der Mörder.«

Verwirrt schaute Rosie ihn an. Dann erhellten sich ihre Gesichtszüge.

»Aber, junger Mann«, entrüstete sie sich, »Nein, nein, mein Joseph ist doch kein Mörder.«

»Wer ist Joseph?«

»Mein Mann natürlich. Joseph MacFarron. Vor über 5 Jahren hat er mich verlassen und jetzt ist er wieder hier, der Dreckskerl.«

»Wollen Sie sagen, Sie hätten ihren Mann hier gesehen?«

»Ja, natürlich. Da drüben an der Schule. Er ging gerade weg, als ich kam. Er hat mich nicht mal gesehen. Dabei habe ich ihn genau erkannt, vor allem wie er ging. Er hat doch diese alte Kriegsverletzung. Er war Major bei der Army und auch in Vietnam stationiert. Da hat er einen Granatsplitter abbekommen. In der Krankenstation, in der ich gearbeitet habe, lernten wir uns kennen. Joseph hat sich sofort in mich verliebt.«

Brooks hörte schon gar nicht mehr hin, als Rosie ihm stolz von Josephs Heiratsantrag auf dem Krankenbett erzählte. Das war der Hammer.

Da identifizierte diese Alte ihren eigenen Mann als Mörder.

Brooks konnte sein Glück gar nicht fassen. Vielleicht hatte er den Fall schon gelöst. Er brauchte nur noch den Mann der Alten.

»Madam, wie heißt Ihr Mann? Wissen Sie, wo er jetzt wohnt?«, unterbrach er sie erneut.

»Joseph. Sagte ich doch schon. Hören Sie denn nicht zu? Joseph MacFarron.«

»Wo wohnt er?« Brooks wurde ungehalten.

»In der South Street natürlich.«

»Und die Nummer?«

»Nummer?«

Rosie blickte ihn fragend an.

»Junger Mann, wer sind Sie überhaupt? Was tun Sie hier auf meiner Bank? Und wer sind überhaupt diese ganzen Leute?«

Was war denn nun los? Fing die Alte jetzt an zu spinnen? Brooks machte sich keine weiteren Gedanken über das Verhalten der Frau, wenigstens hatte er ihre Aussage und teilweise die Adresse des Mörders.

Sollten sich erstmal die Ärzte um das Weib kümmern.

Brooks wollte schon zum Streifenwagen, um die Fahndung anzukurbeln, als Ryan ihn zu sich rief.

»Was gibt´s denn? Ich habe es eilig.«

»Ich denke, das sollten Sie sich anschauen. Der Schütze war auf dem Dach. Die Kugel hat die Frau beim Laufen getroffen, ist durch die Stirn eingedrungen, am Hinterkopf ausgetreten und dort in die Baumwurzel eingeschlagen.«

»Gut, aber was soll ich mir anschauen? Sie sind der Spezialist.«

»Die Kugel im Baum.«

»Was ist mit ihr?«

»Sie ist nicht da. Da ist nur der Einschuss.«

8.

Reverend Deacon wohnte im Pfarrhaus neben der St. Patrick´s Church.

David und Cliff trafen kurz nach neun Uhr am Haus des Pfarrers ein. Cliff durfte mit zur Haustür gehen und klingeln. Kurze Zeit darauf öffnete der Pfarrer die Tür.

»Hallo, Reverend Deacon. Mein Name ist David Soames, ich bin Detective bei der Polizei.«

Der Pfarrer musterte die beiden.

»Ja, natürlich, ich kenne Sie doch von früher. Und das ist Ihr Sohn, wie heißt du nochmal?«, wandte sich Deacon fragend Cliff zu.

»Ich heiße Cliff, Sir«, antwortete der Junge artig.

»Reverend, wenn Sie kurz für mich Zeit hätten, Sie könnten mir eventuell helfen.«

David war ungeduldig; er musste um elf Uhr im Büro sein, und bis dahin war noch viel zu tun.

»Ja, dann kommen Sie doch herein.« Deacon drehte sich um und ging voran.

Durch einen schmalen Gang führte er die beiden in den Wohnraum.

»Einen Kaffee und eine Limo?« fragte er seine Gäste.

»Nein, danke, wir wollen Sie nicht lange aufhalten, Sie müssen ja bestimmt bald ihren Gottesdienst abhalten«, sagte David. Cliff fiel ihm ins Wort.

»Oh ja, eine Limo bitte, Sir.« So etwas kannte David noch nicht von seinem Sohn. Das hätte Cliff sich früher nicht erlaubt.

»Sonntags halte ich erst um zehn Uhr den Gottesdienst, die Leute wollen ausschlafen. Niemand ist mehr bereit, frühmorgens in die Kirche zu gehen. Ich hole dir die Limo, Cliff. Einen kleinen Moment.«

David musterte die Einrichtung.

Eine alte Couch, ein Wandschrank, ein Sessel und ein grober Holztisch, auf dem ein halbvolles Glas Wein stand, stellten die karge Einrichtung des Wohnraumes dar.

In dem etwas muffig riechenden Raum war der Kamin der Blickfang. Auf dem Sims standen einige Bilder, auf manchen war der Pfarrer, noch jung, mit anderen Menschen, möglicherweise seiner Familie, abgebildet.

Als Deacon zurückkam und Cliff die Limo brachte, deutete David auf eines der Fotos und fragte: »Entschuldigen Sie bitte, wenn ich neugierig bin. Ist das Ihre Familie?«

»Ja, meine Eltern und mein Bruder Michael. Sie sind leider alle schon von uns gegangen.«

»Oh, tut mir leid«, sagte David betroffen.

»Das muss es nicht. Meine Eltern sind vor vierzehn Jahren bei einem Verkehrsunfall umgekommen, mein Bruder Michael fiel in Vietnam. Es war Gottes Wille.«

Kurze Zeit schien der Reverend in Gedanken zu versinken, aber dann fragte er: »Was möchten Sie denn von mir wissen?«

David kramte die Tüte mit dem Zettel aus der Jacke und zeigte sie dem Pfarrer.

»Wir haben heute Morgen diesen Zettel bei einem Toten gefunden. Können sie mir sagen, welche Bedeutung dieser Satz hat?«

»Ein Toter? Hier, in unserer Gemeinde?«

»Ja, Reverend. Vermutlich wurde er ermordet. Mehr kann ich Ihnen zu diesem Zeitpunkt nicht sagen.«

Kopfschüttelnd sah der Reverend auf den Zettel, den David ihm entgegenhielt.

»Buch der Offenbarung, Vers 14, 6 - 20. Einen Moment.«

Deacon lief zu einem Regal des schweren Wandschranks, um ein Buch daraus zu entnehmen. Dann hielt er plötzlich inne und sagte: »Ach, wissen Sie, ich kann es Ihnen auch so sagen. Es nützt Ihnen nichts, wenn ich Ihnen das alles vorlese. Vereinfacht würde man den Vers heute in einem Satz auslegen, und der heißt ungefähr: 'Jeder kriegt, was er verdient'. Wer ist denn der Tote, und warum hat er so einen Spruch bei sich?«

David erklärte ihm nochmals, dass er dazu noch nichts sagen könne.

»Ihr Mörder muss bibelfest sein, wenn er sich so auskennt. Meinen Sie, der Täter ist jemand aus unserer Gemeinde?«

David dachte nach. Eines war klar, Deacon hatte recht, Greys Mörder musste sich mit der Bibel auskennen. Vielleicht lag darin schon das Motiv.

»Wir wissen es nicht, Reverend, alles könnte sein.«

»Dann wünsche ich Ihnen viel Glück, dass Sie den Täter bald fassen. Kann ich Ihnen sonst noch irgendwie helfen? Ich könnte Ihnen eine Liste der Gemeindemitglieder erarbeiten, die sich in der Bibel sehr gut auskennen. Viele sind es nicht, aber vielleicht ist ja Ihr Täter unter meinen Schäfchen, was ich natürlich nicht hoffe.«

David blickte den Reverend fragend an.

Der zwinkerte ihm lächelnd zu und sagte: »Das war jetzt scherzhaft gemeint. Ich bin mir sicher, dass niemand aus meiner Gemeinde für einen Mord in Frage kommt.«

Der Reverend sah auf seine Uhr.

»Vielen Dank, Reverend, ich möchte Sie nicht länger aufhalten. Komm Cliff, wir müssen los«, sagte David, der den Blick Deacons natürlich bemerkt hatte.

David hatte sich in der Wohnung sowieso nicht wohl ge-
fühlt. Seit etlichen Jahren hatte er mit der Kirche nichts
mehr am Hut. Er musste raus hier.

Deacon brachte die beiden bis zur Tür.

»Ich habe Sie übrigens auch schon lange nicht mehr in der
Kirche gesehen.«

»Ach, wissen Sie, ich habe so wenig Zeit. Jetzt muss ich
mich leider auch schon wieder beeilen, die Arbeit ruft. Auf
Wiedersehen, Reverend, und nochmals vielen Dank.«

»Wiedersehen, Sir«, sagte Cliff.

Der Pfarrer nickte ihnen zu und schloss die Tür. Nachdenklich ging er zu seiner Couch und setzte sich. Ein Mann war
ermordet worden? Hier in Brookfield, wo fast nie etwas geschah? Grübelnd blickte Reverend Deacon in sein Wein-
glas.

9.

Melissa Shaney war dreiundzwanzig Jahre alt, blond, hatte
blaue Augen und eine zierliche Figur. Beinahe wäre ihre
Aufnahme zur Polizei an ihrer geringen Körpergröße gescheitert. Aber da war ja noch ihr Vater, Staatsanwalt Kevin
Shaney. So durfte sie trotz ihrer Größe von knapp unter einem Meter und sechzig Zentimetern doch die Polizeischule
absolvieren, und seit neun Wochen war sie bei David Soames in Brookfield als Detective in Ausbildung. Da traf es sich
gut, dass ihre Eltern noch hier wohnten.

Nach der Ausbildung wollte sie Jura studieren und Anwältin
werden, ganz zur Freude ihres Vaters. Unter ihren Kollegen
war sie aufgrund ihrer Bevorzugung nicht gerade beliebt,
aber das ließ sie kalt.

Als Soames und Brooks zum Park fuhren, ging sie zuerst zu
Greys Nachbarn Pascoe.

Dessen Haus sah ziemlich verwahrlost aus; ein krasser Gegensatz zu den anderen Häusern dieser hübschen Siedlung.
Der hat bestimmt Probleme mit den Nachbarn, dachte Melissa.
Sie klingelte und gleich darauf öffnete ihr ein großer Mann im mittleren Alter.

»Hallo, Mister Pascoe, ich bin Detective Shaney, ich habe ein paar Fragen an Sie. Darf ich eintreten?«, fragte sie und ging zielstrebig an ihm vorbei in die Wohnung. Es stank.
Von einem kurzen Flur aus gelangte sie durch eine offenstehende Tür in das Wohnzimmer. Sie blickte sich interessiert um. Die Wände waren über und über mit Geweihen und ausgestopften Tieren verziert. Melissa verabscheute diese Art von Jagdtrophäen.
Sie wandte sich angewidert ab, ließ sich aber nichts anmerken.
»Mister Pascoe, Sie haben uns angerufen. Schildern Sie mir bitte genau, was Sie gesehen und gehört haben.«
»Naja«, fing Pascoe an zu erzählen. »Ich war heute Morgen sehr früh wach und habe gerade Kaffee getrunken, als ich kurz nach sechs Uhr einen Schrei hörte. Ich ging zum Fenster und sah das Mädchen aus dem Haus laufen. Ich habe dann sofort die Polizei angerufen. Das ist alles.«
»Sie sagen 'das Mädchen'. Kennen Sie es?«
»Nein, nicht persönlich. Sie kommt dreimal die Woche zu Grey, um zu putzen. Ist 'ne Mexikanerin, so um die zwanzig Jahre alt, hübsches Ding. Wie sie heißt oder wo sie wohnt, weiß ich nicht.«
»Könnten Sie das Mädchen genauer beschreiben, so dass wir ein Phantombild anfertigen können?«
»Ich denke schon.«
»Kannten Sie Grey näher?«

»Wie man sich als Nachbarn eben so kennt, aber näheren Kontakt hatten wir nicht.«

«Okay, Mister Pascoe, das war´s vorerst. Vielen Dank für Ihre Hilfe. Kommen Sie bitte heute noch auf das Revier in der alten Schule, damit wir die Zeichnung anfertigen können«, verabschiedete sich Melissa. Sie wollte so schnell wie möglich aus dieser Wohnung heraus.

»Keine Ursache, man hilft doch, wo man kann«, erwiderte Pascoe und brachte sie zur Tür.

Der Nachbar, der rechts von Grey wohnte, war ein bulliger Mann namens Kelly. Er war überaus freundlich zu Melissa. Sofort bot er ihr etwas zu trinken an. Melissa lehnte ab, setzte sich aber nach seiner Aufforderung auf einen Stuhl in der Küche.

Kelly war das genaue Gegenteil von Pascoe, ebenso sein Haus, das erheblich sauberer war. Kelly fragte sie, was bei Grey passiert war und gab dann bereitwillig Auskunft.

Von ihm erfuhr Melissa, dass am Freitagabend gegen zwanzig Uhr eine Frau zu Grey gekommen war. Kelly hatte aber keine Ahnung, wer die Frau war. Er hatte dann einen lauten Streit gehört, sich aber nicht weiter darum gekümmert. Er bedauerte sehr, dass er Melissa nicht weiterhelfen konnte. So verabschiedete sich Melissa und ging zum nächsten Haus.

Kelly sah ihr lange hinterher.

Bei der Befragung der übrigen Nachbarn erfuhr Melissa, dass Grey häufig Damenbesuch hatte.

Jeder beschrieb eine andere Frau.

Zeugen! Wollen alle etwas gesehen haben, aber jeder schildert es anders.

Nur noch eine Aussage fand Melissa interessant. Betty Hart, die gegenüber wohnte, sagte: »Neulich, als es so regnete, ich glaube, es war am letzten Montag, da hat ein weißer ‚Rabbit' vor unserem Haus geparkt. Eine Frau im langen Regenmantel und mit einem großen Hut auf dem Kopf ging zu Grey ins Haus. Ich konnte aber nicht erkennen, wer es war.«

Mehr brachte Melissa nicht in Erfahrung.

10.

Brooks sah sich zusammen mit Ryan das Einschussloch an, in dem etwas Feuchtigkeit zu sehen war, als Ryans Mitarbeiter vom Schulgebäude zurückkam.

»Auf dem Dach haben wir nichts gefunden, aber unten an der Leiter lag das hier«, sagte er und hielt den beiden eine kleine Box entgegen. Die Box war aus Aluminium und etwa fünfzehn Zentimeter lang, zehn Zentimeter hoch und ebenso breit. Ryan öffnete sie vorsichtig. In einer Styroporverkleidung lagen in einer Pfütze zwei Patronenhülsen und ein längliches Stückchen Eis.

»Der Deckel war offen, deshalb habe ich gleich die Hülsen gesehen und gedacht, das muss mit unserem Fall zusammenhängen. Ich habe den Deckel geschlossen und die Box sofort hierhergebracht«, sagte der junge Kollege stolz.

»Gute Arbeit«, lobte Ryan und zu Brooks gewandt: »Zwei Hülsen, ein Einschuss. Entweder hat er bei einem ersten Schuss sein Opfer verfehlt, oder ...«

»Oder was?«

Ryan nahm die Hülsen vorsichtig aus der Box. Er betrachtete beide genau. Plötzlich verzog sich sein Mund zu einem Grinsen.

»Was haben wir denn hier? Sehen Sie, es wurde nur eine Patrone abgefeuert. Es ist nur an einer Hülse ein Abdruck

des Schlagbolzens. In der zweiten Hülse ist auch noch das Pulver. Es ist ganz nass. Und dann das Eis.«
Brooks blickte verständnislos.
»Aber wo ist das Geschoss? Und wieso das Eis? Hat der Täter die Patronen etwa gekühlt?«
»Sie sehen das Geschoss vor sich. Hier das eine«, wobei Ryan auf das Eis in der Box deutete, »und hier das andere«.
Jetzt zeigte er auf den Baumstamm.

Brooks verstand nun nichts mehr.

11.

David brachte Cliff ohne weitere Umwege nach Hause in die Baxter Road.
Nachdem er seinen Sohn abgesetzt hatte, fuhr er zu den Elroys.
Albert Elroy war ein über die Staatsgrenzen hinaus bekannter Anwalt, seine Familie genoss in der Stadt großen Respekt. Er wurde durch eine einzige Verhandlung berühmt, damals, als er Billy Pelzer, der seine ganze Familie getötet hatte, vor einer langen Haftstrafe bewahrte.
Als David am Haus der Elroys in der Hoxsey Street 1037 ankam, dachte er, Anwalt müsste man sein.
Das zweistöckige Haus musste mindestens zehn Zimmer haben. Die Eingangstür wurde von zwei Marmorsäulen eingerahmt, die mit schweren Tierskulpturen besetzt waren. Links thronte ein Löwe, rechts riss ein Tiger sein Maul auf.
Nachdem David geklingelt hatte, öffnete ein hübsches, junges Mädchen die Tür.
»Hi, wenn Sie zu meinen Eltern wollen, die sind beide nicht da.«
»Hi«, sagte David, »wer bist du denn?«

Das Mädchen antwortete: »Ich bin Carrie Elroy, die Tochter des berühmten Rechtsanwalts. Und wer bist du?«

Der Sarkasmus in ihrer Stimme war trotz ihrer Jugend nicht zu überhören. In dieser Familie schien einiges nicht zu stimmen, dachte David.

»Ich bin Detective Soames von der Brookfield Police. Wo ist dein Dad?«

Die Fröhlichkeit war aus dem Gesicht des Mädchens gewichen.

»Polizei? Mein Dad? Wieso? Ist etwas passiert? Ist was mit Mom?«

Angst flackerte in ihren Augen.

»Wieso denkst du, dass etwas mit deiner Mom sein könnte?«

»Ich weiß nicht«, antwortete sie nun vorsichtig. »Sie ist noch nicht vom Joggen zurück; normal hätte sie vor eineinhalb Stunden hier sein müssen.«

David blickte auf seine Uhr, neun Uhr dreißig.

»Geht sie jeden Morgen zum Park? Immer um die gleiche Zeit?«

Carries Augen wurden wachsam.

»Woher wissen Sie, dass sie in den Park geht? Das habe ich nicht gesagt.«

David biss sich auf die Lippen. Er hatte einen Fehler gemacht und das Mädchen unterschätzt.

»Carrie, können wir reingehen?«, fragte David. »Ich muss mit dir reden.«

Im Haus brachte David Carrie so schonend wie möglich bei, was mit ihrer Mutter passiert war.

Carrie hielt sich erstaunlich tapfer.

»Carrie, ich möchte dich gerne noch etwas fragen. Wie kam deine Mutter eigentlich in den Park? Ist sie gelaufen oder gefahren?«

Schluchzend sagte Carrie: »Mom ist immer mit ihrem Rabbit gefahren.«

»Und wo ist dein Dad?«

»Daddy ist im Ferienhaus auf Cape Cod.«

»Könntest du mir noch die Telefonnummer von eurem Ferienhaus geben, dann lasse ich dich auch in Ruhe«, bat David.

Carrie gab ihm die Nummer und brach dann weinend zusammen.

Die Nachricht vom Tod ihrer Mutter war doch zu viel für das junge Mädchen.

David rief über Funk einen Arzt und forderte eine Beamtin von der Jugendfürsorge an, die bei dem Mädchen bleiben und ihn informieren sollte, wenn Albert Elroy zurückkam.

Er wartete noch, bis die beiden vor Ort waren, dann nahm er den Zettel mit der Nummer und fuhr nach Hause.

12.

Brooks stand nun voll unter Strom.

Das war ja ein Ding!

Da tötet ein Profikiller eine Hausfrau, und das im Park von Brookfield.

Und er wusste, wer der Killer war.

Über Funk gab er die Neuigkeiten an die Zentrale durch.

»Bane, checken Sie einen Joseph McFarron durch«, wies er seinen Kollegen an. Bane war ebenfalls Detective und schon viel länger als Brooks in diesem Revier stationiert. Als Brooks zu ihnen kam, legte er sich gleich mit Bane an. Die dicksten Freunde würden sie wohl nie werden, denn die Abneigung war gegenseitig. Bane dachte, eigentlich hatte ihm dieser junge Schnösel überhaupt nichts zu sagen, geschweige denn, ihm Weisungen zu erteilen. Aber heute war Sonntag, und Bane war zum Telefondienst eingeteilt.

»Er wohnt in der South Street, geben Sie mir die genaue Adresse durch und schicken Sie mir Verstärkung hin. Dieser Kerl ist der Mörder aus dem Park.«

»Wo soll ich jetzt Verstärkung herbekommen? Es ist Sonntagmorgen und wir sind gerade mal noch zu viert auf dem Revier. Wie stellen Sie sich das denn vor? Was ist überhaupt passiert? Wir bekommen hier Meldungen, dass zwei Tote gefunden wurden und wissen nicht, was los ist. Die meisten der Kollegen sind an den Tatorten.«

»Schicken Sie drei von den Kollegen, und - tun Sie endlich, was ich Ihnen sage!«, schrie Brooks durch das Mikro und ignorierte Banes Fragen.

»Okay, Sir, wie Sie wünschen«, antwortete Bane knapp. Er würde sich bei Gelegenheit für diese Arroganz revanchieren.

Und diese Gelegenheit sollte sich sehr schnell ergeben.

Brooks stieg in den Streifenwagen und fuhr in die South Street. Am Anfang der Straße parkte er und wartete. Kurze Zeit später trafen zwei Kollegen ein, die Bane hingeschickt hatte. Dann meldete dieser sich und gab die Adresse von McFarron durch, South Street 1056.

Etwas in der Ausdrucksweise Banes kam Brooks komisch vor, der Detective klang irgendwie belustigt. Aber das war jetzt egal; er hatte schließlich Wichtigeres vor, als über die Stimmungslage eines Kollegen nachzudenken.

Die Polizisten fuhren die Straße ab, Brooks voraus.

Brooks hatte nun den Tunnelblick, die Umgebung interessierte ihn nicht. Er suchte nur nach der Adresse.

1056. Da war es endlich.

Brooks bremste scharf und stieg aus. Leise wies er seine Kollegen an, ihre Waffen zu ziehen.

An der Tür des Hauses angekommen, hämmerte Brooks mit der Faust dagegen.

»Öffnen Sie die Tür. Polizei!«

Schritte waren im Haus zu hören.

Die Polizisten stellten sich seitlich der Tür auf, die Waffen im Anschlag.

Dann wurde die Tür geöffnet.

13.

Als David zu Hause ankam, saß Cliff in seinem Zimmer, das immer noch für ihn eingerichtet war, vor dem Fernseher und sah sich einen Trickfilm an.

»Hi Daddy, was machen wir diese Woche?«, fragte er neugierig.

»Hör mal, Cliff, du weißt, dass ich einen neuen Fall habe, genau genommen zwei. Es tut mir sehr leid, aber ich muss leider arbeiten. Warum rufst du nicht Micky an und ihr unternehmt etwas zusammen?«

»Okay, Dad.«

Natürlich hatte Cliff damit gerechnet, aber die Enttäuschung war dem Jungen trotzdem deutlich anzuhören.

»Gut, aber vorher muss ich noch ans Telefon, du weißt schon, der Fall.«

Cliff nickte und sah wieder zum Fernseher hin, wo Kater Tom gerade mal wieder von Jerry die Ohren langgezogen wurden.

David zog den Zettel mit der Telefonnummer aus der Tasche und wählte.

Niemand hob ab.

Die Vermittlung bestätigte, dass der Anschluss in Ordnung war.

Er probierte es weitere fünf Minuten lang, dann ließ er sich mit dem Polizeiposten auf Cape Cod verbinden.

»Polizeistation Provincetown, Officer Chapman.«

»Ja, hallo, hier ist Detective Soames von der Brookfield Police. Wir bräuchten Ihre Hilfe, Officer Chapman. Ein gewisser Albert Elroy hat auf Cape Cod ein Ferienhaus. Er soll zurzeit dort sein, aber ich erreiche ihn nicht. Könnten Sie mal nachschauen, ob er da ist?«

»Ja, natürlich. Ich kenne Elroy, er verbringt immer den Urlaub hier. Um was geht es denn?«

»Seine Frau wurde ermordet«, informierte David den Kollegen.

»Oh mein Gott, ich kenne Hannah, was ist passiert?«

»Sie wurde erschossen, mehr wissen wir auch noch nicht. Schauen Sie bitte nach Elroy. Sollte er da sein, erklären Sie ihm bitte, was passiert ist. Er soll dann sofort nach Brookfield kommen und sich auf dem Revier melden. Informieren Sie mich bitte gleich, ich bin bis zehn Uhr fünfzig zu Hause zu erreichen, danach im Revier.«

David gab ihm seine Privatnummer durch.

»Gut, Detective Soames, ich gebe Ihnen umgehend Bescheid«, versprach Chapman und legte auf.

David ging ins Wohnzimmer, zog seine Jacke aus und legte die DVD und die Tüte mit dem Bibelspruch auf den Tisch. Er bat Cliff, ihn Viertel vor elf zu wecken, legte sich auf die Couch und schlief sofort ein.

Als Cliff ihn weckte, läutete das Telefon. Schlaftrunken meldete sich David.

»Hallo, was gibt´s?«

»Chapman, Provincetown. Detective Soames, ich war beim Haus der Elroys, es ist keiner da. Ich habe eine Nachbarin aufgesucht, und die erzählte mir, dass sie schon seit mehr als 6 Wochen niemanden mehr an Elroys Haus gesehen hat.«

»Das ist ja ein Ding. Vielen Dank, Officer Chapman.«

David legte auf und dachte nach. Elroys Frau wurde erschossen, während ihr Mann angeblich weit weg war. Wo war er wirklich? Vielleicht sogar im Park?

David war wieder hellwach. Er zog seine Jacke an, steckte den Zettel ein und fuhr zum Revier.

14.

Die Tür wurde geöffnet, und ein älterer Mann stand erschrocken vor Brooks.

»Sind Sie Joseph McFarron?«

»Aber nein. Ich bin Karl Stanton. Was ist denn hier los?«, fragte er mit Blick auf die beiden uniformierten Polizisten.

»Wohnt ein Joseph McFarron hier?«, fragte Brooks mit Nachdruck.

»Wohnen kann ich nicht gerade sagen, aber ja, er ist hier.«

»Wo ist er?« Brooks wurde von Moment zu Moment ungeduldiger und nervöser. Die beiden Officer schauten sich an und lächelten.

»Was wollen Sie denn? Was soll das alles?«, fragte Stanton.

»Der Kerl ist ein Mörder, er hat heute Morgen im Park eine Frau erschossen. Und jetzt sagen Sie mir endlich, wo er ist«, fuhr Brooks den Mann an.

Stanton lachte laut los.

Jetzt wurde Brooks richtig wütend.

»Ich finde das überhaupt nicht witzig. Wenn Sie den Kerl verstecken, dann wird das Konsequenzen für Sie haben. WO IST MCFARRON?«, schrie er Stanton an.

»Oh, da müssen Sie hier um die Ecke gehen. Ich glaube, er hat seine Bleibe in Reihe 15, Nummer 7«, sagte Stanton, immer noch lachend.

Jetzt lachten auch die beiden Officer.

Brooks wurde blass. Er verstand nun endlich.

Um die Ecke lag der Brookfield-Cemetery, der städtische Friedhof.

Kapitel 3

1.

David erreichte das Polizeirevier pünktlich um elf Uhr. Bis vor drei Jahren hatte Brookfield noch zwei Polizeistationen, Brookfield West und Brookfield Ost. Im Zuge der allgemeinen Einsparungen wurden die beiden zusammengelegt und nur Brookfield West blieb übrig. Den Namen hatte man aus Gewohnheit beibehalten.

Eigentlich war nun *Revier* die falsche Bezeichnung. Vor zwei Tagen war das Polizeigebäude vollkommen abgebrannt. Die Feuerwehr war zwar schnell vor Ort, konnte aber nicht verhindern, dass das Gebäude bis auf die Grundmauern niederbrannte. Ganz fatal wirkte sich auch aus, dass sämtliche Antennen zur kabellosen Kommunikation und des Internets auf dem Polizeigebäude installiert waren und ebenfalls dem Brand zum Opfer fielen. Zum Glück gab es keine Verletzten.

So wurde die ganze Polizei von Brookfield in der alten Grundschule einquartiert. Der zu einem Teil marode Bau lag genau im Zentrum der Stadt. Die Schüler wurden zu Beginn des letzten Schuljahrs in die Brookfield High-School integriert.

Die Polizisten wurden in einem Flügel untergebracht, der von den Statikern noch bedenkenlos zur Benutzung freigegeben wurde. Die Beamten selbst trauten dem Frieden nicht. Ständig waren sie abgelenkt, weil sie gerade wieder einmal lauschten, ob es ungewöhnliche Geräusche gab, oder darüber diskutierten, welcher Teil zuerst einstürzen würde. Es war eben eine Notlösung, und der Bürgermeister hatte ihnen in kürzester Zeit eine neue Unterkunft zugesagt.

Das Arbeiten hier war für alle eine Katastrophe.

Nachdem man die Eingangstür passiert hatte, stand man in der Vorhalle der alten Schule. Die war nun mit alten Schulbänken zu einer Art Großraumbüro eingerichtet. Gleich zu Beginn der Halle waren zwei Lehrerpults zu einem Empfangstisch arrangiert. Ein Telefon und ein Funkgerät standen darauf. Bane hatte den Platz hinter dem Tisch eingenommen und organisierte den Ablauf.

Links und rechts in der Halle zweigten Türen ab, die in die alten Klassenräume führten. Dort befanden sich nun das Büro des Chiefs, der Verhörraum und ein Kopierraum mit einem alten Kopierer, den die städtische Bücherei zur Verfügung gestellt hatte. Ein weiteres Zimmer diente als Umkleideraum.

Die einzige Technik, die noch vorhanden war, waren die Telefone und die alten Schreibmaschinen, die bis dahin in einer Halle eingelagert waren und jetzt zu neuen Ehren kamen. Das Funkgerät wurde vom Revier der Nachbarstadt ausgeliehen. In der kommenden Woche sollte eine neue Computeranlage installiert werden.

Wenn die Polizisten jetzt eine Akte oder einen Vorgang einsehen wollten, mussten sie die Unterlagen von anderen Revieren anfordern. Die Angaben kamen dann telefonisch oder per Boten. Dies dauerte natürlich seine Zeit und gerade sonntags war es fast unmöglich, schnell an Informationen zu kommen.

Kurz und gut, es war ein unhaltbarer Zustand.

Heute war die Halle überfüllt.

Selten waren an einem Wochenende so viele Polizisten bei der Arbeit wie heute.

Bane hatte vorsorglich alle erreichbaren Kollegen anrücken lassen. Er holte sie per Telefon aus ihren Betten. Diejenigen, die er selbst nicht erreichen konnte, ließ er von den anderen suchen. Bis auf zwei Officer, die im Urlaub waren, hatte er es geschafft, alle herzubekommen. Es waren nun vierundzwanzig Leute anwesend, die sich in einem bis auf ein paar alte Stühle leerstehenden Klassenzimmer versammelt hatten.

Alle waren da - außer Brooks.

Der Polizeichef von Brookfield, Mike Turner, war vor zehn Minuten eingetroffen. Bane hatte ihn erst kurz vorher zu Hause erreicht.

Turner, sechzig Jahre alt, wurde von den Ereignissen des Morgens genau wie alle anderen überrascht.

Trotz seines Alters hatte der Chief noch volles, blondes Haar. Mit fast zwei Metern war er der größte Mann auf dem Revier. Allein schon wegen seiner imposanten Erscheinung nannten ihn alle respektvoll den 'Chief'. Aber er hatte noch andere, menschliche Seiten, die man heute, zumal bei Vorgesetzten, nicht allzu oft findet.

»Sind jetzt endlich alle da?«, fragte Turner, nachdem David den Raum betreten hatte.

»Nein, Detective Brooks fehlt noch. Der wird noch seinen großen Erfolg feiern«, sagte Bane.

Alle bis auf David fingen an zu lachen. Selbst Turner konnte sich ein Schmunzeln nicht verkneifen.

»Würde mich bitte mal jemand aufklären?«, bat David.

»Bane, erklären Sie Soames, was sich ereignet hat«, bat Turner.

Der tat, was sein Chef ihm auftrug.

David hörte erst sprachlos zu, um dann auch in das laute Gelächter seiner Kollegen einzustimmen.

Gerade als Bane mit seiner Schilderung fertig war, traf Brooks ein.

Alle klatschten, lachten, einige riefen durcheinander: »Der neue Held des Reviers ist da. Du wirst bestimmt der neue Polizeipräsident. Jetzt kommst du sicher ins Fernsehen.«

Diese Idioten.

Brooks dachte sich seinen Teil.

Das hatte er alles Bane zu verdanken. Der hatte ihn voll gegen die Mauer laufen lassen. Und jetzt machte er sich auch noch über ihn lustig.

»Na, Brooks, haben Sie Ihren Mörder schon ausgebuddelt? Wo findet denn das Verhör statt? In der Familiengruft oder in der Aussegnungshalle? Haben Sie…«

»Bane«, fuhr Turner dazwischen, »es reicht. Im Übrigen hat jeder schon einmal Mist gebaut. Es ist genug.«

Bane verstummte und blickte grinsend zu seinen Kollegen.

Brooks hatte einen hochroten Kopf, Zornesadern waren an seinem Hals zu sehen, aber er beherrschte sich.

Turner musste niesen und schnäuzte in ein Papiertaschentuch, welches er in den Papierkorb warf.

»Genug Spaß gehabt. Wir haben zwei Tote. Jetzt mal der Reihe nach«, ordnete der Chief an.

»Finch, da Sie am wenigsten Zeit haben, fangen Sie an. Was konnten Sie bis jetzt ermitteln? Aber bitte, für alle verständlich.«

Peter Finch war der Gerichtsmediziner von Brookfield, ein kleiner, hagerer und immer blasser Mann. Vielleicht lag es an seinem Job, dass er so kränklich aussah. Er trug das Wenige vor, was er seinen Kollegen bis jetzt definitiv sagen konnte.

»Also, ich kann natürlich noch wenig sagen; es war einfach keine Zeit. Zu der ersten Leiche, Grey, ist zu sagen, dass der Tod schon am Freitagabend ungefähr zwischen zwanzig und vierundzwanzig Uhr eintrat. Wir werden das noch enger eingrenzen können. Er starb nicht durch die Strangulation, sondern wurde von hinten mit einem harten Gegenstand erschlagen. Sein Schwanz und seine Eier wurden ihm postmortal, das heißt, nachdem er schon tot war, abgetrennt und in den Mund gestopft. War das verständlich genug?«

Alle lachten, Melissa errötete und blickte zu Boden.
»Der Mörder muss dabei ein Skalpell oder ein sehr scharfes Messer verwendet haben. Wir haben in der Wohnung nichts Vergleichbares gefunden; er muss es also mitgenommen haben. Ebenso ist der Gegenstand, mit dem er zuschlug, nicht zu finden.«
»Wurde Grey im Haus getötet?«, fragte David.
»Wir nehmen es an. In der Waschküche wurde eine größere Menge Blut in den Abfluss gespült. Wir können leider nicht mehr feststellen, wie viel es war. Wir gehen davon aus, dass er direkt in der Waschküche getötet und verstümmelt wurde. In den anderen Räumen waren nirgends Blutspuren.«
»War es das?«, fragte Turner.
»Bis auf eine Kleinigkeit. Bei der Toten vom Park haben wir sofort eine Analyse der Körperflüssigkeiten vorgenommen. Ein Schnelltest hat ergeben, dass sie schwanger war.«

2.

Albert Elroy kam gegen elf Uhr fünfzehn nach Hause.
Er wunderte sich über den fremden Wagen in seiner Einfahrt. Hannahs Rabbit war auch nicht da.
Ein ungutes Gefühl überkam ihn.
Als er das Haus betrat, rannte Carrie auf ihn zu.
»Daddy, endlich bist du da!«
Hinter Carrie kam eine fremde Frau aus der Küche.
»Wer sind Sie? Was tun Sie hier?«, fragte Elroy die Frau, während er seine Tochter ignorierte.
»Guten Morgen, Mr. Elroy. Ich bin Heather Lyndon von der Fürsorge. Ich habe hier mit Ihrer Tochter auf Sie gewartet. Es tut mir leid, aber...«

»Mom ist tot«, unterbrach Carrie, »sie wurde erschossen.«
»Was? Was ist los?« Albert Elroy wurde blass.
»Ihre Frau wurde heute Morgen im Park ermordet. Sie sollen gleich aufs Revier Brookfield West kommen, das jetzt in der alten Schule ist«, unterrichtete ihn Miss Lyndon, »ich bleibe hier bei Ihrer Tochter, wenn es Ihnen nichts ausmacht.«
»Nein nein, schon gut. Wieso meine Frau? Was genau ist passiert?«
Es wirkte, als stünde Elroy unter Schock.
»Das wird Ihnen die Polizei erklären, ich weiß auch nicht mehr. Fahren Sie jetzt bitte zum Revier.«
Total verwirrt ging Elroy zur Tür hinaus, stieg in sein Mercedes Coupé und fuhr los.

3.

Die Nachricht, dass Hannah Elroy schwanger war, eröffnete für die Beamten vom Revier eine neue Perspektive. Es wurde langsam immer komplizierter.
Der Gerichtsmediziner war zurück in die Pathologie gegangen, um mit den Obduktionen fortzufahren.
Das Wort hatte jetzt der Chef der Spurensuche, Dan Ryan. Der 'Pathfinder', wie er von den Kollegen genannt wurde, war seit über zwanzig Jahren in Brookfield. Alle im Ort kannten und respektierten ihn. Er würde noch ein knappes Jahr seinen Dienst machen und dann in Rente gehen. Aber bis dahin wollte er sich noch jedem Fall so intensiv widmen, wie er es immer getan hatte.
»Also, im Haus von Grey fanden wir Fingerabdrücke von mindestens fünf verschiedenen Personen. Wir haben alle gleich ans FBI gefaxt, dazu haben wir Greys Faxgerät benutzt, da wir ja mittlerweile hier im Mittelalter leben. Ich habe beim FBI angerufen, und die haben mir bestätigt, dass die Qualität für eine Bestimmung ausreicht. Die Türschlösser

waren unversehrt, das heißt, er muss seinen Mörder selbst hereingelassen haben, oder aber die Tür war nicht geschlossen. Die Alarmanlage war abgeschaltet. Eventuell hat er seinen Mörder gekannt oder ihm vertraut. Im Wohnraum und in der Küche wurde kurz vor unserem Eintreffen geputzt, dort fanden wir keinerlei Abdrücke. Die Computerspezialisten sind noch bei der Arbeit. Bis jetzt wissen wir folgendes: Der PC samt Zubehör wurde erst vor 2 Monaten in einem Fachgeschäft in Springfield gekauft. Die Rechnung haben wir gefunden. Die ganzen Datenträger, die wir gefunden haben, sind leer. Aber der eingebaute DVD-Brenner war eingerichtet, ich nehme an, dass er mindestens einmal benutzt wurde. Das heißt, es wurde mindestens eine DVD gebrannt. Wir haben aber keine selbstgebrannte DVD gefunden.

Des Weiteren haben wir einen Zettel mit einer Art Code oder Schlüssel, dem wir aber bis jetzt kein Programm und keine Datei zuordnen können.«

David erschrak. Jetzt war es höchste Zeit für ihn, sich zu melden.

»Moment, wir haben bei den Sachen im Koffer eine DVD mit einem Kinofilm gefunden. Ich habe sie mitgenommen, um sie zu Hause zu überprüfen. Es scheint aber eine Original-DVD zu sein.«

»Sie haben WAS?«, polterte Turner los. »Ich kann das kaum glauben. Wenn da Beweise drauf sind, dann Gnade Ihnen Gott. Die können wir dann vergessen. Die stopft Ihnen jeder kleine Vorstadtanwalt in den Arsch. Was ist denn mit Ihnen los?«

Nur langsam konnte sich der Chief wieder beruhigen.

So hatten ihn alle im Revier noch nicht erlebt.

»Wir unterhalten uns noch. Schaffen Sie die DVD so schnell wie möglich zu Ryan«, sagte er zu David. »Okay, Ryan, weiter.«

»Ach ja, fast hätte ich das noch vergessen: Im Mülleimer haben wir Zigarettenkippen gefunden, an denen Lippenstift war. Wir lassen eine Analyse machen. Es waren Marlboros.«

»Grey hat Players geraucht«, sagte David.

Ryan berichtete weiter.

»Auf dem Laptop haben wir etwas Interessantes gefunden. Grey hat seine Bankgeschäfte online abgewickelt. Dadurch haben wir die Kontobewegungen des letzten Jahres. Es gingen immer wieder, in unregelmäßigen Abständen, hohe Beträge zwischen 10.000 und 50.000 Dollar ein. Die wurden allerdings immer bar eingezahlt und immer in derselben Filiale der Brookfield Credit Bank. Woher das Geld kam, wissen wir also nicht, vielleicht kann sich aber der jeweilige Schalterbeamte daran erinnern, wer einbezahlt hat.«

»Das sollte bei solchen Beträgen wohl möglich sein«, warf Turner ein.

»Also, nicht nur die Tatwaffen sind verschwunden«, berichtete Ryan weiter, »auch der Rest der Wäscheleine, an der Grey hing, fehlt. Den Block mit den Post-it-Zetteln, von dem der Zettel an Grey stammt, haben wir. Den Zettel hätte ich übrigens auch gerne wieder, Detective Soames.«

David reichte ihm den Zettel wortlos und ließ ihn weiterreden.

»Es sind aber keine Spuren außer denen von Grey an dem Block zu finden. Man könnte meinen, Grey habe sich selbst erschlagen, die Tatwaffen verschwinden lassen, sich dann die Weichteile abgeschnitten und in den Mund gestopft, und sich dann noch aufgehängt.«

»Na, dann haben wir ja den Fall geklärt«, witzelte Turner, »Grey war wohl ein Multitalent.«

Alle lachten.

Der Chief hatte die schlechte Stimmung, die durch Davids falsche Handlung ausgelöst wurde, wieder bereinigt.

»Gut, jetzt mal wieder ernst«, rief Turner wieder zur Ordnung. »Bane, Sie nehmen sich nachher fünf Kollegen und fahren zum Tatort Maple Street. Suchen Sie mit den Leuten im Umkreis von einem Kilometer alles nach den fehlenden Tatwaffen ab. Hinterhöfe, Mülltonnen, Kanalisation, Dachrinnen und so weiter«, ordnete der Chief an.

Bane schluckte.

Mist, jetzt durfte er am Sonntag in der Scheiße herumwühlen.

Brooks grinste zufrieden vor sich hin, konnte es aber nicht lassen, Bane noch einen mitzugeben.

»Vielleicht nehmen sie dich dann bei der Müllabfuhr.«

»Brooks, es reicht. Wollen Sie vielleicht zu den fünf Mann gehören?«, unterbrach Turner den wieder aufkeimenden Streit der beiden.

Brooks schwieg.

In diesem Moment läutete draußen das Telefon. Bane ging hinaus, nahm ab und hörte kurz zu.

Dann kam er zurück und informierte die anderen, dass Elroy zu Hause war und nun auf dem Weg ins Revier sei. Zu Chief Turner sagte er, dass die Presseleute vor dem Gebäude stünden und auf eine Stellungnahme warteten.

»Wie sieht es im Park aus, was habt ihr da rausbekommen?«, wurde Ryan wieder aufgefordert zu berichten.

»Das habe ich so noch nie erlebt. Erst sah alles nach einem normalen Mord aus. Der Täter hatte ungefähr einhundert Meter entfernt auf dem Dach der Schule gelegen. Der Abdruck des Täters war trockener als der Rest des Daches. So wie er sich aufgestützt hat, müssen wir davon ausgehen, dass er Linkshänder ist, und er muss mindestens 190 Zentimeter groß sein, wie die Entfernung zwischen den Abdrücken der Fußspitzen und des Ellbogens zeigt. Der Beschreibung von Rosie McFarron nach ist es ein älterer Mann, der das linke Bein nachzieht, einen Vollbart hat und eine Brille trägt.«

»Oh mein Gott«, sagte Melissa.

»Was gibt es? Kennen Sie jemanden, auf den die Beschreibung zutrifft?«, fragte Turner.

»Nein, Chief, war nur ein dummer Gedanke.« Melissa musste kichern.

»Immer raus damit, vielleicht ist der Gedanke gar nicht so dumm.«

»Zumindest die Größe und das Alter kommen hin. Der Bart kann angeklebt sein, das Hinken vorgetäuscht und die Brille muss ja nicht zwangsläufig echt sein.«

»Jetzt spann uns nicht so auf die Folter«, unterbrach Brooks ungeduldig.

Melissa schaute Turner an, und dann sagte sie:

»Sind sie nicht auch Linkshänder, Chief?«

4.

Albert Elroy war total fertig.

Hannah war tot.

Seine Gedanken überschlugen sich, während er von seinem Haus wegfuhr.

Wer hatte ein Motiv? Hannah hatte keine Feinde, im Gegenteil, sie war sehr beliebt. Sie half vor allem bei den Vorbereitungen zu Schulfesten, war im Elternausschuss tätig und hatte überall Freunde.

Plötzlich kam ihm ein Gedanke.

Als Anwalt wusste er natürlich, wie die Polizei vorgehen würde. Sie würden bei der Suche nach dem Mörder und einem Motiv zuerst ihn durchleuchten. Da hatte er jetzt ein Problem.

Wie in Trance bog er von der Hoxsey Street in die Knolls Road ein.

Er hatte kein Alibi, jedenfalls keines, das er nennen konnte.

Albert Elroy hatte das Wochenende mit Kelly La Manga, Hannahs bester Freundin, verbracht. Seit ungefähr einem Jahr traf er sich in unregelmäßigen Abständen mit ihr. Am Freitag hatten sie sich im Harvest Hotel in Albany wie schon öfter unter falschem Namen eingetragen und die Suite erst am Sonntagmorgen wieder verlassen.

Kelly, ein ehemaliges Modell, war die Frau des Verlegers der Brookfield News, Billy Lockhart.

Schon wegen des öffentlichen Ansehens von Lockhart und Elroy musste diese Liaison geheim bleiben.

Albert konnte sich lebhaft ausmalen, wie die örtliche Presse, die eigentlich nur aus Lockharts Blatt bestand, über ihn herfallen würde.

Dieses eigentlich sichere Alibi war keinen Pfifferling wert.

Jetzt war er froh, dass er zur Sicherheit einen Flug nach Boston und zurück gebucht hatte. So konnte er immer noch sagen, dass er auf Cape Cod gewesen sei. Die Buchung war eigentlich nur als Alibi für den Fall gedacht, dass Hannah misstrauisch werden würde und ihm nachforschte.

Jetzt konnte ihm das Ticket in anderer Weise nützlich sein.

In Gedanken versunken bog er nach rechts in die South Street ein.

Den vorfahrtsberechtigten Pickup, der von links kam, übersah er.

Es krachte höllisch, als der große Wagen mit voller Wucht in die Seite des Mercedes knallte.

5.

Für Sekunden war eine unheimliche Spannung fast greifbar. In Mike Turners Augen flackerte einen Moment lang so etwas wie Unsicherheit auf, ob die Andeutung von Melissa Shaney ernst gemeint war.

Er schnäuzte ein weiteres Mal in ein Papiertaschentuch; da hatte er sich ja einen ganz schönen Schnupfen eingefangen.

Dann hatte er den Scherz durchschaut und meinte: »Na sowas, ein Alibi für die Tatzeit habe ich auch nicht, meine Frau ist bei ihrer Schwester zu Besuch, und ich habe lange geschlafen. Allein. Da müssen Sie mich jetzt wohl festnehmen, Detective Shaney.«

Während der letzten Worte streckte er Melissa grinsend beide Hände entgegen.

Und wieder fingen alle an zu lachen.

Nur einer stand nachdenklich in der Ecke des großen Raumes - Brooks.

Als sich alle wieder beruhigt hatten, setzte Ryan seinen Bericht fort.

»Also, da wir jetzt unseren ersten Verdächtigen haben«, dabei blickte er lächelnd Turner an, »könnten wir gleich einen genetischen Vergleich machen. Der Täter muss an der Leiter abgerutscht sein. Dabei hat er sich anscheinend den Fuß oder das Bein angeschlagen. Wir haben an der vorletzten Sprosse winzige Haut- und Stoffpartikel gefunden. Eine Genanalyse ist in Auftrag gegeben worden.«

»Na, das ist doch schon mal was«, sagte David, »schon haben wir eine Spur. Vielleicht stammt das Hinken von dieser Verletzung. Die Beschreibung kam mir sowieso vor wie aus einem schlechten Roman.«

»Da könnten Sie richtig liegen, Soames«, sagte der Chief nachdenklich.

Ryan erzählte nun die Details zu den Hülsen in der Box:

»Die Hülsen sind Kaliber .308 Winchester, nicht gerade weit verbreitet. Bei dem Gewehr, mit dem geschossen wurde, könnte es sich um eine Winchester 308 M98 ZF handeln, das ist quasi die Waffe zur verwendeten Munition. Dieses Repetiergewehr muss allerdings modifiziert worden sein, das heißt umgebaut, denn es handelt sich dabei um eine ältere Waffe. Vielleicht ein Liebhaberstück; ihr solltet auch in diese Richtung ermitteln. Bei den Geschossen muss es sich um Kugeln aus einem speziellen Eis handeln. Deshalb denke ich auch, dass die Waffe umgebaut wurde. Mit dem Original hätte man diese 'Kugeln' nicht so präzise ins Ziel feuern können. Dieser Fakt bringt mich nun zum Schützen. Wir haben es hier mit einem Profi zu tun, der so etwas sicher nicht zum ersten Mal getan hat.«

Durch den Raum ging ein Raunen.

»Dieser Täter muss auch sehr gute Beziehungen haben. Die Flüssigkeit, die wir gefunden haben, wird gerade analysiert. So etwas bekommt man nicht auf dem Flohmarkt. Ich habe einen Bekannten bei der CIA angerufen, der kann uns in diesem Fall vielleicht weiterhelfen.«

Ganz kurz war Stolz in Ryans Worten zu bemerken.

»Wie bitte?«, fragte Turner, »Sie haben Bekannte bei der Agency? Wie kommen Sie denn dazu? Waren Sie mal für die tätig?«

»Es ist nur ein Bekannter. Ich habe eben auch so meine Geheimnisse«, erwiderte Ryan verschmitzt.

»Gut, bleiben Sie dran.«

Ryan verließ den Raum, um zum Labor zu fahren.

»Dieser Mann überrascht mich immer wieder«, bemerkte Turner mehr zu sich als zu den anderen. Dann sprach er wieder zu Brooks.

»So Brooks, Ihren 'Fahndungserfolg' hat uns Detective Bane schon zur Genüge vorgeführt. Machen Sie sich keine Sorgen, kann ja mal vorkommen.«

»Danke, Sir«, sagte Brooks erleichtert, »ich habe schlampig gearbeitet und nicht nachgedacht. Der Mann müsste ja schon über 80 Jahre alt sein. Mein Fehler.«

»Melissa, was haben Sie?«, wandte sich der Chief an die Tochter seines Freundes Kevin Shaney.

»Ich habe die Nachbarn von Grey befragt.«

Sie erläuterte ausführlich, was sie erfahren hatte. Als sie den Rabbit vor Greys Haus erwähnte, schaltete sich David ein.

»Moment mal, Hannah Elroy fuhr einen Rabbit. Vielleicht besteht ein Zusammenhang zwischen den Fällen.«

Alle waren von dieser Wendung überrascht. Turner ordnete an, den Wagen zu suchen, dann fragte er Melissa: »Haben Sie diesen Pascoe gefragt, warum er uns sofort angerufen hat. Er hätte doch erst einmal nachsehen können.«

Melissa wurde blass, das hatte sie außer Acht gelassen.

»Holen Sie das nach; es kommt mir seltsam vor.«

»Ich habe ihn hierher bestellt, damit unser Zeichner ein Phantombild anfertigen kann. Da werde ich ihn dann fragen.«

David hatte als Einziger noch nicht berichtet.

»Soames, warum haben Sie Brooks allein gelassen? Übrigens, wie sehen Sie eigentlich aus? Sie sollten sich mal ausschlafen, haben Sie nicht noch Urlaub?«

David wand sich um eine Antwort.

»Ja, aber wir haben hier zwei Morde, da verzichte ich auf meinen Urlaub. Vorhin musste ich schnell weg, es ist Sonn-

tag und da muss ich meinen Sohn abholen. Ich dachte, dass Brooks in dieser kurzen Zeit die Ermittlungen übernehmen könnte. Da habe ich mich wohl getäuscht.«
Es war David sichtbar peinlich.
»Mein Gott, David. Wir haben zwei Mordfälle an der Backe und Sie stottern mir was von Ihrem Sohn vor. Sie scheinen in letzter Zeit ziemlich von der Rolle zu sein, bringen Sie endlich mal Ihr Privatleben in Ordnung. Haben Sie bei Ihren Recherchen wenigstens etwas erfahren?«
David erklärte nun, was es mit dem Zettel auf sich hatte. Dann berichtete er von der Begegnung mit Carrie Elroy und seinen Ermittlungen zu Albert Elroy.
Turner schaute David zufrieden an. Der Chief hatte Elroy noch nie besonders gemocht.
»Na, dann werden wir mal abwarten, was uns der trauernde Ehemann für einen Bären aufbinden will. Also, wenn das alles war, dann wieder an die Arbeit.«

Turner wies jedem der Beamten eine Aufgabe zu. Unter anderem sollte nach Zeugen im Park und dem mexikanischen Hausmädchen Greys gesucht werden. Zwei weitere Kollegen mussten sich bei der Spurensicherung zur Unterstützung melden.

»Chief«, sagte Bane, bevor er den Raum verließ, »sollten wir nicht dem Labor noch Bescheid geben, dass sie nachprüfen sollen, ob Grey der Vater von Hannah Elroys Kind war?«
»Natürlich, Bane, das hätte ich fast vergessen. Ich werde das in die Wege leiten«, bedankte sich Turner bei seinem Detective.
Alle bis auf David hatten nun den Raum verlassen.
»Chief, was soll ich tun?«, fragte er, weil Turner ihm keine Aufgabe zugewiesen hatte.

»Sie fahren nach Hause und legen sich für ein paar Stunden schlafen, Sie kippen mir sonst noch um. Um siebzehn Uhr sind Sie wieder hier, dann sehen wir weiter. Und bringen Sie um Gottes Willen die DVD mit. Und ich werde jetzt den schlimmsten Job erledigen, den ich habe: Ich werde die Presse informieren.«

David war von seinem Chef wieder einmal überrascht. Er hatte eigentlich in dieser Sache noch ein Donnerwetter erwartet und nun das.

Er dankte seinem Boss, versprach, dass so etwas nicht mehr vorkommen würde und verließ den Konferenzraum.

6.

Passanten sahen den Crash und rannten zu den beiden verunglückten Wagen.

Der Fahrer des Pickups stieg scheinbar unverletzt aus seinem Fahrzeug.

»Ich bin unschuldig!«, rief er immer wieder.

»Sie haben es doch gesehen«, sprach er die Passanten an.

Einige bestätigten ihn, was für etwas Ruhe sorgte.

Der Fahrer des Mercedes rührte sich nicht. Ein Mann mittleren Alters sagte, dass er Arzt sei und kümmerte sich um den Verletzten.

Eine junge Frau durchsuchte kurz ihre Handtasche und brachte ein Handy zum Vorschein. Damit wollte sie die Polizei anrufen, bemerkte aber schnell, dass immer noch kein Netz funktionierte. Hastig rannte sie in ein gegenüberliegendes Diner und meldete den Unfall. Sie kannte Elroy vom Sehen wie fast jeder in der Stadt, und so konnte sie auch gleich seinen Namen durchgeben.

Irgendjemand brachte eine Decke und legte sie dem eingeklemmten Elroy um. Der Anwalt war ohnmächtig. Sein linker Arm schien mehrfach gebrochen, denn er klemmte in einem sehr schmalen Spalt zwischen Tür und Lenksäule fest und war seltsam verformt.

Immer mehr Leute kamen zum Unfallort, standen um die Autowracks herum und diskutierten aufgeregt. Jeder wollte natürlich alles genau gesehen haben, andere standen nur da und schauten neugierig und abwartend, ob noch etwas passieren würde.

Kurze Zeit später konnte man die Sirene eines Krankenwagens hören, der sich von der City her näherte.

7.

David kam aus dem Raum, in dem die Besprechung stattgefunden hatte, und wollte gerade das Gebäude verlassen, als Bane ihn zurückrief.

»Wir haben gerade eine Unfallmeldung bekommen. Sieht so aus, als wäre Elroy in den Unfall verwickelt.«

»Wo?«, fragte David knapp.

»Ecke South und Knolls. Ich habe gerade einen Wagen hingeschickt.«

»Ich fahre sofort hin, sagen Sie dem Chief, was los ist. Aber erst, wenn die von der Zeitung weg sind.«

David stürmte aus dem Revier, sprang in seinen Wagen und fuhr los.

So ein Mist, dachte er, jetzt komme ich wieder nicht zum Schlafen.

8.

Brooks und Shaney fuhren zusammen zum Park.

Etliche Schaulustige standen an der Absperrung, obwohl es nichts mehr zu sehen gab.

Alle redeten durcheinander, auch hier wollte jeder mehr wissen als der andere. Reporter von Zeitung und Fernsehen befragten die Leute.

Als die Reporter von den beiden Detectives Näheres erfahren wollten, verwies Brooks sie ziemlich unfreundlich an den Chief. Die beiden äußerten sich ansonsten nicht.

Die Leiche war schon lange weggebracht worden, die Spurensicherung war fertig, nur ein Polizist stand noch innerhalb der Absperrung, um die Leute davon abzuhalten, den Park zu betreten.

Als die beiden Detectives die Gaffer befragten, stellte sich schnell heraus, dass niemand etwas Konkretes wusste.

Sie waren fast fertig mit der Befragung, als Brooks einen Funkspruch erhielt. Ungefähr sieben Kilometer südlich sei ein offensichtlich gestohlenes Auto von einem Jäger gefunden worden. Vielleicht bestand ein Zusammenhang mit den Morden.

Die beiden einigten sich darauf, dass Brooks zu dem Wagen fahren sollte und Melissa hierblieb, um den Rabbit von Hannah Elroy zu suchen.

Melissa ging den Weg, auf dem Hannah erschossen wurde, in den Wald hinein.

Sie genoss die Ruhe, in die sich das Zwitschern der Vögel und das sanfte Plätschern des Green River mischten.

Die Herbstsonne durchdrang zeitweilig die immer noch dichten Baumkronen und ließ den Weg in allen erdenklichen Farben leuchten. Bald würden die Bäume ihre Blätter verlieren und eine ungemütlichere Wetterlage würde den nahenden Winter ankündigen. Dann würden sich die meisten Leute wieder vor ihrem Kamin verkriechen und die wohlige Wärme des Feuers genießen.

Melissa konnte Hannah verstehen, die immer auf genau diesem Weg joggte. Hier war man eins mit der Natur und konnte seinen Gedanken freien Lauf lassen.

Nach ungefähr zwei Kilometern kam sie an das nördliche Ende des Parks. Auf einem Parkplatz standen drei Autos. Eines davon war Hannahs Rabbit.

Melissa gab über Funk ihren Standort durch, meldete den gefundenen Wagen und ließ sich von einem Kollegen abholen.

9.

David erreichte den Unfallort kurz nach der Streife.

Der Fahrer des Pickups stand bei einem Polizisten und beteuerte seine Unschuld.

David ging zu den Autos. Der Pickup hatte die Fahrertür des Mercedes eingedrückt und Elroys Arm eingeklemmt. Elroy selbst war immer noch bewusstlos. Ein Sanitäter informierte David über den Zustand Elroys. In diesem Moment kam ein Wagen der Feuerwehr.

Verdammt nochmal, dachte David. Elroy können wir so schnell nicht befragen.

Er wartete, bis die Männer von der Berufsfeuerwehr den Anwalt aus seinem Auto holten.

Dazu mussten sie eine pneumatische Rettungsschere verwenden, womit sie die Tür abtrennten. Elroy wurde auf eine Trage gelegt, und die Besatzung des Rettungswagens kümmerte sich um ihn.

David wartete einen Moment und fragte den Sanitäter erneut: »Wie steht es um ihn? Wann werde ich mit ihm sprechen können?«

»Er wird durchkommen, wenn er keine inneren Verletzungen hat. Das werden wir aber erst im Krankenhaus feststellen können. Bis jetzt kann ich nur sagen, dass der linke Arm mehrfach gebrochen scheint und der Mann möglicherweise ein Schädeltrauma hat. Er ist immer noch bewusstlos, aber das ist im Moment nicht weiter schlimm. Dadurch muss er weniger Schmerzen erleiden. Mit ihm sprechen? - Da müssen Sie den behandelnden Arzt im Krankenhaus fragen.«

Eigentlich kam es David ganz gelegen; so konnte er nach Hause fahren, sich endlich hinlegen und etwas Schlaf nachholen.

Er fragte den Sanitäter noch, in welches Krankenhaus sie Elroy bringen würden und verabschiedete sich.

10.

Brooks traf nach ungefähr zehn Minuten auf den Jäger, der an der Einfahrt eines Waldweges wartete.

»Kent Walbright, ich bin der örtliche Jagdaufseher«, begrüßte dieser Brooks und streckte ihm die Hand hin.

»Ich habe den Wagen heute Morgen kurz vor halb acht kommen hören. Durch mein Fernglas konnte ich einen Mann aussteigen und weglaufen sehen. Allerdings konnte ich ihn nur durch die Büsche sehen. Ich war da hinten auf der Lichtung, etwa fünfhundert Meter von ihm entfernt. Kurz darauf fuhr ein anderer Wagen weg.«

»Haben sie etwas an dem Mann erkennen können? Irgendwelche Einzelheiten?«, fragte Brooks.

»Sehr wenig; alles was ich ihnen über den Mann sagen kann, ist, dass er ziemlich groß gewesen sein muss, einen dunklen Mantel und eine Mütze trug. «

Brooks zog sich Handschuhe an und sah sich nun den Wagen genauer an.

Die Zündkabel waren herausgerissen und das Lenkradschloss anscheinend zerstört worden.

Er fand Papiere sowie persönliche Sachen der Besitzerin, einer Frau aus Albany. Der Waldweg selbst war mit Laub bedeckt, sodass keine Reifenspuren zu sehen waren.

Brooks war sicher, dass dieser Wagen von dem Killer benutzt worden war.

Was hat der Kerl doch für ein Glück, dachte der Detective und ging den Weg zurück zur Straße. Die Stelle, an der der Weg auf die Straße traf, war nicht vom Laub bedeckt.

Und dort waren in der weichen, noch feuchten Erde Reifenspuren zu sehen.

»Na, endlich etwas Brauchbares«, entfuhr es Brooks.

Er ging zu seinem Auto, das er gegenüber geparkt hatte, und informierte Dan Ryan. Der versprach, sofort jemanden zu schicken.

Brooks überlegte, während er auf den Kollegen wartete.

Die Sache mit Chief Turner ging ihm nicht mehr aus dem Kopf.

Was, wenn er wirklich der Täter war? Melissa hatte schon recht mit ihrer Analyse. Turner hätte es sein können. Gerade ein Polizist hatte die nötigen Verbindungen und könnte solch eine Aktion durchziehen. Von Kollegen hatte Brooks erfahren, dass Turner früher Mitglied bei den Seals gewesen war, einer Einheit, in der auch eine Ausbildung zum Scharfschützen auf dem Plan stand. Im Übrigen hatte Turner selbst gesagt, dass er kein Alibi habe. Aber einen großen Haken hatte die Überlegung. Was sollte Turner für ein Motiv haben? Das Ganze war doch etwas weit hergeholt - aber trotzdem, alles war möglich.

Brooks fasste einen Plan.

Vor kurzem hatte er Elena kennengelernt. Die junge Auswanderin arbeitete im Labor der Spurensicherung.

Er würde sie um einen Gefallen bitten müssen.

Als Ryans Leute eintrafen, fuhr Brooks ins Revier zurück.
Er schlich sich in den Konferenzraum, nahm eines der Papiertaschentücher, die Turner benutzt hatte, aus dem Mülleimer und steckte es in einen Plastikbeutel.

Danach verließ er das Revier und fuhr zum Labor.

11.

Bane und seine Kollegen suchten die gesamte Maple Street ab.
Jede Mülltonne wurde durchwühlt, Gärten und Hinterhöfe durchforstet, sogar auf Dächern kletterten die Polizisten herum. Bane hatte zwei Leute eingeteilt, die Büsche und Hecken intensiv zu durchsuchen. Die beiden mussten unter jeden Strauch kriechen und waren nach einer halben Stunde vollkommen zerkratzt.
Fluchend setzten sie ihre Arbeit fort.

Sämtliche Öffnungen der Kanalisation wurden abgesucht, Briefkästen der Anwohner geöffnet und die Bürger der gesamten Umgebung befragt, ob sie irgendwelche Gegenstände gefunden haben.
Diese Arbeit dauerte bis in den frühen Abend.
Nur ein einziger Hinweis kam dabei ans Licht.
Ein Nachbar informierte einen der Officer, dass er das Mädchen, das bei Grey geputzt hatte, schon einmal in einer Wohnwagensiedlung bei Greylock gesehen hatte.

Bane war stinksauer.
So sehr er sich mit seinen Kollegen auch bemühte, gefunden wurde nichts.

Währenddessen fuhr David nach Hause.

Gerade als er in der Auffahrt parkte, stieg Cliff auf sein Fahrrad.

»Hallo Cliff, wo willst du denn hin?«, fragte er seinen Sohn.

»Ich fahre zu Micky. Hab ihn vorhin angerufen und er hat sich riesig gefreut, dass ich da bin. Wir wollen ein bisschen Fahrrad fahren.«

David bat seinen Sohn, nicht so spät nach Hause zu kommen.

Er ging ins Haus und legte sich, noch angezogen, auf sein Bett.

Sekunden später war er eingeschlafen.

12.

Elena Kowalski war die einzige Tochter polnischer Einwanderer.

Der junge Detective, den sie zum ersten Mal auf dem Polizeirevier gesehen hatte, gefiel ihr sofort.

Sie brachte gerade Beweisstücke von einem Raub in die Asservatenkammer, als Brooks sie ansprach. Die Sympathie für den jeweils anderen schien gleich stark zu sein. Schließlich war sie auch eine attraktive Frau mit ihren glänzenden, schwarzen Haaren und dem hübschen Gesicht, dem man die knapp dreißig Jahre nicht ansah.

Sie kam langsam in das Alter, in dem man nach einem Lebenspartner Ausschau halten sollte.

Nachdem sie ein erstes Gespräch mit Brooks führte, allerdings über die Arbeit, verabredeten sie sich zum Abendessen. Es war für sie ein wunderbarer Abend. Brooks hatte im einzigen Nobellokal der Stadt einen Tisch bestellt. Das Essen war vorzüglich und sie unterhielten sich angeregt.

Als der Abend sich dem Ende zuneigte, lud Brooks Elena zu sich nach Hause ein. Sie ließ sich überreden. Eine lange Nacht schloss sich an.

Danach waren sie noch zwei Mal miteinander ausgegangen, aber Elena hatte bald bemerkt, dass sich etwas geändert hatte.

Das Interesse Brooks´ an ihr hatte merklich nachgelassen, und die Beziehung kühlte schnell ab.

Es war der Zeitpunkt, als Melissa Shaney im Revier ihre Stelle antrat.

Schade, dachte sich Elena, aber sie war so realistisch, dass sie wusste, sie würde Brooks nicht halten können.

Bei ihrem letzten Treffen vereinbarten sie, Freunde zu bleiben.

Als Brooks sie nun bat, etwas für ihn zu untersuchen, hatte sie keinerlei Bedenken.

Sie entnahm dem verschnupften Taschentuch einen Abstrich und fertigte eine Genanalyse an, um sie mit der DNA des Täters zu vergleichen.

Brooks hatte sie gebeten, die ganze Sache geheim zu halten und nur ihn über das Ergebnis zu informieren.

Von wem das Taschentuch stammte, sagte er ihr nicht.

Eine solche Untersuchung dauerte seine Zeit, und Elena wusste, dass sie eine sehr lange Nacht vor sich hatte.

13.

»Daddy! Daddy!«

David erwachte nur langsam aus einem tiefen, traumlosen Schlaf.

Irgendjemand schüttelte ihn an der Schulter. Er schlug die Augen auf und sah das Gesicht von Cliff über sich.

»Was ist denn los?«, fragte er schlaftrunken, während er sich erhob. Er schaute auf den Wecker.

21:29 leuchtete ihm auf der Digitalanzeige entgegen.

»Ach du Scheiße!«, rief er laut aus.

»Daddy. Man sagt das S-Wort nicht«, belehrte ihn sein Sohn.

»Entschuldigung, Cliff, aber ich habe verschlafen. Warum hast du mich eigentlich geweckt? Ist irgendetwas passiert?«

»Der Film. Wir wollen den Film weiterschauen. Komm doch mal mit.«

David hatte keine Ahnung, was der Junge von ihm wollte, so ließ er sich von Cliff in dessen Zimmer ziehen.

Micky, Cliffs bester Freund in Brookfield, saß vor dem Computer. Der Bildschirm war bis auf ein blinkendes Einfügezeichen schwarz.

»Hallo Micky. Musst du denn noch nicht zu Hause sein?«, fragte David.

»Nein, Sir, meine Eltern haben mir erlaubt, hier bei Cliff zu schlafen. Wir haben doch Ferien. Darf ich?«

»Natürlich, aber es wird langsam Zeit, ins Bett zu gehen.«, sagte David. »Cliff, was meinst du mit dem Film?«

Cliff erklärte, dass Micky die DVD auf dem Tisch entdeckt hatte und ihn fragte, ob sie sich gemeinsam den Film ansehen. Sie haben dann den Film auf dem DVD-Player im Computer laufen lassen. Nach einer halben Stunde wurde aber der Bildschirm schwarz und nichts ging mehr.

David war plötzlich wieder hellwach.

Die DVD.

Er sah sich den Bildschirm genauer an.

Grey musste eine Datei über den Film gebrannt haben. Ganz schön clever, darauf musste man erst mal kommen, dachte David.

Jetzt brauchte er einen Zugangscode.

»Der Zettel«, entfuhr es ihm.

»Was für ein Zettel?«, fragte Cliff neugierig.

David gab ihm keine Antwort und lief zum Telefon.

Natürlich, die Kombination musste der Schlüssel zu dieser Datei sein. David hoffte, dass im Büro der Spurensicherung noch jemand arbeitete.

Zwei von Ryans Leuten waren tatsächlich noch da.

David ließ sich die Kombination durchgeben und ging gespannt in Cliffs Zimmer zurück.

Die Jungs saßen vor dem Computer und schauten David erwartungsvoll an.

»Lasst mich mal ran«, sagte David und setzte sich an die Tastatur. Penibel gab er die Kombination ein und drückte die >Enter<-Taste.

Sofort erschien auf dem Bildschirm eine lange Reihe von Namen, Daten und Zahlen.

»Yes, das ist es!«, rief David aus und drückte seinem Sohn einen Kuss auf die Stirn. Der war verblüfft, aber als sein Vater ihm erklärte, was es mit der DVD auf sich hatte, schaute er stolz zu Micky und sagte: »Wir sind doch ein großartiges Team, was, Micky? Wir haben sogar einen Mord aufgeklärt. High Five.«

David musste laut lachen, als die beiden sich euphorisch abklatschten.

»Na, so weit ist es noch nicht, aber vielleicht hilft uns das bei der Aufklärung.«

»Bekommen wir jetzt eine Belohnung, Dad?«

»Natürlich, Jungs, was haltet ihr davon, wenn wir morgen Abend zu MacBurger zum Essen gehen? Ihr seid selbstverständlich eingeladen. Den Film besorge ich euch natürlich auch neu.«

Cliff und Micky waren begeistert, sprangen auf und klatschten sich ein weiteres Mal ab.

David druckte sich die Liste aus und nahm die DVD aus dem Laufwerk. Dann erklärte er den Jungen, dass er nochmal wegmüsse und schickte sie ins Bett.

Er steckte die Liste samt DVD ein und fuhr zum Revier. Erst als er vor dem ausgebrannten Gebäude stand, fiel ihm wieder ein, dass er ja zur alten Schule musste.

Die Macht der Gewohnheit hatte von ihm Besitz ergriffen.

14.

Bane, Brooks und Melissa saßen zusammen mit Turner in dessen Büro.

Sie berichteten dem Chief, was sich nach der Besprechung ereignet hatte. Bane war frustriert, war er doch der Einzige, der fast keinen Erfolg hatte.

Brooks berichtete von dem gestohlenen Wagen. Die Spurensicherung hatte die Reifenabdrücke von der Einfahrt des Waldweges genommen, den Wagen auf den Parkplatz der Polizei gebracht und untersucht.

Bisher waren allerdings keine Ergebnisse bekannt.

In Hannah Elroys Wagen wurde nichts gefunden, das irgendwie weiterhelfen konnte.

Albert Elroy war nach seinem Unfall operiert worden und noch nicht vernehmungsfähig.

Brooks selbst und Melissa hatten fast den ganzen Nachmittag damit verbracht, ihre Berichte zu schreiben.

Melissa war zwischendurch noch einmal zu Pascoe gefahren, da dieser nicht im Revier erschien. Aber Pascoe war auch nicht zu Hause anzutreffen.

Turner sagte, dass er am nächsten Morgen einen Durchsuchungsbeschluss für das Haus der Elroys beantragen würde. Vielleicht würde sie das weiterbringen.

Carrie wurde inzwischen in ein Kinderheim in der Stadt gebracht. Sie sollte zumindest so lange dortbleiben, bis ihr Vater wieder nach Hause kam.

Melissa sollte am nächsten Tag zusammen mit Brooks die Bankfiliale aufsuchen, in der das Geld von Grey einbezahlt worden war. Danach sollten sie nach Greylock fahren, um nach dem Mädchen zu suchen, das bei Grey angestellt war.

Gerade, als alle nach Hause gehen wollten, kam David ins Büro.

»Sollten Sie nicht schon um siebzehn Uhr kommen?«, fragte Turner.

»Entschuldigung, ich habe verschlafen. Dafür habe ich etwas gefunden, das wird Sie umhauen.«

David informierte seine Kollegen, wie er an die Liste gekommen war und legte diese dann schließlich vor.

»Mein Gott, da sind ja etliche Namen auf der Liste«, sagte Bane. »Das wird eine Menge Arbeit geben, die alle zu überprüfen.«

»Ganz interessant sind aber die Zahlen hinter den Namen«, bemerkte David. »Nehmen wir einmal an, es handelt sich um Geldbeträge. Wir sollten die Beträge mit den Einzahlungen auf Greys Konto vergleichen. Das wäre ja ein Ding.«

»Ja, und das würde wahrscheinlich bedeuten, dass all diese Leute von Grey erpresst wurden«, warf Melissa ein. »Die werden ihm das Geld wohl nicht freiwillig gegeben haben. Ist euch eigentlich aufgefallen, dass nur Frauen auf der Liste stehen?«

»Das sehe ich nicht so. Es könnten zumindest ein paar Männer dabei sein. Seht mal, hier sind ein paar Einträge ohne Vornamen«, meldete sich Brooks. »Und hier, der letzte auf der Liste, der Name Pascoe, der ist zusammen mit zwei anderen am Anfang in einer anderen Farbe markiert. Und das Datum. Das war erst vor zwei Wochen.«

»Pascoe? Der Nachbar von Grey?«, fragte Melissa. »Er ist nicht gekommen, um bei der Phantomzeichnung zu helfen und ich habe ihn heute nicht mehr erreicht, aber jetzt wird das nächste Gespräch wohl sehr interessant werden.«

»Hier steht nur der Nachname, eine Adresse ist auch nicht vermerkt. Es könnte sich auch um jemanden ganz anderen handeln«, sagte Brooks.

»Das kann natürlich sein. Womit hätte Grey diesen Pascoe erpressen können?«, überlegte Melissa laut. »Pascoe ist meines Wissens nicht verheiratet. Aber es wäre schon ein großer Zufall, sollte damit nicht der Nachbar gemeint sein. Ich denke, ich sollte ihn morgen direkt darauf ansprechen. Vielleicht provoziere ich damit eine Reaktion.«

»Das wäre möglich, aber genau das könnte auch sehr gefährlich sein. Was, wenn Pascoe der Täter ist und plötzlich durchdreht?«, fragte David besorgt.

»Detective Soames hat recht. Nehmen Sie Brooks mit, Melissa, ich will keine Überraschungen erleben«, ordnete Turner an.

»Die letzte Frau auf der Liste kenne ich«, sagte David. »Kelly La Manga ist die Frau des Verlegers Lockhart. Sie ist im Elternausschuss der Schule, an der auch mein Sohn war.«

»Die kenne ich auch. Ich denke, für heute ist es genug, wir werden uns die Liste morgen genau vornehmen«, sagte Turner, »Vielleicht haben wir dann auch mehr von der Spurensicherung. Jetzt gehen Sie alle nach Hause und schlafen sich aus. Morgen früh um sieben Uhr will ich Euch alle wieder hier sehen. Wir haben viel zu tun.«

Dann wandte er sich an David: »Ich meine wirklich alle, auch Sie, Detective Soames.«

4. Kapitel

Montag

1.

Brooks wohnte, seit er nach Brookfield versetzt wurde, in einem Ein-Zimmer-Appartement am Laurie Drive. In diesen fünf Monaten hatten gerade mal zwei Frauen sein Zimmer betreten.

Die eine davon war seine Hauswirtin, eine etwa siebzig Jahre alte Witwe, die andere war Elena.

Es wurde Zeit für ein Date.

Heute würde er Melissa ansprechen, vielleicht würde sie sich ja von ihm zum Essen einladen lassen. Er saß gerade auf der Toilette, als das Telefon klingelte.

Mit den Hosen an den Knöcheln hängend stolperte er in sein Zimmer. Dabei übersah er seine Schuhe, die er am Vorabend mitten im Zimmer hatte stehen lassen. Er stolperte, taumelte und stürzte schließlich doch zu Boden, wobei er sich das Knie am Tischbein anschlug.

»Scheiße«, rief er aus.

Er humpelte zum Telefon und meldete sich.

»Hallo, Todd«, sagte Elena, »ich habe die ganze Nacht für dich durchgearbeitet. Du bist mir was schuldig.«

»Jaja«, sagte Brooks ungeduldig. »Hast du was rausbekommen?«

»Moment mal, so schnell geht das nicht«, bremste sie ihn. »Zuerst will ich wissen, wann du mit mir essen gehst.«

»Okay«, lenkte Brooks ein. In diesen sauren Apfel musste er wohl beißen. Er vereinbarte ein Treffen mit Elena am nächsten Wochenende.

Die gab sich damit zufrieden und erzählte ihm, was er wissen wollte.

Brooks lauschte dem Bericht von Elena.

Zuerst war er enttäuscht, als Elena ihm sagte, dass der Vergleich mit der DNA des Täters negativ war. Aber dann hellten sich seine Gesichtszüge auf.

Er versprach, sie auf jeden Fall am nächsten Samstag abzuholen und legte auf. Er hatte es wirklich vor, aber er ahnte nicht, dass er diesen Termin nicht würde einhalten können. Überhaupt, er hatte keine Ahnung, was ihm in dieser Woche noch widerfahren sollte.

Was Elena ihm gesagt hatte, war ein Volltreffer.

Sie war doch cleverer, als er dachte.

Das Ergebnis ihrer nächtlichen Arbeit war zwar nicht das, was er vermutet hatte, aber diese Nachricht war ein Knaller.

Fieberhaft dachte er nach, wie er an diese heikle Sache herangehen sollte.

In Gedanken versunken machte er sich fertig und fuhr zum Revier.

2.

David kam kurz vor sieben Uhr an. Er war, wie fast immer, der Letzte.

Aber zum ersten Mal seit Tagen wirkte er erholt.

Es fand eine kurze Besprechung im Büro des Chiefs statt.

David sollte mit Turner zu Elroy ins Krankenhaus fahren, Melissa und Brooks die Bankfiliale aufsuchen, um den Bareinzahlungen Greys auf den Grund zu gehen. Danach sollten sie noch zu Pascoe fahren und später in Greylock nach dem Mädchen suchen.

Bane musste im Revier bleiben und die verschiedenen Einsätze koordinieren, es gab ja auch noch den „normalen" Polizeialltag mit Einbrüchen, Raub und Übergriffen, die in der heutigen Zeit an der Tagesordnung waren. Das passte ihm überhaupt nicht und dementsprechend war seine Laune.

»Kann das nicht einer der Officer übernehmen?«, fragte er mürrisch den Chief.

»Nein, ich brauche einen kompetenten Mann dafür. Sie können sich dann gleich mal Greys Liste vornehmen und schauen, ob sie ein paar der Namen zuordnen können.«

Das war natürlich Balsam auf Banes seelischen Wunden, und er stimmte stolz zu.

3.

»Melissa, ich habe ein Problem.«

Brooks unterbrach die Stille, die im Auto herrschte. Sie fuhren gerade von der kleinen Bankfiliale zurück ins Revier.

In ihrer ganzen Hektik hatten sie völlig übersehen, dass die Bank erst um 8 Uhr öffnete.

»Was für ein Problem?«, fragte Melissa.

Brooks druckste herum. So hatte Melissa ihn noch nicht erlebt. Normalerweise war er das personifizierte Selbstvertrauen.

»Könnten wir irgendwo in Ruhe reden?«

»Okay, gehen wir da vorne in das Café und frühstücken. Ich habe heute sowieso noch nichts gegessen, und Zeit haben wir ja auch«, stimmte Melissa zu, die jetzt richtig neugierig war.

Brooks steuerte den kleinen Parkplatz vor dem Café an, und beide stiegen aus.

Das Café, in dem nur drei Tische standen, war vollkommen leer. Nur eine Kellnerin stand gelangweilt hinter dem Tresen.

Brooks bestellte zwei Tassen Kaffee, Melissa nahm noch ein Stück Kuchen dazu.

Als sie saßen, jeder mit einer dampfenden Tasse vor sich, berichtete Brooks von seinem Alleingang.
Melissa verschlug es die Sprache; sie ließ die Gabel mit einem Stückchen vom Kuchen auf den Teller fallen.
Nachdem Brooks ihr von dem negativen Vergleich berichtet hatte, fragte Melissa: »Wenn die Sache geheim bleibt, wo ist dann das Problem? Wir brauchen es ja niemandem zu erzählen.«
Dann erzählte Brooks, was ihm Elena berichtet hatte.
Melissa war geschockt.
Es dauerte eine ganze Weile, bis sie sich wieder im Griff hatte.
»Ist das sicher?«, fragte sie.
»Zu 99,9 Prozent«, bestätigte Brooks.
Melissa überlegte.
»Was ist mit dieser Elena? Wird sie es erzählen?«, fragte sie Brooks.
»Ganz sicher nicht. Es könnte sie ihren Job kosten, und an dem hängt sie sehr.«

Die beiden berieten eine gute halbe Stunde, was zu tun sei. Schließlich konnte Melissa Brooks überreden, David einzuweihen. Der würde wissen, wie sie weiter vorgehen könnten.
Brooks rief daraufhin im Revier an, aber David war schon mit Turner zum Krankenhaus unterwegs.
Da sie David jetzt nicht erreichten, fuhren sie nochmals zu der Bankfiliale.

4.

Jetzt geht's los, dachte Elroy, als David und Turner das Krankenzimmer im Brookfield-Memorial betraten.
Er hatte unglaubliches Glück gehabt. Sein Arm war zwar mehrfach gebrochen, aber es waren keine komplizierten Brüche. Er hatte die Operation gut überstanden, seine Knochen würden wieder zusammenwachsen.
Innere Verletzungen hatte er nicht erlitten, nur sein Schädel brummte fürchterlich.
Sein behandelnder Arzt hatte für eine Befragung durch die Polizisten keine Probleme gesehen, allerdings wollte er dabei sein, um gegebenenfalls einzuschreiten.
Elroy war zwar von den schmerzstillenden Mitteln noch leicht benommen, aber er würde einer kurzen Befragung folgen können.

»Guten Morgen, Mr. Elroy«, sagte Turner. »Wie ich sehe, geht es Ihnen ja schon wieder ganz gut. Dann können sie uns ja ein paar Fragen beantworten. Vorzustellen brauchen wir uns ja nicht; wir kennen uns ja schon von etlichen Vernehmungen mit miesen Gaunern, die Sie frei bekommen haben. Tja, und jetzt sind Sie selbst mal dran. Wollen Sie vielleicht einen Anwalt?«
»Ha ha«, sagte Elroy gereizt. »Ich brauche keinen Anwalt, wozu auch?«
»Gut, fangen wir an«, begann David.
»Wie war Ihre Ehe?«, stellte David gleich eine sehr direkte Frage. »Wie war ihr Verhältnis zu Ihrer Frau?«
»Meine Ehe? Ich liebe meine Frau. Was soll das?«, entrüstete sich Elroy.
»Sie wissen doch, dass wir das fragen müssen. Und Sie wissen, dass wir alles früher oder später erfahren, also machen

Sie es sich und uns nicht schwerer als nötig.«, mahnte Turner.

Elroy dachte kurz nach. Er fragte sich, wie viel die Beamten wussten. Wenn er zugab, dass er in letzter Zeit immer öfter mit Hannah gestritten hatte, sie sogar schlug, dann würden die ihm womöglich noch einen Polizisten vor die Tür setzen.

»Unsere Ehe war beispielhaft. Wir haben eine Tochter, die wir über alles lieben, und wir hatten auch sexuell keine Probleme, wenn Sie das meinen.«

»Hatten Sie ab und zu mal Streit mit Ihrer Frau, vielleicht wegen Geld oder Ihrer Tochter?«, fragte Turner.

»Nein, nicht oft. Natürlich hatten wir ab und an Differenzen, wie in jeder anderen Ehe auch, aber deswegen bringe ich ja wohl nicht meine Frau um. Sollten Sie mit dieser Frage nach einem Motiv suchen, so haben Sie Pech gehabt - ich habe keins. Ich habe nichts damit zu tun. Ich habe meine Frau geliebt.«

Elroy wirkte sehr überzeugend.

»Jaja, das sagten Sie bereits«, hakte Turner nach. »Aber, wer könnte es gewesen sein? Hatte Hannah Feinde? Haben Sie Feinde? Verärgerte Klienten? Werden Sie bedroht?«

»Nein, meine Frau hatte keine Feinde. Sie war überall beliebt. Und ich? Das Übliche. Leeres Gerede von Mandanten, deren Prozesse verloren gingen, aber das waren sehr wenige.«

»Ach, Sie verlieren auch mal?«, konnte sich Turner nicht verkneifen.

David sagte, dass Elroy eine Liste mit den Namen derer, die ihn bedroht hatten, anfertigen sollte, wenn er sich dazu in der Lage fühlen würde.

Elroy war schon erleichtert, dass das Gespräch in diese Richtung ging, als Turner die von ihm gefürchtete Frage stellte.

»Wo waren Sie eigentlich gestern Morgen zwischen sechs und acht Uhr?«

»Ich war um diese Zeit noch in Boston«, log Elroy. »Ich bin am Freitag von Pittsfield nach Boston geflogen und war bis gestern Morgen in meinem Ferienhaus auf Cape Cod. Um sieben Uhr fuhr ich nach Boston zurück und flog mit der 9 Uhr 20 - Maschine nach Pittsfield. Von dort bin ich mit dem Auto nach Hause gefahren. Mein Parkschein müsste noch in meiner Jacke sein.«

»Da haben Sie sich auf diese Frage aber gut vorbereitet«, sagte Turner.

»Sie vergessen, dass ich Anwalt bin und wusste, dass Sie diese Frage stellen würden.«

David ging zum Schrank, holte die Jacke heraus und durchsuchte die Taschen. Die Tweed-Jacke war am linken Ärmel zerrissen und blutig. David ging äußerst vorsichtig damit um. Er fand den Parkschein in der Innentasche und zeigte ihn Turner.

Den zweiten Schein, den er in der Jacke fand, verbarg er.

Gerade wollte David zum Reden ansetzen, da sagte Turner: »Scheint in Ordnung zu sein, Mr. Elroy. Wir überprüfen das selbstverständlich. Vielen Dank für die Auskünfte, jetzt erholen Sie sich erst einmal. Ach ja, wussten Sie eigentlich, dass Hannah schwanger war?«

Elroy wurde weiß im Gesicht. Er war sichtlich schockiert.

»Was? Davon hat sie mir nichts gesagt. Oh, mein Gott. Vielleicht wollte sie mich damit überraschen.«

»Auf Wiedersehen, Mr. Elroy«, sagte Turner.

Er drehte sich um und zog David am Ärmel mit aus dem Zimmer.

Draußen angekommen, Turner hatte gerade die Tür zugezogen, fragte David: »Was war denn das jetzt? Der hat uns doch von Anfang an belogen. Sein Alibi ist falsch, das können wir beweisen.«

»Beruhigen Sie sich, David. Natürlich weiß ich das. Ich will den Dreckskerl auch, aber Sie wissen, dass er ein cleverer Anwalt ist. Deswegen werden wir Beweise gegen ihn sammeln, bis er daran erstickt. Ich will, dass er da nicht mehr herauskommt, okay?«

David nickte und fragte Turner, ob ihm auch aufgefallen sei, dass Elroy immer nur die Bezeichnung 'meine Frau' für Hannah verwendete.

»Das ist mir gar nicht aufgefallen«, gab dieser verblüfft zu.

»Ich habe da noch etwas«, sagte David und reichte Turner den zweiten Zettel aus der Jackentasche.

»Eine Hotelquittung? Sieh mal einer an«, freute sich der Chief. »Von Freitag bis Sonntag, Harvest-Hotel in Albany. Das ist ja ein Ding. Wenn er dort war, dann hatte er sehr wohl die Gelegenheit, seine Frau zu töten. Er könnte aber auch den Killer engagiert haben und uns bewusst mit dem falschen Alibi auf sein wohl wasserdichtes Alibi im Hotel lenken können. Dem traue ich alles zu, er ist nicht umsonst einer der besten Anwälte. Jetzt würde ich doch gerne noch einmal zu ihm reingehen, aber es ist wohl vernünftiger, alles erst abzuklären.«

David dachte nach. Was hatten sie eigentlich bis jetzt gegen Elroy? Gut, er hatte sie wegen des Alibis angelogen, aber das machte ihn noch nicht zum Mörder. Wenn sie ihn jetzt festnehmen würden, wäre er binnen einer Stunde wieder auf freiem Fuß. Turner hatte recht.

»Wir werden jetzt in aller Ruhe eine Hausdurchsuchung machen, ich werde diese gleich beim Staatsanwalt beantragen. Des Weiteren will ich Einblick in seine Konten und seine Kreditkartenabrechnungen. Dann sehen wir weiter. Ich werde auch eine Genanalyse von Elroy machen lassen, die mit der des Mörders verglichen wird.«

»Dann sollten wir auch gleich überprüfen lassen, ob er der Vater von Hannahs ungeborenem Kind ist«, sagte David.

»Keine schlechte Idee. Vielleicht hat er ja noch ein paar Überraschungen für uns parat.«

Zufrieden fuhren die beiden zurück zur alten Grundschule.

5.

Immer noch geschockt fuhr Melissa mit Brooks zur Bank zurück. Mittlerweile war es kurz nach acht und die Filiale hatte geöffnet.

Es handelte sich um ein Gebäude in der Main Street, gerade mal vier Leute waren darin beschäftigt. Einer davon war ein alter Wachmann, zwei junge Frauen standen an den beiden Kassen und bedienten Kunden. Ein Mann mittleren Alters saß an einem Schreibtisch im hinteren Teil der Bank. Man konnte erahnen, dass er sehr klein gewachsen war, denn er ragte nicht weit über den Schreibtisch hinaus. Der Mann trug eine Brille mit Metallbügeln und runden Gläsern.

Das muss der Filialleiter sein, irgendwie sehen die alle gleich aus, dachte Melissa.

Sie ging direkt auf ihn zu.

»Hallo, ich bin Detective Shaney von der Brookfield-Police. Ich bräuchte eine Auskunft«, sprach sie den Mann an und zeigte dabei ihre Marke.

»Auf das Konto eines Ihrer Kunden wurden in dieser Filiale in letzter Zeit hohe Barbeträge eingezahlt. Ich möchte gerne wissen, wer die Beträge eingezahlt hat. Können Sie mir da weiterhelfen?«

Der Mann musterte Melissa von unten herauf.

»Sicher könnte ich, aber ich werde es nicht tun«, sagte der Mann äußerst unfreundlich.

»Was glauben Sie eigentlich, wer Sie sind, Kindchen? Haben Sie noch nie etwas vom Bankgeheimnis gehört? Muss ich Ihnen das noch erklären? Ohne Gerichtsbeschluss bekommen Sie keine Auskunft.«

Melissa beugte sich zu dem Mann über den Schreibtisch hinunter. Zorn klang in ihrer Stimme, als sie ganz leise sagte: »Erstens: Nennen Sie mich nie wieder Kindchen, sonst verhafte ich Sie wegen Beamtenbeleidigung und sexueller Belästigung. Zweitens: Anhand der Höhe der Beträge hätten Sie die Einzahlungen sowieso überprüfen müssen, es könnte sich nämlich um Geldwäsche handeln. Ich denke, das muss ich Ihnen auch nicht erklären. Also, bekomme ich jetzt die Auskunft, oder muss ich erst den Vorstand informieren und mit einem Durchsuchungsbeschluss wiederkommen? Ich könnte auch das Finanzministerium informieren, dann haben Sie die Feds am Arsch. Wäre Ihnen das lieber?«

Der Filialleiter antwortete kalt lächelnd: »Ach ja? Dann informieren Sie doch den Vorstand. Und besorgen Sie Ihren Durchsuchungsbeschluss. Ich freue mich schon darauf, Sie wiederzusehen.«

Melissa kochte vor Wut.

Während sie sich mit dem arroganten Filialleiter ein Wortgefecht geliefert hatte, stand Brooks bei einer der Kassiererinnen, die gerade keinen Kunden hatte, und flirtete mit ihr. Dann drehte er sich um und verließ die Bank, nicht ohne sich noch einmal umzudrehen und dem Mädchen zuzulächeln.

Melissa bemerkte, dass sie auf Granit biss und keine Auskunft bekommen würde.

Als sie sah, dass Brooks die Bank schon verlassen hatte, brach sie das Streitgespräch ab.

»Okay, Mr....« Sie hob das Namensschild auf dem Schreibtisch hoch und las: »...Finkelstein. Ich werde den Vorfall der Finanzbehörde melden, deren Ermittler können sich dann mit Ihnen beschäftigen.«

Vor Wut schäumend wollte Melissa die Bankfiliale verlassen. Kurz bevor sie an der Tür war rief ihr Finkelstein lachend nach: »Ja, bitte. Tun Sie das. Kindchen.«

»Verlass dich drauf, Riesenarschloch«, zischte Melissa und ging.

Brooks stand vor der Tür und lachte.

»Na, kein Glück gehabt mit deinem Verehrer?«

»Du musst gerade noch lachen«, fuhr sie ihn an. »Warum hast du mir nicht geholfen? Ich kam mir vor wie die dümmste Bitch auf dem Schulhof.«

»Aber ich habe bekommen, was wir wollten«, sagte Brooks stolz. »Kostet mich zwar ein Abendessen, aber für den Job opfere ich mich natürlich.«

Melissa war platt.

»Ja, ich habe mich mit der Kassiererin verabredet, dafür hat sie mir alles gesagt, was ich wissen wollte.«

»Super gemacht, Todd« Die Erleichterung war ihr deutlich anzumerken.

Es war das erste Mal, dass sie ihn bei seinem Vornamen nannte.

Er ergriff sofort die Gelegenheit und fragte sie, ob sie denn einmal mit ihm Essen gehen würde.

»Und was hältst du davon, wenn wir uns immer mit den Vornamen anreden? Wir kennen uns doch schon lange genug - und unter Kollegen...«, schob er gleich hinterher.

Melissa war überrascht. Binnen zweier Tage bekam sie von ihren beiden Kollegen jeweils eine Einladung. Was sollte sie tun?

Da kam ihr eine Idee.

Sie war für heute Abend schon mit David verabredet, aber da sie sowieso noch mit ihm reden mussten, würde sie die Gelegenheit nutzen und beides miteinander verbinden. Es tat ihr zwar etwas weh, dass sie dann nicht mit David unter sich sein konnte, aber wenigstens musste sie nicht mit Brooks allein ausgehen; wer weiß, auf welche Gedanken der dann käme.

Sie fand es plötzlich auch ganz interessant, wie die beiden reagieren würden.

»Okay, Todd«, stimmte sie zu. »Aber ich bestimme das Lokal. Ich rufe dich gegen halb acht heute Abend an und sage dir, wo wir uns treffen, bist du einverstanden?«

»Ja, klar«, sagte Brooks verblüfft. So einfach hatte er es sich doch nicht vorgestellt. Wahrscheinlich würde sie das teuerste Lokal in der ganzen Region aussuchen, aber das war sie ihm wert. Es lief wohl auf einen Test seiner Brieftasche hinaus.

»Was hast du denn nun erfahren?«

Brooks war vor lauter Euphorie ganz in Gedanken.

»Was?«, fragte er verwirrt. »Ach so, entschuldige bitte. Die Einzahlungen wurden ausnahmslos von Grey getätigt. Monica hat ihn einwandfrei auf dem Foto identifiziert.«

»Aha, Monica«, sagte Melissa süffisant.

»Vergiss sie, bitte«, bat Brooks, der völlig aus dem Häuschen war. »Die Scheine waren meist neue Hunderter und Tausender. Alle echt. Ich vermute, dass das Geld kurz vorher in bar abgehoben worden ist. Den Kassiererinnen kam es auch komisch vor, aber als sie dem Filialleiter davon erzählten, hat der sie zusammengefaltet. Sie sollen sich um ihre eigenen Sachen kümmern und so weiter. Wichtig wäre nur, dass man so einen guten Kunden an sich bindet. Und das kann man nicht, wenn man ihm hinterherspioniert. Hat schon komische Ansichten, der Typ.«

»Ich bezweifle nur, dass uns das viel weiterhilft«, wandte Melissa ein. »Fahren wir zu Pascoe und danach ins Revier und machen die Schreibarbeit, okay?«

Brooks stimmte zu. Ab jetzt würde er alles machen, was sie vorschlug.

Ein Abend mit Melissa, ich habe es geschafft, dachte er.

6.

David und Turner trafen gegen 8 Uhr 40 wieder im Revier ein.

Während Turner den Staatsanwalt anrief, um den Durchsuchungsbefehl für Elroys Haus und eine Kontoeinsicht, sowie einen Gentest zu beantragen, rief David seinen Sohn an.

»Hör mal, Cliff. Es sieht so aus, als könnte ich heute Mittag nicht zum Essen nach Hause kommen. Du weißt ja, der Fall. Machst du dir bitte selbst etwas warm?«

»Macht nichts, Daddy«, beruhigte ihn Cliff, »ich gehe mit Micky zu seinen Eltern, da bekomme ich bestimmt etwas zu essen.«

»Gut, aber benimm dich bitte. Und denk daran, heute Abend - MacBurger.«

»Aber Daddy«, tat Cliff entrüstet, »glaubst du wirklich, das vergessen wir? Ganz bestimmt nicht, verlass dich drauf.«

David lachte und legte auf.

Er ging zu seinem Schreibtisch zurück und spannte ein Blatt Papier in seine Schreibmaschine. Dann fing er an, seinen Bericht über die Ereignisse der letzten zwei Tage zu tippen.

»Scheiße!«

Der Ausruf war im ganzen Gebäude zu vernehmen. Alle schauten David an, selbst der Chief steckte den Kopf aus seinem Büro.

»Entschuldigung, Kollegen, manchmal geht's halt mit mir durch«, sagte David kleinlaut.

Seine Kollegen wandten sich kopfschüttelnd wieder ihrer Arbeit zu.

David hätte sich sonst wohin beißen können. Hatte er doch die Verabredung mit Melissa vollkommen vergessen. Und jetzt hatte er den Kindern den Abend versprochen.

Wie sollte er da wieder rauskommen?

Er war immer noch am Nachdenken, als Ryan kam. Die letzten zehn Minuten hatte er noch keinen einzigen Buchstaben zu Papier gebracht. Er würde wohl in den sauren Apfel beißen und Melissa einen Abend mit Kindern bescheren.

Hoffentlich nimmt sie mir das nicht übel, dachte David.

»Hallo Soames«, grüßte Ryan, »es gibt Neues, kommen Sie mit?«

Ryan rief auch Bane hinzu, Melissa und Brooks waren noch unterwegs.

Sie versammelten sich in Turners Büro. Nachdem sie sich gesetzt hatten, blickten alle gespannt auf Ryan.

»Also, ich fange mal klein an. Die vom Labor haben vorhin bei uns angerufen. Die Obduktion von Hannah Elroy hat keine neuen Erkenntnisse gebracht. Grey ist definitiv nicht der Vater ihres ungeborenen Kindes.«

»Da Hannah auch nicht auf seiner Liste steht, müssen wir uns wieder fragen, ob die beiden Fälle überhaupt zusammenhängen«, bemerkte der Chief.

»Dafür haben wir bei Grey etwas festgestellt.«

Ryan machte eine kurze Pause, um sich eine Zigarette anzustecken.

»Grey war HIV-positiv.«

»Ach du Sch...«. Turner konnte sich gerade noch beherrschen und deutete nur an, was er sagen wollte.

»Mein Gott«, sagte Bane, »die ganzen Frauen. Das könnte ein Motiv sein; vielleicht hat er jemanden angesteckt und diejenige hat sich gerächt. Vielleicht löst das auch das Rätsel mit seinen Genitalien und dem Bibelvers.«

»Nicht schlecht, Bane«, stimmte der Chief zu. »Aber wir können wohl kaum von jeder Frau auf der Liste einen Test verlangen. Aber, wir müssen, schon wegen der Gefahr, die von diesen Frauen ausgehen könnte, alle informieren.«

»So schlimm es ist«, sagte David, »aber dann können wir auch beobachten, wie die Betroffenen reagieren. Vielleicht ist ja eine der Damen gar nicht überrascht.«

»So gesehen, haben wir daraus vielleicht noch einen Vorteil, makaber«, sagte Turner.

Ryan meldete sich wieder zu Wort.

»Das waren nur die Ergebnisse aus dem Labor. Meine Jungs haben auch Erfolg gehabt. Zum einen wurden auf dem Waldweg nur die Abdrücke von zwei verschiedenen Autos gefunden. Das eine war der gestohlene Chrysler, das andere muss der Wagen des Killers gewesen sein. Bei den verwendeten Reifen handelt es sich um 175er Firestone-Reifen, vermutlich eine ganz normale Limousine. Das Profil der Reifen ist übrigens fast vollständig erhalten, das heißt, dass die Reifen ziemlich neu sein müssen, oder aber der Wagen nicht oft gefahren wird. Findet den Wagen und ihr habt den Mörder.«

»Haha«, sagte Bane zynisch.

»So viel dazu«, machte Ryan weiter, »zu den Papieren, die in Greys Koffer waren: Die Führerscheine, Pässe und Sozialversicherungskarten waren fast alle gefälscht. Fast, das heißt, seine echten Papiere waren dabei. Grey hieß in Wahrheit Karl Hanson. Auch seine Fingerabdrücke bestätigen das. Er wurde in New York geboren und zog als junger Mann nach Brockton. Dort wurde er einmal verhaftet und wegen Betrugs vor Gericht gestellt. Das Verfahren wurde damals eingestellt, weil die einzige Zeugin ihre Aussage zurückzog. Zwei Jahre später wurde Haftbefehl wegen Erpressung gegen ihn erlassen, der heute noch Bestand hat. Kurz vor dem Zugriff verschwand er. Anscheinend hat er sich zu diesem Zeitpunkt die falschen Papiere zugelegt. Das war es vorerst zu Grey oder besser gesagt Hanson.«

»Bleiben wir bei dem Namen Grey, sonst kommen wir noch durcheinander«, sagte Turner, »da haben wir ja einen ganz besonderen Kunden. Bane, Sie setzen nachher einen Mann auf Grey an. Der soll die falschen Namen aus den Papieren checken. Ich will wissen wann, wie lange und unter welchem Namen er sich wo aufgehalten hat. Gleichen Sie die Liste aus dem Computer mit den Orten ab und suchen Sie nach den Adressen, wo der Name oder die Telefonnummer vermerkt ist.«
Bane bestätigte.

Ryan übernahm wieder die Wortführung.
»Im Auto von Elroy haben wir diese Briefe gefunden.«
Er zog ein rosa Bündel Papier aus der Innentasche seiner Jacke.
»Liebesbriefe?«, fragte Turner.
»Ja, und was für scharfe Dinger. Ihr müsstet mal lesen, was da so alles geschrieben steht, z.B.: Mein Liebster, während ich das schreibe liege ich auf meinem Bett, ganz nackt. Die Finger meiner linken Hand liebkosen meine Muschi, und ich denke...«
»Ist gut, Ryan. Von wem sind die Briefe?«, stoppte Turner den Lesedrang des Spurensicherers.
»Absender ist eine Kelly La Manga. Alle Briefe wurden an die Kanzlei von Elroy gesendet.«

»Schau einer an«, sagte der Chief. »Der glücklich verheiratete Anwalt, der seine Frau so arg liebt und die Frau des Verlegers, die auch auf Greys Liste steht.«

Alle schauten sich gegenseitig an.

»Das ist ja ein Ding«, rief Bane aus.

»Und das ist noch nicht alles«, warf Ryan ein, »mein Bekannter bei der CIA hat drei Leute benannt, die in der Lage wären, privat solche Spezialmunition herzustellen. Zwei davon sitzen im Knast, der dritte hat einen Buchladen in Springfield. Er wird mittlerweile von unseren Kollegen dort überwacht, ich habe das arrangiert.«

»Klasse, Ryan.« Turner war begeistert.

»Soames, fahren Sie nach Springfield, lassen Sie den Mann festnehmen und quetschen Sie ihn aus«, ordnete er an.

»Ryan, haben wir ein Foto von Elroy?«

»Ja, zufällig lag im Handschuhfach ein Streifen neuer Passfotos. Die habe ich auch hier«, war die Antwort.

»David, nehmen Sie ein Foto von Elroy mit. Ich sage dem dortigen Chief, dass er Sie unterstützen soll. Ryan, geben Sie mir auch eines der Fotos. Bane, Sie leiten die Hausdurchsuchung bei Elroy. Den Durchsuchungsbefehl holen Sie sich beim Staatsanwalt ab. Danach nehmen Sie sich die Liste wieder vor. Ich werde dieser Kelly La Manga einen Besuch abstatten; die scheint ja mehrgleisig zu fahren. Danach werde ich in Pittsfield den angeblichen Flug von Elroy überprüfen, und wenn mir die Zeit noch reicht, fahre ich noch nach Albany in dieses Hotel, von dem die Quittung in Elroys Jacke stammt. Brooks und Shaney sind ja schon mit Arbeit für heute eingedeckt, dann haben wir ja eine ganze Menge zu tun. War's das, Ryan?«

Ryan bejahte die Frage, mit dem Hinweis, dass er seine Leute für die Hausdurchsuchung bereithalte.

David wunderte sich, warum der Chief plötzlich so viel Ermittlungsarbeit selbst übernahm. Oder wollte er nur verhindern, dass einer seiner Beamten sich bei wichtigen Leuten im Ton vergriff? Naja, kann mir egal sein, dachte David.

Dann verließen alle Turners Büro und gingen an die Arbeit.

7.

Melissa und Brooks kamen kurz vor neun Uhr in der Maple-Street an.
Sie hielten vor Pascoes Haus. In der Einfahrt stand ein glänzender, schwarzer Geländewagen.
Der Vorgarten war ungepflegt, überall wucherte Unkraut.
Die Fassade des Hauses war verwittert, das Dach sah katastrophal aus.
Schon gestern war Melissa aufgefallen, dass dieses Haus das Erscheinungsbild der Straße erheblich beeinträchtigte.
»Schönes Auto«, schwärmte Brooks und ging an dem Geländewagen vorbei zur Haustür.
Neugierig warf er einen Blick in das Fahrzeug. Instinktiv griff er zu seinem Schulterhalfter, in dem die 38er steckte.
Er gab Melissa ein Zeichen.
Melissa näherte sich vorsichtig und sah auch in den Wagen. Auf dem Beifahrersitz lagen eine Pumpgun und zwei weitere Schrotflinten.
Brooks flüsterte: »Vorsicht. Scheint ein Waffen-Freak zu sein.«
»Er ist Jäger. Vielleicht will er gerade losfahren«, informierte ihn Melissa.
Keine zwei Meter von ihnen entfernt bewegte sich der Vorhang hinter einem Fenster.
Brooks klopfte an die Tür.
Die Waffe hatte er stecken lassen, aber man sah ihm die Spannung förmlich an.
Pascoe öffnete die Tür.
»Ja?«, fragte er mürrisch.

»Mr. Pascoe, wir müssen Sie noch einmal sprechen. Das ist Detective Brooks«, stellte Melissa ihren Kollegen vor, »mich kennen Sie ja noch von gestern.«

Pascoe ging voran und führte die beiden in das Zimmer mit den Trophäen. Er bot ihnen einen Sitzplatz und etwas zu trinken an. Sie setzten sich, die Getränke lehnten sie ab.

Pascoe holte sich ein Bier.

Brooks saß genau unter einem mächtigen Karibu-Geweih. Als Melissa das sah, musste sie lachen. Es dauerte eine Weile, bis Brooks auf den Grund ihrer Heiterkeit kam.

Pascoe kam zurück, und die beiden wurden ernst.

»Mr. Pascoe, warum haben Sie gestern Morgen eigentlich gleich die Polizei informiert?«, kam Melissa gleich zur Sache, »Sie hätten doch auch erst einmal nachsehen können, ob überhaupt etwas passiert ist.«

Er antwortete leicht gereizt.

»Hören Sie, ich habe Ihnen gestern schon gesagt, dass ich Grey kaum kannte. Da war nie etwas zu hören, und gestern schrie plötzlich das Mädchen, als würde sie abgestochen. Gleich darauf läuft sie weg. Was hätten Sie denn getan?«

»Ich hätte geschaut, ob ich helfen kann, wenn der Verdacht besteht, dass etwas passiert sein könnte«, sagte Brooks.

»Ach ja, dann sind Sie ja ein Held«, entgegnete Pascoe ironisch, »ich halte mich aus solchen Sachen lieber raus. War das alles? Ich will zur Jagd.«

»Oh, da werden Sie sich noch etwas gedulden müssen«, entgegnete Melissa.

Pascoe verdrehte die Augen und setzte sich hin.

»Was denn noch?«, fragte er zornig.

»Wir glauben Ihnen nicht. Sie müssen Grey besser gekannt haben als Sie zugeben.«

Brooks ging nun frontal auf ihn los.

»Schließlich hat er sie erpresst.«

Kurze Zeit war es totenstill.

Erstaunen war in Pascoes Gesicht zu sehen.

Dann fing er an zu grinsen, und Melissa ahnte, dass die Dinge irgendwie falsch liefen.

»Er soll WAS? Mich erpresst haben? Wie kommen sie denn auf diesen Nonsens?«

Pascoe lachte jetzt offen über die beiden Polizisten.

»Wir haben den Verdacht, dass Grey ein Erpresser war«, verriet Brooks, »und wir haben eine Liste gefunden, auf der auch Ihr Name stand. Und ein Betrag von 30.000 Dollar war bei Ihrem Namen vermerkt.«

»Grey war ein Erpresser?«

Die Überraschung war Pascoe deutlich anzusehen.

»Womit hätte er mich erpressen sollen? Es gibt nichts, ich habe nichts getan, das nicht an die Öffentlichkeit dürfte. Übrigens, schauen Sie sich doch einmal um. Glauben Sie wirklich, dass ich so viel Geld habe? Ich schlage mich gerade so durch. Es muss sich um eine Verwechslung handeln, vielleicht ein anderer Pascoe. So, und wenn das jetzt alles war, dann bitte ich Sie zu gehen, ich habe keine Zeit für so einen Blödsinn.«

Brooks stand kurz davor, vor Wut zu explodieren.

»Jetzt hören Sie mir mal zu…« Weiter kam er nicht.

»Todd?«, unterbrach ihn Melissa. »Ich glaube, wir sollten jetzt wirklich gehen. Entschuldigen Sie die Störung, Mr. Pascoe«, sagte sie und zog Brooks mit sich aus dem Haus.

Vor der Tür fuhr Brooks Melissa an.

»Was soll das?«

»Todd, was haben wir denn wirklich? Dass er uns gleich angerufen hat, das hat er doch plausibel erklärt, oder? Und wer sagt uns eigentlich, dass es sich bei dem Namen auf der Liste wirklich um ihn handelt? Vielleicht ist ja auch eine Frau gemeint, und wir haben uns nur von der anderen Farbe täuschen lassen. Vor allem kam es mir so vor, als wäre er

wirklich überrascht gewesen, als er erfuhr, dass Grey sein Geld mit Erpressungen verdiente; das war nicht gespielt.«
Brooks stimmte ihr widerwillig zu.

Wieder eine Spur, die im Sande verlief.

»Wir sollten wenigstens eine Kontoauskunft beantragen, um sicher zu sein«, hakte Brooks nach.

»Okay«, sagte Melissa, »sprechen wir mit dem Chief. Ich glaube aber nicht, dass Pascoe jemals mehr als 200 Dollar auf dem Konto hatte. Fahren wir zum Revier, machen den Papierkram und gehen etwas essen, dann fahren wir nach Greylock.«

Brooks stimmte zu.

8.

David brauchte 80 Minuten für die knapp 100 Kilometer nach Springfield.

Er meldete sich bei dem Diensthabenden des Reviers, der verwies ihn gleich an Chief Bride.

David stellte sich vor.

»Ja, ich weiß Bescheid«, sagte Bride, »zwei meiner Leute observieren den Mann. Wie wollen Sie vorgehen?«

Bride war nicht gerade gesprächig. David erklärte ihm die Sachlage und riet zu einer schnellen Festnahme.

Ohne ein Wort zu David griff Bride zum Funkgerät und wies seine Leute an, einen gewissen Luther Sikes zu verhaften.

Zu David sagte er: »Wissen Sie, wir sind schon lange wegen Hehlerei an ihm dran. Jetzt kommen Sie und wollen den Ruhm für die lange Arbeit meiner Leute ernten. Das passt mir und den Jungs überhaupt nicht.«

»Und wissen Sie«, entgegnete David, »wir haben zwei Mordfälle und dieser Kerl könnte für uns erheblich zur Aufklärung beitragen. Den Ruhm können Sie meinetwegen behalten. Machen Sie damit, was Sie wollen.«

David konnte ihn zwar verstehen, aber er hasste es, wenn es wegen solcher Kleinigkeiten zu Differenzen zwischen Kollegen kam.

Er ging in die Cafeteria des Reviers und ließ sich eine Tasse Kaffee bringen. Die Wartezeit verbrachte er in Gedanken an Melissa. Nach etwa 30 Minuten kam ein Officer und geleitete ihn zum Verhörraum.

Drei Leute waren anwesend.

Zum einen war da Bride, der an der Wand lehnte. Der zweite Polizist stellte sich als Detective Sean Billings vor. Am Tisch, der außer zwei Stühlen das einzige Möbelstück in dem kargen Raum war, saß in lässiger Haltung ein etwa 65 Jahre alter Mann. Auf dem Tisch stand ein Aufnahmegerät, daneben lagen ein Notizblock und ein Bleistift.

»So, da haben Sie ihren Verdächtigen, Detective Soames«, sagte Bride schnippisch, »ich denke, Sie wollen das Verhör selbst führen, ich habe zu tun.«

Bride verließ den Raum.

Billings sagte zu David: »Machen Sie sich nichts draus, der ist immer so freundlich. Man gewöhnt sich mit der Zeit an ihn.«
Dann informierte er David leise über das, was sie bisher über Sikes wussten.

David setzte sich auf den zweiten Stuhl, Sikes direkt gegenüber.

»Sie sind also Luther Sikes?«, begann David.

»Was fragen Sie denn, wenn Sie´s wissen?«, antwortete Sikes gereizt.

Er war einer dieser schmierigen Typen, die man selten zu fassen bekam. Ungefähr 1,65 Meter groß, von schlanker Gestalt, das Toupet, das er trug, leicht nach hinten verrutscht. Auf dem arroganten Gesicht machte sich ein Grinsen breit.

»Nur fürs Protokoll«, sagte David freundlich. »Mr. Sikes, wir haben den starken Verdacht, dass Sie mit illegalen Waffen handeln.«

Sikes lachte.

Ein Officer kam herein und flüsterte Billings etwas ins Ohr. Sikes blickte neugierig zu den beiden, er wurde nervös.

»So, Sikes, jetzt mal Klartext«, übernahm Billings das Verhör.

David ließ ihn gewähren.

»Unsere Leute haben hinter einem Wandschrank 'ne Menge belastendes Material gefunden. Waffen, Munition, gefälschte Papiere. Was sagen Sie denn dazu?«

Sikes' überhebliche Sicherheit war verschwunden. Er rutschte unruhig auf seinem Stuhl hin und her.

»Das hat man mir untergeschoben«, versuchte er zu lügen, »das ist nicht von mir.«

Sein Blick flackerte.

»Hören Sie, wie alt sind Sie jetzt?«, nahm David wieder das Verhör an sich. »Ich schätze mal so 65? Wenn wir feststellen, dass auch nur mit einer dieser Waffen ein Verbrechen begangen wurde, dann werden Sie nie mehr freikommen. Sie wandern so lange in den Bau, bis man Sie mit Füßen voran wieder heitrausträgt.«

»Ich kaufe und verkaufe doch nur«, jammerte Sikes. Sein ganzes Selbstvertrauen, seine Überheblichkeit waren verschwunden.

»Ich möchte nur eines wissen«, sagte David. »Haben Sie spezielle Munition angefertigt und verkauft, zum Beispiel aus Eis?«

Ein Funke des Verstehens war plötzlich in Sikes' Gesicht zu sehen.

»Das kann ich nicht sagen. Der wird mich töten. Dieser Kerl ist eiskalt.«

»Du hast gar keine Wahl, wir haben dich am Arsch«, sagte David.

Sikes überlegte fieberhaft.

»Machen wir einen Deal?«, fragte er. Seine Selbstsicherheit wuchs wieder.

David blickte Billings an. Der verließ kurz den Raum. Als er zurückkam, nickte er David zu.

»Okay, Luther, ich verspreche nichts, aber wenn Sie auspacken, dann werde ich mit dem Staatsanwalt reden, wenn Sie allerdings lügen...«

David ließ den Halbsatz so im Raum stehen. Sikes verstand.

»Okay.«

Sikes begann zu reden.

Er erzählte den beiden Polizisten, dass er für einen speziellen Kunden, den er seit ungefähr 15 Jahren belieferte, des Öfteren mal Waffen und Munition besorgte. Der Kunde sei ein Profi. Wenn er etwas brauchte, dann rief er Sikes an, bestellte ihn zu einem Schließfach, wo dieser einen Zettel mit der Bestellung, dem Übergabeort und Bargeld vorfand.

Zu einem vereinbarten Zeitpunkt hinterlegte Sikes dann die Ware am gewünschten Ort.

Die Munition aus Eis war eine neue Entwicklung von ihm, aus einer speziellen Flüssigkeit. Er sagte, er habe diese vor zwei Tagen das erste Mal geliefert.

»Wer ist der Mann?«, fragte David.

»Ich weiß es nicht«, war die Antwort Sikes´. »Ich habe ihn nie gesehen.«

»Tja, das ist zu wenig, Sikes«, bemerkte Billings, »da werden wir nichts für Sie tun können.«

Er tat, als wolle er den Raum verlassen, David erhob sich von seinem Stuhl.

»Warten Sie.« Sikes war nun in Panik.

»Als ich vorgestern lieferte, also wissen Sie, die Munition, die aus Eis, die hält sich zwar in der Kühlbox, aber eben auch nicht ewig. Also durfte es nicht lange dauern, bis er sie abholt. Ich wollte ihn auch mal sehen.«

»Und?«, fragte David.

»Ich habe mich auf die Lauer gelegt und ihn durch mein Fernglas gesehen. Aber die Dämmerung hatte schon eingesetzt, meine Augen sind auch nicht mehr die besten. Ich kann Ihnen nur sagen, es war ein großer Mann. Mehr weiß ich wirklich nicht.«

»Wie groß?«, fragte Billings.

»Also, ich schätze mal, so einsneunzig mindestens.«

»Hat der Mann gehinkt? Zog er ein Bein nach?«, fragte David, dem man die Enttäuschung anmerkte.

»Nein, nicht dass ich wüsste. Aber mir fällt da noch etwas ein. Sein Wagen, den konnte ich deutlich sehen. Er fuhr einen neuen Sedan. Da bin ich sicher.«

»Haben Sie das Nummernschild lesen können, die Farbe erkannt?«

»Nein, aber es war ein dunkler Wagen, vielleicht schwarz oder dunkelgrau.«

»Sikes, Sie können uns nicht erzählen, dass das alles ist. Wie nehmen Sie Kontakt mit ihm auf, zum Beispiel wenn Sie eine bestimmte Waffe nicht liefern können oder sonst irgendwie in Verzug geraten?« David machte jetzt enormen Druck.

Sikes rutschte wieder auf dem Stuhl umher und wand sich um eine Antwort.

»Sie müssen uns schon alles sagen«, mahnte Billings, »sonst können Sie unsere Vereinbarung vergessen.«

»Okay«, stimmte Sikes schließlich widerwillig zu. »Aber es muss unter uns bleiben, dass Sie die Information von mir haben. Der Kerl ist gefährlich, der findet mich überall.«

David nickte ihm zu und dachte, von wem denn sonst?

Dann redete Sikes.

9.

Kelly La Manga war eine graziöse Erscheinung.

Nachdem ihr erster Mann, der aus einem alten Adelsgeschlecht stammte, starb, hinterließ er ihr ein Vermögen. Seitdem hatte sie Mühe, auch nur die Zinsen auszugeben.

Vor fünf Jahren beschloss sie, dass 45 ein gutes Alter sei, sich vom ständigen Partymachen zurückzuziehen.

Sie heiratete ihren damaligen Freund, den jetzt 60-jährigen Zeitungsverleger Bill Lockhart.

Bei ihm war sie sicher, dass er sie nicht wegen ihres Vermögens liebte. Er war selbst steinreich.

Ihren Namen behielt sie zum Andenken an ihren ersten Mann, dem sie so viel zu verdanken hatte und den sie, als einzigen, wirklich geliebt hatte.

Nach der Hochzeit mit Bill, den alle 'Billy' riefen, hatte sie sich vornehmlich um dessen mittlerweile 13-jährige Tochter Jennifer gekümmert und den Haushalt allein gemacht.

Doch schon bald merkte sie, dass dieses Leben auch nicht gerade das war, das sie sich vorstellte.

Elternausschuss, Bridge-Abende - sie fühlte sich immer noch zu jung dafür. Mit Billys Potenz ging es auch rapide bergab; so war es nur eine Frage der Zeit, bis Kelly heimlich aus diesem Leben ausbrach.

Sie mochte Billy, mehr aber nicht, deshalb verhielt sie sich so diskret wie möglich.

Einige Männer kreuzten in dieser Zeit ihren Weg und ihr Bett.

Seit etwa einem Jahr hatte sie ein Verhältnis mit Albert Elroy, dem Mann ihrer besten Freundin.

Anfangs hatte sie noch Gewissensbisse, aber der Trieb siegte über die Seele.

Außerdem traf sie Albert nur unregelmäßig. Er war so in seinem Job eingespannt, dass sich nur wenige Gelegenheiten für ein Schäferstündchen ergaben.

Und so hatte sie sich nebenbei mit Freddy Grey vergnügt.

Sie war gerade aufgestanden und hatte sich den seidenen Morgenrock angezogen, als an der Tür der Jugendstil-Villa der angenehme Gong ertönte.
Vor zwei Jahren, als Kelly die Putzerei leid war, hatten sie und Billy ein Hausmädchen eingestellt.
Mary, so hieß die junge Frau, kam zur Küchentür herein.
»Ma´am, da ist ein Mann an der Tür. Er sagt, er sei von der Polizei«, meldete Mary.
Was will denn die Polizei von mir, dachte Kelly.
»Bitten Sie ihn herein, Mary«, sagte sie, richtete sich das dunkelblonde Haar und zupfte den Morgenrock zurecht.
Mike Turner stellte sich vor. Kelly sagte ihm, dass sie ihn doch kenne. Sie waren sich bei verschiedenen festlichen Anlässen schon begegnet.
»Was will denn die Polizei von mir, und dann noch der Chief persönlich? Oder wollen Sie mit meinem Mann sprechen? Der ist allerdings schon in der Redaktion.«
»Nein, Mrs. La Manga. Ich will Sie sprechen«, sagte Turner, »und ich will die Sache so diskret wie möglich behandeln.«
»Oh, jetzt bin ich aber gespannt. Wollen Sie einen Kaffee? Ich habe mir gerade eine Kanne machen lassen«, fragte sie ihn.
»Danke, gerne«, nahm der Chief das Angebot an.
Kelly rief nach Mary und wies sie an, für den Gast ein Gedeck zu bringen.
Turner wartete, bis das Mädchen die Küche wieder verlassen hatte.
»Es geht um einen Fred Grey. Kennen sie ihn?«, begann der Chief.
Kelly erschrak.
Wie konnte Turner von Freddy wissen?

»Nein, ist mir nicht bekannt, müsste ich ihn kennen?«, log sie.

»Bitte, Mrs. La Manga, wir haben Beweise, dass Sie ihn kannten. Wurden Sie von ihm erpresst?«

Turner ging ohne Umschweife auf sein Ziel los. Er wählte bei dieser Befragung bewusst die harte Masche.

»Wieso kannten? Ist Freddy etwas zugestoßen?«, stieß sie hervor.

»Also doch. Sie kannten ihn, sonst hätten Sie ihn nicht 'Freddy' genannt.«

»Äh, ja.«

Kelly hatte ihren Fehler zu spät bemerkt.

»Bitte, Mr. Turner, können wir das, wie Sie schon sagten, diskret behandeln? Mein Mann weiß nichts von dieser Sache.«

»Ja, aber nur, wenn sich herausstellt, dass Sie nichts mit Greys Tod zu tun haben«, versicherte ihr Turner.

»Grey ist also wirklich tot? Was ist passiert? Hatte er einen Unfall?«

Mit zitternden Fingern zündete Kelly sich eine Marlboro an und zog hektisch.

»Haben Sie denn noch keine Zeitung gelesen, noch keine News gehört? Als Frau des größten Verlegers im County? Er wurde am Freitag ermordet«, hakte Turner nach.

»Nein, ich war die letzten Tage in New York bei einer Freundin von früher und bin erst heute Nacht nach Hause gekommen. Und vorhin bin ich erst aufgestanden, wann also hätte ich Zeitung lesen sollen?«

»Hat er Sie erpresst?«

Kelly zögerte, beschloss dann aber, die Wahrheit zu sagen. Sie berichtete dem Chief von ihrem Verhältnis mit Grey. Zuerst lief alles gut, aber dann verlangte Grey Geld. Anfangs bezahlte sie noch; als sie merkte, dass er sie nur ausnahm, beendete sie die Beziehung. Das hätte sie besser nicht getan, denn jetzt zeigte Freddy sein wahres Gesicht.

Er verlangte für sein Schweigen Geld. Sie hatte die 35.000 Dollar bezahlt, aber vor zwei Wochen wollte er einen Nachschlag in Höhe von 50.000 Dollar.

Sie erzählte, dass sie dann letzten Montag noch einmal bei ihm war und ihm gesagt hatte, dass sie nichts mehr zahlen würde. Sie habe Grey sogar mit einem ihr gut bekannten Anwalt gedroht.

Das sei alles gewesen. Seitdem hätte sie nichts mehr von Grey gehört - bis heute.

»Letzten Montag?«, sagte Turner nachdenklich, »wie kamen Sie denn zu ihm?«

»Wie? Mit meinem Auto. Warum?«

»Was für einen Wagen fahren Sie denn?«

»Ich?«, fragte sie wieder verwundert. »Ich fahre einen Porsche Targa, aber warum fragen Sie? Was hat mein Auto damit zu tun?«

Die Enttäuschung stand Turner ins Gesicht geschrieben.

»Moment mal, da fällt mir gerade ein, der Targa war an diesem Tag in der Werkstatt, da habe ich mir den Wagen meiner Freundin geliehen«, sagte Kelly plötzlich in die Stille.

Turner stand jetzt wieder unter Spannung.

»Heißt ihre Freundin etwa Hannah Elroy? Ist der Anwalt, mit dem Sie Grey gedroht haben, Albert Elroy?«

»Ja, aber, verdammt nochmal, sagen Sie mir jetzt endlich, warum Sie mir all diese Fragen stellen. Verdächtigen Sie etwa mich?«, wollte Kelly wissen.

»Das weiß ich noch nicht so genau. Ich will jetzt mal ganz offen zu Ihnen sein, und es wird Ihnen überhaupt nicht gefallen. Also«, begann Turner mit der großen Keule um sich zu schlagen, »wir wissen, dass Sie ein Verhältnis mit Grey hatten. Der hat Sie erpresst und ist jetzt tot. Wir wissen auch, dass Sie mit Albert Elroy ein Verhältnis haben.«

Er beobachtete genau ihre Reaktion.

Kelly wurde blass und steckte sich die nächste Zigarette an.

»Scheiße«, rief sie aus, und es klang hässlich aus dem Mund dieser vornehmen Dame.

»Was hat denn das mit Grey zu tun?«, blaffte sie Turner an.

»Na ja, vielleicht hat er Ihnen geholfen, Grey aus dem Weg zu räumen«, schoss der Chief seinen nächsten Pfeil ab. Er landete einen Volltreffer.

»Spinnen Sie?«, schrie Kelly ihn an, wurde aber sofort wieder leiser, weil sie Angst hatte, Mary könnte sie hören. Nur gut, dass Jennifer über die Ferien bei ihrer Tante zu Besuch war. Zornig fragte sie: »Wann genau wurde Grey getötet?«

»Wie ich schon sagte, Freitagabend, wo waren Sie da?«

»Wie ich schon sagte«, äffte sie ihn nach, »ich war bei einer Freundin in New York, seit Donnerstag, und blieb bis gestern Abend. Sie können gerne ihre Telefonnummer habe, um sie zu fragen.«

Aus der perfekten Dame war plötzlich eine spöttisch bissige Furie geworden und Turner fragte sich schon, wann sie wieder zu schreien anfangen würde. Aber langsam beruhigte sie sich.

»Na, dann brauchen Sie sich ja keine Sorgen zu machen - wenn das stimmt. Wir werden das selbstverständlich überprüfen.«

»Tun Sie das, aber lassen Sie mich jetzt endlich in Ruhe«, sagte sie unfreundlich zu ihm.

»Das würde ich gerne, aber da wären noch zwei Punkte«, sagte Turner.

»Was denn noch?«

Kelly war jetzt ziemlich mit den Nerven runter, aber der Chief konnte ihr das Folgende nicht ersparen.

»Es tut mir leid, aber Ihre Freundin, Hannah Elroy, wurde gestern erschossen.«

Kellys Gesichtsfarbe wechselte zu einem ungesunden Grau. Sie war fassungslos.

»Was? Was sagen Sie da?«, fragte sie mit zitternder Stimme. Sie dachte und hoffte, sie hätte ihn falsch verstanden.

»Irgendjemand hat Hannah Elroy im Park erschossen, möglicherweise ein angeheuerter Profi. Wissen Sie etwas davon?«

Kellys Gesichtsfarbe wechselte von grau in ein wütendes Rot.

»Mein Gott. NEIN! Ich wusste ja nicht einmal, dass sie tot ist. Was wollen Sie mir denn noch anhängen?«

Turner ließ nicht locker.

»Dann überlegen Sie mal, wer außer Ihnen und Hannahs Mann noch ein Motiv gehabt hätte.«

»Jetzt reicht´s. Raus.«

Kelly hatte sich drohend vor Turner aufgebaut. Der zeigte keinerlei Reaktion.

»Wer sind Sie?«, machte Kelly weiter, »ein Sadist, dem das alles Spaß macht? Machen Sie, dass Sie wegkommen. Sonst sagen Sie mir vielleicht noch, dass mein Mann nicht im Verlag ist, sondern von einem Mähdrescher überfahren wurde.«

Kelly hatte jetzt Tränen in den Augen. Sie war außer sich vor Wut. In die Wut mischte sich aber auch Trauer um Hannah. Grey weinte sie keine Träne nach.

»Es könnte durchaus sein, dass Sie und ihr Mann auch bald dem Tod ins Auge schauen müssen.«

»Was soll denn das nun wieder heißen?«

Kelly war kurz vor einem Kollaps.

Turner stand auf und drückte sie sanft auf ihren Stuhl zurück. Was er jetzt sagen musste, tat ihm sehr leid. Es war eine Sache, wenn er jemanden in die Mangel nahm, den er in Verdacht hatte, aber es war etwas anderes, eine solch schlimme Nachricht zu überbringen.

»Das muss ich Ihnen jetzt sagen, ich habe keine andere Wahl. Es tut mir leid.«

Kelly schaute Turner ängstlich an. Eigentlich wollte sie überhaupt nichts mehr von ihm erfahren; was er bis jetzt gesagt hatte war schlimm genug, und sie hasste ihn dafür. Aber sie wusste jetzt, dass er nicht lockerlassen würde und fürchtete sich vor seinem nächsten Satz.

»Was noch?«, fragte sie trotzdem und starrte nun in eine Ecke der Küche.

»Wie schon gesagt, es tut mir sehr leid. Sie und ihr Mann sollten sich möglichst bald von einem Arzt untersuchen lassen. Grey war HIV-positiv.«

Als Kelly begriff, was Turner gerade sagte, verdrehte sie die Augen und kippte vom Stuhl.

Turner fing sie ab, bevor sie auf den Marmorplatten des Bodens aufschlagen konnte.

Er rief das Hausmädchen um Hilfe. Zusammen legten sie Kelly auf eine Couch im riesigen Wohnzimmer.

Turner erklärte Mary, dass ihre Chefin ohnmächtig geworden war, als sie vom Tod ihrer Freundin hörte, und bat sie, den Hausarzt von Mrs. La Manga anzurufen.

Dem Arzt, der schon 10 Minuten später eintraf, erzählte Turner von der möglichen Infektion. Nachdem der Arzt Kelly eine Spritze gesetzt hatte, ließ er sie vorsorglich in die Klinik einweisen.

Turner war froh, dass Kellys Mann nicht hier war. Es kam ihm sehr gelegen, er hatte jetzt wirklich keine Lust, sich auch noch mit einem wütenden Ehemann auseinanderzusetzen.

Noch während der Hausarzt Kelly versorgte, dachte der Chief nach, ob er nicht doch zu hart vorgegangen war. Er hatte jede Sensibilität vermissen lassen, aber der Fall ging ihm selbst zu sehr an die Nieren, als dass er auf irgendjemanden Rücksicht nehmen konnte und wollte.

Er schlenderte nachdenklich durch das Wohnzimmer. Auf einer Anrichte stand ein Foto von Kelly. Er sah sich um, ob gerade jemand zu ihm herübersah und steckte es unauffällig ein.

Nachdem der Krankenwagen abgefahren war, bat Turner das Hausmädchen, Kellys Mann zu informieren.

Dann fuhr er aus Brookfield heraus in Richtung Süden nach Pittsfield.

10.

Bane traf gegen elf Uhr wieder auf dem Revier ein.

Die Hausdurchsuchung bei den Elroys war enttäuschend verlaufen. In den persönlichen Sachen von Hannah fand sich nichts, was auf einen anderen Mann hindeuten könnte.

Das einzige Interessante, das gefunden wurde, war eine Auszahlungsquittung von Elroys Bank über 50.000 Dollar in bar. Sie stammte vom Mittwoch vor dem Mord.

Brooks und Melissa saßen an ihren Schreibtischen und hämmerten auf den alten Schreibmaschinen herum.

Die neue Computeranlage war immer noch nicht geliefert, geschweige denn installiert worden.

Bane ging das Klappern der Maschinen auf die Nerven.

Widerwillig nahm er sich die Liste vor, die Grey in seiner Datei gespeichert hatte.

Er verglich die Namen mit Telefonbucheinträgen und suchte zu vorhandenen Telefonnummern die jeweiligen Teilnehmer.

Die Liste war sehr schlampig angelegt.

Manche Frauen waren mit ihrem ganzen Namen vermerkt, andere nur mit ihrem Vornamen, manchmal stand nur ein Nachname auf der Liste, ob Mann oder Frau war nicht zu erkennen, und bei einigen Einträgen war nur die Telefonnummer vermerkt.

Aber eines hatten alle Einträge gemeinsam - ein Datum und eine Zahl oder einen Betrag.

Bane arbeitete die Liste von oben nach unten durch.

Der Kollege, den Bane angewiesen hatte, Grey zu überprüfen, hatte bisher ermittelt, dass Grey vor ungefähr zwei Jahren nach Brookfield gezogen war.

Die letzten vier Einträge waren alle innerhalb der letzten zwei Jahre datiert. So nahm Bane an, dass die Leute alle aus der näheren Umgebung stammen mussten.

Der älteste dieser Einträge war vor genau zwei Jahren datiert. Er lautete auf ‚Michelle Farmer' und trug den Zusatz 85.000.

Vor etwa einem Jahr war eine ‚Ann' eingetragen, der Nachname fehlte, aber die Adresse war notiert und der Betrag 25.000.

Danach kam der oder die ominöse ‚Pascoe' mit der Zahl 30.000 dahinter. Diese Angaben waren in blauer Schrift eingetragen. Warum die andere Farbe, dachte Bane. Wo war der Unterschied? Blau, weil es sich um einen Mann handelte? Zu einfach, dann hätte er ja der Logik nach Frauen in roter Farbe kennzeichnen müssen.

Alles Spekulationen, die zu nichts führen, dachte Bane.

Als Letzte kam Kelly La Manga, die mit ihrer vollen Adresse vermerkt war. Hinter ihrem Namen war der Eintrag 35.000.

Bane sah sich nochmal den Eintrag dieser ‚Ann' an. Er dachte angestrengt nach. Die Adresse - Kendal Drive 1031 - kam ihm vertraut vor.

Dann fiel es ihm wie Schuppen von den Augen.

Bane konnte nur noch über Grey staunen. Der Schweinehund hatte sich anscheinend seine Opfer genau ausgewählt. Schon die zweite Frau aus der High Society, aber die ließen sich ja auch am besten ausnehmen. Da steht schließlich ein guter Ruf auf dem Spiel, das Höchste für solche Menschen.

Bane setzte sich momentan selbst zu sehr unter Druck. Da seine Aktionen bisher den geringsten Erfolg gebracht hatten, entschied er sich, zu Ann zu fahren und sie zu befragen.

Er hätte es sich normalerweise niemals erlaubt, so eine Sache eigenmächtig zu entscheiden, aber auch er brauchte endlich einmal einen Erfolg.

11.

Turner brauchte für die 25 Kilometer nach Pittsfield 30 Minuten.

Er ließ es ruhig angehen.

Pittsfield hatte nur einen kleinen Flughafen, der zumeist von privaten Maschinen angeflogen wurde.

Aber auch Jets bis zur mittleren Größe flogen Pittsfield an.

Der Chief ging zuerst zum Flughafenrestaurant. Heute hatte er auf das Frühstück verzichtet. Zu geschockt war er von den Ereignissen des Vortags, doch jetzt meldete sich sein Magen. Er bestellte sich eine Tasse Kaffee und - natürlich - zwei Donuts.

Während er aß, gingen ihm verschiedene Möglichkeiten durch den Kopf.

Hatte Elroy wirklich Hannah getötet oder töten lassen?

Oder hatte sich sein Hass auf Elroy so in seinem Kopf festgefressen, dass er sich nur wünschte, Elroy wäre der Täter?

Nach einer halben Stunde stand Turner auf, bezahlte und ging in die Abflughalle.

Am Schalter der Gesellschaft, bei der Elroy gebucht hatte, fragte er nach der Passagierliste des Fluges.

Die Angestellte erklärte ihm, dass auf Kurzstreckenflügen nicht überprüft wurde, ob alle, die gebucht hatten, auch an Bord waren.

Wieder eine Sackgasse.

Turner hatte eine Idee. Er fragte, ob er mit einer der Flugbegleiterinnen, die in der betreffenden Maschine waren, sprechen könne. Die junge Frau machte eine Eingabe an ihrem Computer.

»Kann sein, dass Sie Glück haben. John Neighbour war an Bord, der hat nachher einen Flug nach New York. Schauen Sie mal im Casino nach, vielleicht ist er schon da.«

Turner ging durch die Halle in den Raum mit der Aufschrift: ‚CASINO - only for personal'.

Unter den drei anwesenden Personen fand er den Gesuchten. Er erklärte ihm, was er wissen wollte und zeigte ihm das Bild von Elroy.

Der Flugbegleiter sah sich das Bild genau an.

»Nein, dieser Mann war sicher nicht an Bord«, sagte Neighbour selbstsicher.

»Wir hatten auf diesem Flug ca. 30 Ordensschwestern auf einem Ausflug nach Boston. Von den drei oder vier Geschäftsleuten, die an Bord waren, ähnelte keiner diesem Mann.«

Er gab Turner das Bild zurück.

Der dankte Neighbour zufrieden und ging aus dem Casino direkt zum Schalter von Rent-a-Car. Die Frau hinter dem Tresen war jung und hübsch. Sie trug ein blaues Kostüm mit einem passenden Schal. Als Turner zum Schalter kam, lächelte sie ihn an, doch er hatte im Moment keinen Blick dafür. Er zog das Bild Elroys aus der Jackentasche und zeigte es der Frau. Die erkannte Elroy sofort.

Turner erfuhr, dass Elroy am letzten Freitag einen Wagen gemietet hatte, den er am Sonntag zurückbrachte. Laut

Tacho war er 143 Kilometer gefahren. Im Übrigen kam Elroy des Öfteren um einen Wagen zu mieten.

Sehr gut, dachte der Chief, jetzt haben wir ihn bald!

Er bedankte sich für die Auskunft, verließ das Flughafengebäude und setzte sich in sein Auto.

Nachdenklich blickte er auf die Digitaluhr am Armaturenbrett: 11:14, genug Zeit, die 70 Kilometer nach Albany zu fahren und wieder früh genug in Brookfield zurück zu sein.

Turner ließ den Motor an und fuhr los.

5. Kapitel

1.

Das Haus am Kendal Drive 1031 war ein schmucker, zweistöckiger Neubau.

Auf dem großen Rasenstück vor dem Haus spielten zwei etwa acht bis zehn Jahre alte Jungen mit einem kleineren Mädchen Softball.

Bane nickte den Kindern zu, die neugierig zu ihm herüberschauten.

Er drückte den Klingelknopf über dem vergoldeten Türschild mit dem Aufdruck 'White'.

Sam White war seit zwei Jahren Bürgermeister in Brookfield. Mit 43 Jahren schaffte er es zum jüngsten Bürgermeister, den Brookfield je hatte. Er war in der Stadt der beliebteste Politiker und würde wohl auf Grund seiner guten Amtsführung bei den nächsten Wahlen keine Schwierigkeiten haben, wieder mit großer Mehrheit zu gewinnen.

Seine Frau Ann war drei Jahre jünger. Die beiden führten nach außen eine harmonische, glückliche Ehe ohne irgendwelche Skandale.

Wie alle in dieser Schicht, dachte Bane.

Ann White öffnete die Tür und Bane stellte sich vor.

»Ja, kommen Sie herein«, sagte Ann, »ich habe Sie schon erwartet.«

Während sie Bane in einen gediegen eingerichteten Wohnraum führte, kamen die Kinder hereingerannt. Ann schickte sie sofort auf ihr Zimmer, um mit dem Detective allein zu sein.

Er setzte sich in einen der weichen Ledersessel und nahm dankend ihr Angebot an, ihm etwas zu trinken zu bringen.

Während sie ihm ein Glas Wasser holte, sah er sich um.

So wohnt also mein oberster Chef, dachte er.

126

Ann White kam zurück und stellte das Glas vor ihm auf den Tisch. Sie war eine zierliche, blasse Person, die auf Bane einen kranken Eindruck machte.

»Wieso haben Sie mich erwartet?«, wollte Bane wissen.

»Ich habe die Zeitung gelesen. Grey ist tot. Gut, dass endlich jemand diesem Bastard den Hals umgedreht hat.«

Bane war von der Offenheit der Frau überrascht.

Ohne dass er sie etwas gefragt hätte, redete sie weiter.

»Ich weiß auch, warum Sie hier sind. Ich kann mir denken, dass Grey irgendwo Notizen hatte. Ja, ich habe mit ihm geschlafen - ein Mal. Es war vor etwa einem Jahr, und ich tat es nur, weil mein Mann mich betrogen hat. Es war eine Art Rache.«

Sie machte eine kurze Pause, Bane nippte an seinem Glas und beobachtete sie.

»Ein einziges Mal«, redete sie schließlich weiter, »und dann hat mich dieses Schwein erpresst. 25.000 Dollar habe ich diesem Hurensohn in den Rachen gestopft.«

Wieder setzte sie ab.

»Hat Ihr Mann davon erfahren?«, fragte Bane.

»Ja. Er hat bemerkt, dass das Geld auf unserem Sparkonto fehlte. Da musste ich ihm alles gestehen.«

»Was hat er unternommen?«, hakte Bane nach.

»Nichts; wir haben uns ausgesprochen, und er hat sein Verhältnis beendet. Das war vor einem halben Jahr.«

»Mrs. White«, kam Bane auf das schwierigste Thema zu sprechen, »wissen Sie, dass Grey…«

»…Aids hatte?«, unterbrach sie ihn. »Ja, er hat mich angesteckt.«

Jetzt war Bane auch klar, warum Ann so krank aussah. Die Krankheit musste bei ihr sehr schnell ausgebrochen sein.

»Das tut mir sehr leid für Sie«, zeigte er Verständnis.

»Nur eine Frage noch. Wo waren Sie am Freitagabend?«

»Wir waren im Bostoner Theater. Der Bürgermeister und dessen Frau hatten uns eingeladen.«

Bane bedankte sich für die offenen Auskünfte und erhob sich. Ann begleitete ihn zur Tür.

Sie wollte gerade die Tür hinter ihm schließen, als ihm noch etwas einfiel.

»Wissen sie eigentlich, wer die Geliebte ihres Mannes war?«, fragte er.

»Ja, das weiß ich.« Ann machte eine kurze Pause, als fiele es ihr schwer, den Namen zu nennen.

Dann sagte sie: »Es war die Frau, die gestern Morgen im Park erschossen wurde, Hannah Elroy.«

2.

Das Verhör dauerte bis 15 Uhr.

Sikes hatte gründlich ausgepackt. David und Billings berieten, wie sie vorgehen sollten und kamen überein, dem Killer eine Falle zu stellen.

So fuhren sie gemeinsam zur Redaktion des Springfield-Mirror, wo sie eine Anzeige für die morgige Ausgabe schalteten. Dann führten sie ein längeres Gespräch mit dem Chefredakteur, der sich dazu bereit erklärte, eine Fangschaltung durch die Polizei legen zu lassen.

Danach verabschiedete sich David von Billings mit dem Versprechen, am Mittwoch wieder nach Springfield zu kommen.

Er trat zufrieden seine Heimfahrt an.

3.

Turner brauchte für die 70 Kilometer nach Albany knappe zwei Stunden.

Er fuhr die Landstraße über Nassau und hatte Pech. Wegen eines Unfalls war die Straße fast eine Stunde gesperrt. Eine Mutter, die von ihren mitfahrenden kleinen Kindern abgelenkt wurde, achtete nicht auf die Straße und prallte frontal gegen einen entgegenkommenden Truck. Die Frau war sofort tot, die Kinder wurden schwer verletzt in das nächste Krankenhaus gebracht. Turner hatte sofort seine Hilfe angeboten, was die Polizisten vor Ort gerne annahmen. So kam er erst gegen 13 Uhr im Harvest-Hotel an.

Auf den ersten Blick sah er, dass das Harvest ein Luxushotel der Sonderklasse war.

Eine pompöse Eingangshalle, komplett in Marmor gehalten, beherbergte einen großen Aufenthaltsraum mit gemütlichen Sesseln und einem riesigen Brunnen.

Dieser war von Engeln aus weißem Carrara-Marmor umringt, in der Mitte spie eine mindestens drei Meter hohe, schwarze Teufelsgestalt Wasser in das große Becken.

Turner war fasziniert von der gewollten Gegensätzlichkeit des Brunnens, der aus unterschiedlichen Richtungen durch versteckte Scheinwerfer angestrahlt wurde.

Er riss sich von dem Anblick los und ging zu dem mindestens zehn Meter langen Empfangstresen. Er wusste, dass er von den Angestellten keine Auskunft erwarten durfte, deshalb verlangte er gleich den Manager zu sprechen.

Der Empfangschef, ein vornehmer und distinguierter Mann, der besser in ein englisches Herrenhaus gepasst hätte, griff zum Telefon und drückte eine Taste. Nach einem kurzen Gespräch schnippte er mit den Fingern und wies einen Pagen mit leiser Stimme an, den Chief in das Büro des Managers zu begleiten.

Turner stellte sich vor, erklärte, um was es ging und wie wichtig die Information, die er brauchte, für seine Ermittlungen seien. Der Manager, ein kleiner, älterer Mann mit einem schmalen, spitz zulaufenden Gesicht. wollte ihm zuerst keinerlei Auskunft geben. Erst als Turner durchblicken ließ, dass er, wenn nötig, mit 20 Beamten anrücken und eine Durchsuchung durchführen würde, lenkte der Manager ein. Er sah sich die Quittung an, die der Chief mitgebracht hatte, und rief den Empfangschef herein.

Dieser erinnerte sich sofort.

»Ja, das waren die Carsons. Die verbringen öfter ein Wochenende in der blauen Suite.«

»Carsons? Eheleute?«, fragte Turner.

»Ja, so trugen sie sich immer ein. Stimmt etwas nicht?«, war die Antwort.

Turner legte ihm die Bilder von Elroy und Kelly La Manga vor.

»Das sind die beiden«, sagte Gilbert sofort.

»Jetzt möchte ich nur noch wissen, von wann bis wann die beiden hier waren«, sagte Turner zufrieden.

Der Empfangschef schaute den Manager fragend an.

»Einen Moment«, sagte der Manager und gab Daten in seinen Computer ein.

»Mr. Carson hat am letzten Freitag um 18 Uhr 56 eingecheckt, seine Frau fehlt auf der Anmeldung«, informierte er den Chief.

Gilbert räusperte sich kurz. Der Manager fragte ihn, ob er noch etwas zu sagen habe.

»Ja, Mr. Kylan, sie war hier«, sagte der Empfangschef. »Sie kam nur später, es muss kurz vor 21 Uhr gewesen sein, als ich sie zu den Fahrstühlen gehen sah. Ich hatte gleich darauf Feierabend. Wahrscheinlich hatte sie keine Lust, sich anzumelden.«

»Ausgecheckt haben sie beide am Sonntag, 9 Uhr 31«, ergänzte der Manager.

Der Chief bedankte sich und verließ das Hotel.

Im Auto sitzend dachte er nach.

Sollte es stimmen, was er gerade in Erfahrung gebracht hatte, dann schieden beide für den Mord an Hannah aus.

Aber für den Mord an Grey hatte zumindest Kelly kein Alibi.

Die beiden hätten aber genauso gut das Hotel heimlich verlassen können.

Turner war vom Ergebnis seiner Ermittlungen enttäuscht.

Die Fakten warfen mehr Fragen auf, als sie lösten.

Nachdenklich fuhr er die 50 Kilometer nach Brookfield zurück. Er wollte jetzt nicht zum Revier, deshalb fuhr er direkt nach Hause. Dort machte er sich ein Sandwich und legte sich auf seine Couch.

Er trauerte.

4.

Melissa und Brooks unterbrachen ihre Schreibarbeiten gegen 13 Uhr und gingen zusammen in die provisorische Kantine.

Nachdem sie gegessen hatten, fuhren sie nach Greylock. Das kleine Dorf lag etwa drei Kilometer östlich von Brookfield. Gleich am Ortseingang zweigte rechts ein unbefestigter Weg zu einer illegalen, aber geduldeten Wohnwagensiedlung ab. Die Siedlung lag im selben Wald wie der Shield-Park.

Ungefähr 15 alte, teils schon stark ramponierte Wohnwagen mit großen Vorbauten waren am Rande eines Steinbruchs in einem Halbkreis aufgestellt. In der Mitte des gedachten, ganzen Kreises war eine große Feuerstelle eingerichtet. Der sandige Boden war von den Regenfällen der letzten Woche stark aufgeweicht.

Als Brooks und Melissa ausstiegen, standen sie sofort knöcheltief im Morast.

Sie gingen zu dem Wagen, der ihnen am nächsten stand.

Eine Frau um die Fünfzig öffnete ihnen, nachdem sie angeklopft hatten, die Tür.

Sie war ein richtiges Schwergewicht, fast genauso breit wie groß.

»Was wollt Ihr?«, fragte sie mit einem breiten, mexikanischen Akzent.

Melissa fragte nach einem 18- bis 20-jährigen Mädchen, das hier wohnen sollte.

Die Frau schlug ihnen ohne ein Wort die Tür vor der Nase zu.

Melissa und Brooks blickten sich an. Das würde schwierig werden. Aber schon am nächsten Wagen hatten sie Glück.

Ein junger Kanadier, der erst seit kurzem hier wohnte, sagte: »Der Beschreibung nach könnte es sich um Conchita Martinez handeln. Die wohnt hier nebenan.«

Mit diesen Worten zeigte er auf den Wagen, an dem die dicke Frau ihnen die Tür vor der Nase zugeschlagen hatte.

Alle drei blickten sie hinüber und sahen ein junges Mädchen, das sich etwa 30 Meter entfernt auf seinem Fahrrad mühsam durch den Schlamm in Richtung Greylock quälte.

Brooks begriff sofort.

Das Mädchen versuchte zu entkommen, es musste von der Frau gewarnt worden sein.

Er rannte hinter ihr her, das heißt, er versuchte es.

Melissa lief vorsichtig zum Wagen um Conchita hinterherzufahren. Während sie wendete, hatte Brooks das Mädchen tatsächlich eingeholt. Er griff nach dem Fahrrad, wobei er sich nach vorne beugen musste. Genau in diesem Moment trat Conchita wieder in die Pedale.

Die Reifen erwischten zufällig ein griffiges Stück Boden und das Fahrrad machte einen Schuss nach vorne. Brooks, der schon das hintere Schutzblech gepackt hatte, wurde nach vorne gerissen und stürzte bäuchlings zu Boden.

Melissa, die die ganze Szene beobachtet hatte, hätte beinahe vor lauter Lachen das Lenkrad verrissen. Sie fing den schlingernden Wagen gerade noch ab, fuhr an ihrem, vom Gesicht bis zu den Zehen im Schlamm liegenden Kollegen vorbei und schnitt Conchita Martinez den Weg ab.

Die sah, dass sie keine Chance zur Flucht mehr hatte und gab auf.

Melissa stieg aus und ging vorsichtig auf das Mädchen zu.

»Warum« wollen Sie verschwinden?«, fragte sie erbost, »wir möchten Sie doch nur etwas fragen.«

Das Mädchen fing an zu weinen.

Brooks stand wütend auf und fluchte lautstark vor sich hin.

Die dicke Frau kam laut zeternd aus ihrer Unterkunft und begann mit den Fäusten auf Brooks einzuschlagen.

Die Schläge waren keinesfalls hart und hätten unter normalen Umständen auch keinen Schaden angerichtet. Aber Brooks, der sich gerade erhoben hatte, rutschte auf seinen glatten Schuhsohlen wieder aus und fiel, diesmal rückwärts, wieder in den Schlamm.

»Mama!«, rief Conchita, »No! Estos son policías. Déjale en paz a este hombre, sólo quiere hacerme una pregunta.«

Die Frau beruhigte sich schnell und half Brooks verlegen auf die Beine.

Dieser war nun ringsum vom Schlamm bedeckt, von seinem Gesicht waren nur noch die Augen zu sehen.

Ansonsten sah er aus wie eine lebendig gewordene Lehm-Skulptur.

Conchita sprach weiter auf die Frau ein. Melissa bat sie, nicht mehr spanisch zu sprechen, worauf diese erwiderte, dass ihre Mama noch große Probleme mit der Landessprache habe.

Es fing gerade wieder an zu regnen, deshalb bat das Mädchen alle in den Wohnwagen.

Der Wagen selbst war etwa acht Meter lang und über zwei Meter breit. Melissa wunderte sich, wie geräumig es innen war. Es gab zwei Schlafräume, eine kleine Küche, eine Toilette und einen großen Wohnraum.

Conchita bot den beiden Polizisten einen Platz auf einer alten, zerschlissenen Couch an und gab Brooks eine alte Decke zum Unterlegen. Der hatte sich vor dem Wagen an einem Wassertrog wenigstens das Gesicht abgewaschen und die Kleidung wieder etwas hergerichtet.

Nachdem sich Conchita bei Brooks für das Benehmen ihrer Mutter entschuldigt hatte, sagte Melissa: »Sie haben meine Frage noch nicht beantwortet, warum wollten Sie fliehen?«

»Ich hatte Angst. Ich dachte, Sie sind von der Ausländerbehörde. Wissen Sie,« sagte das Mädchen und blickte dabei verschämt zu Boden, »wir sind - nun ja - wir sind nicht ganz legal hier.«

Melissa erklärte ihr, dass sie sich für diese Sache nicht interessierten, sie wollten nur wissen, was in Greys Haus vorgefallen war.

Conchita wurde blass.

»Ich weiß gar nichts«, beteuerte sie.

»Hören Sie«, sprach Melissa beruhigend auf sie ein. »Wir glauben nicht, dass Sie mit dem Tod von Grey etwas zu tun haben. Wir wissen aber, dass Sie gestern Morgen da waren. Was ist passiert?«

Conchita überlegte kurz, dann erzählte sie, dass sie seit vier Monaten bei Grey geputzt hatte. Am Sonntag fand sie ihn dann in der Waschküche.

»Haben Sie einen Verdacht, was passiert sein könnte?«, fragte Brooks, der sich nun wieder einigermaßen gefangen hatte.

Das Mädchen verneinte. Sie berichtete, dass sie immer gegen 5 Uhr 30 anfing und meist gegen 7 Uhr mit der Wohnung fertig war. Das Geld für ihre Arbeit lag immer auf dem Tisch. Grey hatte ihr verboten, das Schlafzimmer zu betreten; Conchita hatte zwar öfter Frauenkleidung in der Wohnung gefunden, aber nie eine der Besitzerinnen gesehen.

»Hat Grey Sie jemals belästigt?«, fragte Brooks. »Sie sind doch ein hübsches, junges Mädchen.«

Conchita verneinte wieder und sagte, nur einer der Nachbarn hätte ihr des Öfteren nachgepfiffen, aber das war wohl eher harmlos.

Brooks und Melissa half diese Aussage auch nicht weiter.

Sie versicherten dem Mädchen noch einmal, dass sie keine Meldung bei der Ausländerbehörde machen würden, und verabschiedeten sich. Conchitas Mutter gab ihnen, nachdem sie sich überschwänglich auf Spanisch bei Brooks entschuldigt hatte, die Decke mit, damit er nicht das Auto verschmutzte.

Melissa fragte Brooks, wo er wohne und fuhr los.

Bei ihm zu Hause angekommen, bat er sie, mit ihm in seine Wohnung zu kommen.

»Nein, Todd«, lehnte sie ab, »ich mache dir einen Vorschlag: Du machst jetzt Feierabend, duschst und erholst dich erst mal von dem anstrengenden Tag. Ich fertige den Bericht an und gehe dann auch nach Hause. Heute Abend rufe ich dich dann an und sage dir, wo wir uns treffen, okay?«

Brooks stimmte zu. So konnte er wirklich nicht auf dem Revier erscheinen, er war wirklich erschöpft, sein Knie schmerzte immer noch, und Melissa konnte er ja später in seine Wohnung abschleppen.

Während er voller Vorfreude auf den Abend in seine Wohnung ging, fuhr Melissa zum Revier.

5.

David kam gegen 17 Uhr 30 im Revier an.
Er sah Melissa an ihrem Schreibtisch sitzen und dachte sich, dass er es am besten gleich hinter sich bringen sollte.
»Hallo Melissa«, sprach er sie an, »kann ich dich mal kurz sprechen?«
Melissa blickte erfreut von ihrem Bericht hoch, sie hatte ihn nicht kommen hören. Etwas in seiner Stimme kam ihr aber seltsam vor. Sie dachte schon, dass David jetzt die Verabredung platzen lassen würde.
Sie nickte und ging voran zum Kaffeeautomaten, der vom Bürgermeister gestiftet worden war. Dort waren sie für den Moment ungestört.
»Mel, ich hoffe du bist mir nicht böse, aber...«, fing David an. Er hatte sie noch nie so genannt, aber sie achtete zuerst nicht darauf.
»Du sagst die Verabredung ab«, unterbrach sie ihn enttäuscht.
»Aber nein, es ist nur...«
»Was?« Sie hatte keine Ahnung, worauf David hinauswollte.
Er erklärte ihr sein Problem, und sie lachte erleichtert auf.
»Aber das macht doch nichts«, sagte sie, »ich liebe Kinder. Da brauche ich wenigstens keine Gewissensbisse haben, wenn ich auch jemanden dazu einlade.«
David war zum einen beruhigt, aber dann fragte er sie, wen sie denn mitbringen wolle.

»Das wirst du heute Abend sehen, aber es ist wichtig, wir müssen unbedingt mit dir reden.«

David fragte sich, wen sie wohl meinte und was sie so Wichtiges reden wollten. Er dachte, hoffentlich schleppt sie mir nicht gleich ihre Eltern an.

»Gut, wenn du es mir nicht sagen willst - aber das nächste Mal gehen wir allein, versprochen!«

Melissa wollte noch etwas sagen, aber in diesem Moment kam der Chief und rief alle in sein Büro.

6.

Als sie versammelt waren, fragte Turner nach Brooks.

Melissa erzählte, was sich in der Wohnwagensiedlung zugetragen hatte.

Natürlich gab es wieder allgemeines Gelächter, als sie von Brooks´ Ungeschick erzählte.

»Unser junger Kollege lässt wirklich nichts aus«, lachte Bane.

»Gut, Leute, jetzt mal wieder ernst«, rief Turner zur Ruhe auf.

Da Melissa schon angefangen hatte zu berichten, ergriff sie wieder das Wort. Sie informierte die anderen, dass Grey das Geld selbst eingezahlt hatte und dass die Sache mit Pascoe anscheinend eine falsche Spur war. Sie vergaß aber trotzdem nicht, den Chief nach einer möglichen Auskunft über Pascoes Konto zu fragen.

Turner versprach, mit dem Staatsanwalt zu reden.

David berichtete als Nächster.

Er erzählte, was die Befragung Elroys im Krankenhaus ergeben hatte. Außer ihm und Turner wusste ja noch niemand davon.

Als er fertig war, schaltete sich Bane ein.

»Wir haben bei der Durchsuchung eine Quittung über 50.000 Dollar gefunden. Elroy hat am letzten Mittwoch diese Summe von einem seiner Konten in bar abgehoben.«
Turner pfiff durch die Zähne.
»50.000?«, fragte David, »da habe ich aber auch etwas Interessantes dazu zu sagen.«
Er schilderte das Verhör von Sikes und kam dann auf den Punkt.
»Sikes hat uns detailliert geschildert, wie man bei dem Killer einen Mord in Auftrag gibt. Der erste Schritt ist eine Kleinanzeige im Springfield-Mirror. Der Wortlaut ist immer gleich. »Melanie möchte gerne wieder nach Hause kommen, bitte meldet Euch.« Am nächsten Tag erscheint dann eine Antwort, in der die Nummer eines Schließfachs am Busbahnhof von Springfield verschlüsselt als Uhrzeit angegeben ist. In dieses Schließfach muss der Auftraggeber am selben Tag bis spätestens 14 Uhr 50.000 Dollar und ein Foto mit Namen und Adresse der Person hinterlegen, die beseitigt werden soll. Nach der Tat erscheint eine weitere Anzeige mit einer anderen Schließfachnummer, in dem dann weitere 50.000 Dollar hinterlegt werden müssen.«
»Das ist ja fast perfekt«, staunte Bane, »so bekommen sich Täter und Auftraggeber nie zu Gesicht.«
Turner schlug vor, dem Killer eine Falle zu stellen.
»Schon passiert«, sagte David lächelnd, »ich war mit einem Kollegen aus Springfield bei dem verantwortlichen Redakteur. Unsere Anzeige erscheint schon morgen.«
»Gut gemacht, David«, lobte der Chief.
»Moment mal«, sagte Melissa, »muss der Killer seine Anzeige persönlich abgeben, oder geht das telefonisch?«
»Das geht auch per Telefon«, antwortete David, »und diese Anzeigen sind kostenlos, deshalb werden wir auch nicht über die Bezahlung, Kreditkarte oder etwas Ähnliches, an ihn rankommen. Wir müssen ihn auf dem Bahnhof erwi-

schen, wenn er das Geld holt. Die Kollegen in Springfield stellen uns übrigens nur fünf Leute zur Überwachung zur Verfügung, wir brauchen aber mindestens zehn für den Bahnhof. Ich würde natürlich gerne dabei sein, bekomme ich noch Verstärkung, Chief?«

»Ist genehmigt«, sagte Turner, »Sie bekommen mich, Brooks, Bane und noch einen Officer. Melissa, Sie bleiben hier und leiten die Wache.«

Melissa war etwas enttäuscht, wäre sie doch zu gerne dabei gewesen, wenn der Mörder gefasst wird.

»Ich habe heute eine Rundreise gemacht«, fing Turner seinen Bericht an.

Er berichtete von seinem Gespräch mit Kelly La Manga.

»Sie hat also alles zugegeben?«, war David erstaunt.

»Nicht ganz, ihr Alibi ist so falsch wie das von Elroy. Die beiden waren zusammen unter falschem Namen in Albany. Sie ist allerdings erst später angekommen, sodass sie die Gelegenheit und das Motiv hatte, Grey zu töten. Für den Mord an Hannah allerdings haben sie beide ein Alibi.«

»Das passt doch genau«, sagte David. »Lassen wir mal unseren Gedanken freien Lauf. Also, Elroy und die La Manga haben ein Verhältnis. Elroys Frau ist im Weg, und dann ist da noch Grey, der Kelly erpresst. Also arrangieren sie ein sicheres Alibi, auf das wir einfach kommen mussten. Elroy weiß genau, dass die falschen Alibis platzen. Die könnten aber als Ablenkung geplant sein, denn wenn wir die falschen Alibis entlarven, dann wird doch niemand auf den Gedanken kommen, dass das mit dem Hotel auch nur Täuschung ist. Angenommen Elroy hat den Auftrag gegeben, seine Frau zu töten. Er gibt einen genauen Termin mit an, damit er zur Tatzeit weit weg ist. Die 50.000 Dollar könnten ihm aber das Genick brechen. Soweit meine Überlegungen zu ihm. Kelly hat am Freitag Grey getötet und sich später ins Hotel geschlichen, aber dabei wurde sie gesehen.«

Kurze Zeit war es vollkommen still, alle durchdachten Davids Theorie.

»Es scheint alles schlüssig, außer einem Punkt. Ich denke nicht, dass diese zierliche Frau Grey allein an das Wasserrohr hätte hängen können. Ich glaube aber, wir haben genug Indizien für eine vorläufige Festnahme.«, meinte Turner, »Ich besorge Haftbefehle für beide, wir nehmen sie gleich morgen früh in der Klinik fest. Bane, Sie nehmen sich zwei Männer und holen Elroy; Melissa, Sie und Brooks holen die La Manga. Ich denke, bis morgen dürften die beiden sich erholt haben.«

»Sir«, sagte Melissa nachdenklich, »der Auftraggeber muss doch sicher noch die zweite Rate bezahlen. Sollten wir Elroy nicht lieber überwachen? Wenn er es ist, dann muss er ja bald wieder Geld holen und seine Schulden begleichen. Dabei könnten wir doch beide schnappen.«

Turner überlegte kurz.

»Nein«, entschied er schließlich. »Das ist mir zu riskant. Im Übrigen haben wir die Sache mit dem Mörder schon laufen. Wir gehen vor wie besprochen.«

Bane räusperte sich.

»Ja, Bane? Sind Sie eigentlich mit der Liste weitergekommen und haben Sie etwas Brauchbares von Elroy für einen DNA-Test mitgebracht?«, fragte der Chief.

»Ja, wir haben eine Zahnbürste von ihm ins Labor gebracht. Die Frauen auf der Liste haben wir fast alle identifizieren können. In zwölf Städten innerhalb Massachusetts haben wir Kollegen informiert, die die Frauen aufsuchen. Hier in Brookfield könnten es vier Personen sein. Drei konnte ich zuordnen. Einen oder eine 'Pascoe' haben wir nicht gefunden, Kelly La Manga ist inzwischen ja bekannt. Die erste in Brookfield ist eine Michelle Farmer, die ist vor einem Jahr nach Europa gezogen. Wir lassen sie dort von Europol suchen. Die vierte Person auf der Liste hier in Brookfield, tja, die ist ein Problem.«

»Was für ein Problem?«, fragte David. »Findet Ihr sie nicht?«

»Doch, aber es ist Ann White, die Frau unseres Bürgermeisters.«

»Mein Gott«, sagte Turner, »auch noch die Frau unseres obersten Chefs. Ich denke, das werde ich übernehmen, das braucht viel Fingerspitzengefühl.«

»Ähm, Chief«, wand sich Bane verlegen, »ich war schon bei ihr.«

Turner war zunächst fassungslos.

»Ich hoffe, Sie haben die Sache nicht versaut«, ging er Bane an.

Jetzt erzählte Bane von seinem Gespräch mit Ann White. Als er zum Schluss kam und erwähnte, dass White ein Verhältnis mit Hannah Elroy hatte, redeten alle durcheinander.

»Vielleicht haben wir da den Vater von Hannahs Kind«, sagte David, »sie hat ihren Mann also doch betrogen, ein weiteres Motiv für Elroy, sie umbringen zu lassen.«

»Das glaube ich nicht«, sagte Melissa nachdrücklich. »Ann White hat Bane doch erzählt, dass ihr Mann das Verhältnis schon vor einem halben Jahr beendet hat, dann kann er ja nicht der Vater sein.«

Sie wollte Turners Reaktion während ihrer Worte beobachten, aber es kam keine.

Bane erwiderte: »Und wenn er sie heimlich getroffen hat? Wenn sie ihn unter Druck gesetzt hat, als sie schwanger wurde? Dann hätten wir ein weiteres Motiv. Für den Mord an Grey haben die Whites ein bombensicheres Alibi, aber für den Mord an Hannah Elroy?«

»Das müssen wir eben herausfinden«, sagte Turner. »Gute Arbeit, Leute, ich denke, wir haben uns alle den Feierabend verdient. Geht nach Hause, ruht euch aus, die nächsten zwei Tage werden hart.«

Mit diesen Worten entließ der Chief seine Truppe in den Feierabend.

David flüsterte Melissa noch zu, dass er sie gegen 19 Uhr 30 abholen würde, dann gingen die mit diesen Fällen befassten Beamten nach Hause.

7.

David und die Jungs trafen pünktlich bei Melissa ein.
Er hatte den Kindern erklärt, dass sie noch eine Kollegin zum Essen mitnehmen. Als Melissa aus dem Haus ihrer Eltern kam, war David sprachlos. Sie trug ein hautenges, lindgrünes Kleid, das nichts von ihrer Figur verbarg. Sie war wieder einmal ein Beispiel für den bekannten Spruch der Kleider, die Leute machen.
Micky pfiff auf der Rückbank frech durch die Zähne.
»Wow, Mr. Soames. Haben sie lauter solche Kollegen?«, fragte er.
»Hey, jetzt reicht´s aber«, tadelte er den vorlauten Bengel.
David stieg aus, überreichte Melissa die Blumen, die er besorgt hatte und öffnete ihr die Tür.
»Hi, Jungs«, sagte Melissa, als sie saß.
Die Kinder begrüßten sie begeistert.
»Ich dachte, du bringst noch jemanden mit«, sagte David fragend.
»Ja, er kommt nachher. Er war sehr überrascht, als ich ihm sagte, wo wir uns treffen.«
David verkniff sich die Frage, die ihm auf der Zunge lag. Wen konnte Melissa noch eingeladen haben? Ihren Vater? Na, das würde ja lustig werden. Beim ersten Rendezvous ein Sack voller Kinder und einen Aufpasser dabei. Ein toller Beginn einer möglichen Beziehung.

Es war eine sehr kurze Fahrt, das Schnellrestaurant lag am Ortsausgang von Brookfield.

David setzte die Jungs in eine speziell für Kinder eingerichtete Sitzecke, die die Form eines Oldtimers hatte.

Nachdem sie alle mit Hamburgern, von Fett triefenden Pommes und Cola versorgt waren, setzten David und Melissa sich an einen Nebentisch.

David wollte gerade ein Gespräch beginnen, als Brooks, einen großen Strauß Rosen in der Hand, zur Tür hereinkam.

»Was macht denn der hier?«, fragte David. Man hörte ihm an, dass er nicht gerade erfreut war.

»Oh, das ist meine Einladung.«

David war bedient. Einen Abend zu zweit hatte er sich wahrlich anders vorgestellt.

»Das fasse ich nicht, Melissa, was soll das?« David war verärgert.

»Ja, was soll das?«, fragte auch Brooks, der inzwischen an den Tisch der beiden herangetreten war.

»Ich dachte, wir gehen allein aus«, sagte er zu Melissa.

»Davon war nicht die Rede, Todd. Im Übrigen, hast du etwa vergessen, dass wir noch etwas Wichtiges zu bereden haben?«, versuchte Melissa, die Situation zu entschärfen. Zu David gewandt sagte sie: »Hör zu, David, ich hoffe, du bist mir jetzt nicht böse. Wir müssen unbedingt mit dir reden. Ich habe einfach die Gelegenheit genutzt, da Todd mich auch eingeladen hat.«

»Auch?«, fragte Brooks, »jetzt verstehe ich. Du hast uns reingelegt. Willst uns wohl gegeneinander ausspielen?«

»Todd, bitte…«, flehte Melissa, die langsam begriff, dass sie so nicht hätte handeln dürfen.

»Wir holen das nach«, machte sie ein Zugeständnis, um Brooks zu beruhigen, »setz dich bitte zu uns.«

David war enttäuscht, er ließ es sich nur nicht so anmerken, wie sein jüngerer Kollege das tat. Warum nur hatte Melissa ihn nicht in ihr Vorhaben eingeweiht? Er hätte sicher Verständnis dafür gehabt.

Cliff und Micky waren seltsam ruhig geworden und lauschten den Erwachsenen. Sie spürten die Spannung, die sich plötzlich über den Tisch gelegt hatte.

»Bitte, David, es ist sehr wichtig«, nahm Melissa das Gespräch wieder auf.

Brooks hatte sich inzwischen gesetzt und sich halbwegs mit der Situation abgefunden.

»Was habt Ihr so Wichtiges zu sagen, dass Ihr mir den Abend damit versaut?«, fragte David, der innerlich kochte.

Brooks begann zu erzählen. David hörte sich die ganze Story ruhig an. Als Brooks geendet hatte, war David sehr nachdenklich.

»Und diese Elena ist absolut sicher?«, fragte er noch einmal.

»Ja, absolut«, bestätigte Brooks, »unser Chief ist definitiv der Vater von Hannah Elroys ungeborenem Kind.«

Dann brach es aus David heraus.

8.

»Hat denn in dieser Stadt jeder Mann mit dieser so braven Hausfrau gefickt?«

David schrie diesen Satz förmlich quer durch den großen Raum.

Die anderen Gäste blickten teils neugierig, teils erschrocken zum Tisch der Polizisten. Cliff starrte seinen Vater mit offenem Mund und großen Augen an. Micky hielt sich die Hand vor den Mund, um sein Lachen zu verbergen.

David bemerkte, was er getan hatte, und entschuldigte sich zaghaft bei den anderen Gästen.

»Ich kann´s kaum glauben«, sagte er zu seinen Kollegen.

»Da steckt Turner bis über beide Ohren in diesem Fall und

sagt kein Wort. Er leitet die Ermittlungen als wäre er überhaupt nicht berührt. Aber jetzt wird mir einiges klar.«

»Was meinst du damit?«, fragte Melissa.

»Als wir im Krankenhaus Elroy befragten, sagte dieser immer 'meine Frau', aber Turner nannte sie 'Hannah'. Und dieser Hass auf Elroy, der konnte nicht nur von dessen Arbeit als Anwalt stammen. Turner muss viel mehr wissen, als er sagen konnte.«

»Was sollen wir jetzt tun?«, fragte Brooks.

»Ihr tut gar nichts. Ich werde zu Turner fahren und mit ihm reden. Ich werde alles auf mich nehmen, ihr habt nach außen nichts damit zu tun. Und ihr könnt mir glauben; sollte nur der geringste Verdacht besteht, dass Turner etwas mit dem Mord zu tun hat, dann werde ich ihn an die Wand nageln.«

David kam richtig in Fahrt.

»Okay, Jungs, wir gehen«, sagte David zu den Kindern und erhob sich.

Die beiden protestierten, aber Cliffs Vater ließ sich nicht umstimmen.

Schließlich gehorchten sie und David verließ mit ihnen das Schnellrestaurant, ohne noch ein Wort mit Melissa oder Brooks zu wechseln.

»Tja, Melissa, das ging wohl gehörig in die Hose«, sagte Brooks.

»Ich habe Mist gebaut, tut mir leid, Todd«, gab Melissa kleinlaut zu verstehen, »aber jetzt könnten wir noch woanders hin gehen.«

»Das kannst du gerne tun, ich habe genug für heute.«

Brooks nahm die Rosen, die er mitgebracht hatte und legte sie vor Melissa auf den Tisch. Dann ging auch er.

Zurück blieb eine junge, hübsche, aber frustrierte und weinende Frau.

David war tief gekränkt.

Seine Gedanken fuhren Achterbahn.

Er brachte die Kinder nach Hause und überlegte, ob er um diese Zeit noch zu Turner fahren sollte. Nachdem er Cliff zu Bett gebracht hatte, entschied er sich, doch noch zu fahren. Es war kurz vor 21 Uhr und Turner war bestimmt noch wach.

Er sollte mit seiner Vermutung richtig liegen.

Turner öffnete nach dem dritten Klingeln, gerade als David schon wieder gehen wollte.

David roch sofort den Alkohol in Turners Atem.

»Soames? Was wollen Sie denn hier?«, begrüßte der ihn nicht gerade freundlich.

»Chief, ich muss unbedingt mit Ihnen reden.«

»Hat das nicht Zeit bis morgen früh?«

»Nein, es duldet keinen Aufschub.«

»Na gut, wenn es sein muss. Gelegen kommt mir das nicht, aber dann kommen sie eben kurz herein«, willigte der Chief schließlich ein und ging voran.

David folgte ihm in die Küche.

Er blickte sich unauffällig um. Die Spüle war mit verschmutztem Geschirr gefüllt, auf der Anrichte herrschte das Chaos.

Es stank nach Alkohol.

»Moment, ich mache Ihnen Platz«, sagte Turner verlegen.

Er räumte einige Bierflaschen vom Tisch und bot David einen Platz auf einem Stuhl an, nachdem er von diesem die leere Verpackung einer Tiefkühlpizza entfernt hatte.

Turner bot David ein Bier an, das dieser dankend ablehnte.

Nachdem sie beide saßen, begann David zu reden.

»Ich weiß, dass mich Ihr Privatleben nichts angeht, aber wollen Sie mit mir darüber reden?«

»Was soll denn das?«, fragte der Chief halbherzig, »meine Frau hat mich verlassen - na und? Deswegen sind Sie sicher nicht gekommen. Was wollen Sie eigentlich?«

»Vielleicht bin ich doch deshalb gekommen«, sagte David und versuchte schonend zu sein. »Mike, ich weiß, dass Sie ein Verhältnis mit Hannah Elroy hatten, und ich weiß, dass das Kind von Ihnen war.«

Stille.

»Chief, bitte.«

»Ja, ja«, sagte Turner, nachdem er einen langen Zug aus der Flasche genommen hatte.

»Woher wissen Sie das? Brooks? Der hat mich heute Morgen schon so komisch angeschaut.«

»Ist doch egal«, wiegelte David ab, »warum haben Sie nichts gesagt? Sie dürften in diesem Fall gar nicht ermitteln.«

»Wie konnte ich denn? Wo Melissa mich doch schon, wenn auch scherzhaft, zum Verdächtigen gemacht hat.« Turner klang jetzt verzweifelt.

Dann begann er zu reden.

Er erzählte, dass er Hannah auf einem Empfang beim Bürgermeister kennengelernt hatte. Zu diesem Zeitpunkt war seine Ehe schon gescheitert gewesen und er hatte sich nach Zärtlichkeit gesehnt. Dass es Hannah genau so erging, hatte er bald bemerkt. Sie erzählte ihm, wie ihr Mann sie behandelte. Darum auch Turners Hass auf Elroy. Wie zwei Ertrinkende hatten sie sich aneinandergeklammert und sich gegenseitig geliebt.

David konnte seinen Chief langsam verstehen.

Turner erklärte, dass Hannah jetzt, wo sich seine Frau von ihm getrennt hatte, zu ihm ziehen sollte. Er wusste nicht, ob sie es ihrem Mann schon erklärt hatte. Sie hatte zu viel Angst vor Albert.

»David, bitte glauben Sie mir«, flehte der Chief, »sie war schwanger, und ich habe mich auf das Kind gefreut. Wieso hätte ich Sie umbringen sollen? Elroy hat da schon mehr Gründe.«

»Wussten Sie von Sam White?«

»Ja, Hannah hat mir erzählt, dass sie was mit ihm hatte, aber er hat sie sitzen lassen.«

David schaute nachdenklich zu Boden.

»Auch wenn ich mich schon wie Elroy anhöre«, hakte der Chief nach, »ich habe Hannah wirklich geliebt.«

Er weinte jetzt.

David dachte nach. Was nützte es, wenn er den Chief jetzt verraten würde? Was wäre, wenn sie alle die Sache verschweigen würden? Im besten Fall würde nie bekannt werden, wer der Vater des Babys war. Aber was wäre daran so schlimm?

»Okay, Mike«, sagte David, der einen Entschluss gefasst hatte.

»Was?«, fragte Turner verunsichert.

»Ich nehme jetzt auch ein Bier.«

6. Kapitel

Dienstag

1.

Nichts war mehr wie vorher.

In dem alten Gebäude herrschte eine sonderbare Stimmung.

Chief Turner hatte sich krankgemeldet und war nicht zum Dienst erschienen.

Als Melissa und Brooks sich begegneten, herrschte eisiges Schweigen. Sie gingen sich, so gut sie konnten, aus dem Weg.

Ganz anders bei David und Brooks.

Als David, wie üblich, als Letzter gegen sieben Uhr erschien, bat ihn Brooks gleich in den Kopierraum, wo sie ungestört waren. Natürlich bemerkte er Davids Fahne, die von einer langen Nacht stammte. Aber dieses Mal machte er sich nicht darüber lustig.

»Hallo, David«, begann er, »haben Sie schon mit Turner gesprochen? Er ist nicht da, angeblich krank.«

David entschloss sich, Brooks einzuweihen. Schließlich hatte der die gesamte Vorarbeit für diese Enthüllung gemacht. So erzählte er ihm, was er alles von Turner erfahren hatte.

»Mein Gott«, sagte Brooks, »wer hätte das vom Chief gedacht? Aber Sie haben recht; wenn er nichts mit dem Mord zu tun hat, dann sollten wir die Sache einfach verschweigen. Warum sollen wir sein Leben ruinieren, ich denke, er leidet schon so genug.«

David war erstaunt ob der Menschlichkeit, die Brooks plötzlich an den Tag legte.

»Danke, Brooks«, sagte er, »Sie sind anscheinend doch nicht das große Arschloch, für das ich Sie gehalten habe. Anscheinend habe ich Sie falsch eingeschätzt, tut mir leid.«

»Ach, wissen Sie«, erwiderte der, »ich habe auch meine Zeit gebraucht, mit Ihnen klar zu kommen. Ich denke, mir ging es wie Ihnen.«

Dann mussten beide lachen und boten sich schließlich gegenseitig das 'Du' an.

Bevor sie den Raum verließen, sagte David: »Noch etwas, Todd. Eigentlich sollten wir Melissa für den gestrigen Abend ein bisschen schmoren lassen, aber wir müssen zusammenarbeiten, und das funktioniert nur ohne Spannungen. Also versuchen wir es und verzeihen ihr, okay?«

»Und wer geht dann mit ihr aus?«, fragte Brooks.

»Das soll sie entscheiden. Geben wir ihr ein bisschen Zeit«, antwortete David lächelnd.

2.

Melissa hatte die ganze Nacht hindurch wachgelegen.

Sie bekam ihre Gedanken nicht mehr in die Reihe. Was hatte sie da nur getan? Eine solche Dummheit hätte sie sich selbst nicht zugetraut.

Jetzt waren wohl alle Chancen bei David verspielt.

Das Schlimmste an der ganzen Sache war, dass die beiden ihre Kollegen waren und sie ihnen jeden Tag in die Augen sehen musste.

Sie schämte sich fürchterlich.

Sie hatte an diesem Morgen überhaupt keine Lust auf Arbeit, aber nahm doch allen Mut zusammen und fuhr zum Revier.

Brooks war heute schon vor ihr gekommen, und es geschah, was Melissa befürchtet hatte - er würdigte sie keines Blickes.

Das ertrage ich nicht, dachte sie und wollte Brooks gerade ansprechen, als David kam. Die beiden verschwanden sofort im Kopierraum.

Jetzt werde ich wohl geschlachtet, dachte Melissa.

Sie wartete, bis die beiden wiederkamen. Zu ihrer Überraschung grüßten beide, zwar zurückhaltend, aber immerhin. Melissa ging auf die beiden zu.

»Kann ich mal mit Euch sprechen?«, fragte sie zaghaft.

David wollte gerade etwas sagen, als Melissas Vater, der Staatsanwalt Kevin Shaney, das Büro betrat und alle in das zum Konferenzraum umfunktionierte Klassenzimmer rief.

»Nach der Sitzung?«, fragte Melissa noch schnell.

Beide stimmten zu, dann folgten sie Shaneys Aufforderung.

Kevin Shaney war 49 Jahre alt, seit 6 Jahren Staatsanwalt in Brookfield.

Er wurde nur so jung in diesen Job berufen, weil sein damaliger Chef, Ed Miller, ermordet wurde.

Er und Miller hatten gemeinsam gegen eine Bande mexikanischer Menschenschmuggler, die illegale Einwanderer nach Massachusetts brachten, ermittelt. Miller hatte eine richtig heiße Spur verfolgt und wollte sich mit einem Informanten treffen. Der damalige Staatsanwalt wurde drei Tage später samt seinem Wagen im Onota Lake in der Nähe des Pittsfield State Forrest gefunden, seine Stirn zierte ein kreisrundes Einschussloch.

Der oder die Täter wurden nie ermittelt, und Shaneys rasanter Aufstieg wurde von einem neuen Job gekrönt.

85 Kilogramm verteilten sich auf 1,80 Meter Körpergröße, mit seinen braunen, gelockten Haaren sah Kevin Shaney eher aus wie ein Mann, der körperliche Arbeit nicht scheute. Dass er einer der mächtigsten Männer im Bezirk war, konnte man nicht einmal erahnen.

»Hallo, Leute«, begrüßte er die Truppe.

»Wie Sie ja sicher schon gehört haben, ist Chief Turner krank geworden. Da Sie alle zurzeit bis über die Ohren in Arbeit stecken, werde ich die Ermittlungen zu den beiden Mordfällen leiten.«

Ein Murmeln ging durch die Reihe der Polizisten. Shaney war allgemein als harter, rücksichtsloser Hund bekannt und nicht gerade beliebt.

»Gut, dass Sie alle einverstanden sind«, sagte Shaney sarkastisch, »dann können wir ja an die Arbeit. Ich habe heute Morgen schon einmal alle Berichte durchgelesen. Gute Arbeit. Ein Bericht fehlt mir allerdings noch - Detective Soames?«

Fragend sah er David an.

»Ja, Sir«, sagte David, dem sichtlich unwohl war. »Es war gestern zu spät für den Bericht, ich werde das nachholen.«

»Was heißt hier zu spät?«, erhob Shaney die Stimme. »Sie sind Polizist. Da können Sie nicht einfach pünktlich Feierabend machen. Wenn Sie geregelte Arbeitszeit haben wollen, dann werden Sie doch Schuhverkäufer. Ich habe schon lange das Gefühl, dass Turner diesen Laden hier nicht richtig im Griff hat; das wird sich bei mir ändern.«

Nach diesem Anpfiff blickten alle im Raum betreten zu David oder auf den Boden. Nur nicht auffallen und die Aufmerksamkeit des Staatsanwalts auf sich lenken. Es war wie überall im Leben.

David selbst hatte wieder einmal einen dicken Hals. Da kommt der Kerl einmal im Jahr hier rein und markiert dann gleich sein Revier. Was ein Vollidiot.

»Würden Sie mich endlich informieren?«, forderte Shaney David nach einer Weile des Schweigens auf.

Er genoss es, wenn er andere seine Macht spüren lassen konnte.

David beherrschte sich sichtlich und berichtete Shaney fast alles, was am Vortag geschehen war. Die Ereignisse vom Abend verschwieg er.

»Eine Frage habe ich da noch, etwas scheint doch nicht ganz klar zu sein«, sagte Shaney, der aufmerksam dem Bericht gelauscht hatte.

»Hängen die beiden Morde nun zusammen oder nicht?«

David übernahm das Antworten.

»Zuerst hatten wir den Verdacht. Ein weißer Rabbit hatte vor dem Haus Elroys geparkt, eine Frau war ausgestiegen und in das Haus gegangen. Wir bemerkten, dass Hannah Elroy nicht auf Greys Liste stand, so verwarfen wir diesen Gedanken wieder. Dann stellte sich heraus, dass an diesem Tag Kelly La Manga mit Hannah Elroys Wagen bei Grey war. Deshalb denken wir, dass beide Fälle höchstens über die Verbindung mit Albert Elroy zu tun haben könnten, wenn überhaupt. Mir ist aber noch ein Gedanke gekommen - es wäre doch möglich, dass der Killer die beiden Frauen verwechselt hat; wir haben ja auch erst geglaubt, dass die Elroy bei Grey war. Das würde aber auch bedeuten, dass ursprünglich Kelly La Manga das Opfer sein sollte. Und wenn das so ist - dann ist sie in höchster Gefahr.«

Shaney blickte David verächtlich an.

»Denken Sie doch mal richtig nach«, ging er wieder verbal auf David los, »wie passt denn dann Ihre Theorie von einem Profikiller in diesem Fall? Das müsste schon ein sehr dummer Mensch sein, wenn er mit dem Auftrag ein Foto und die Adresse des Opfers bekommt. Oder wie sehen sie das?«

Verdammt noch mal.

Daran hatte David bei seinen Gedankenspielen wiederum nicht gedacht. Er hätte sich sonst wohin beißen können, weil er dies übersehen hatte. Das kommt davon, wenn man schneller redet, als man denken kann, dachte er.

»Sie haben Recht, Sir«, gab David kleinlaut zu.

»Wie läuft das heute in Springfield?«, fragte Shaney noch einmal nach.

»Ein Polizist wartet in der Redaktion der Zeitung auf den Anruf des Killers. Das Gespräch wird mitgeschnitten und zurückverfolgt. Wir hoffen, dass wir ihn so bekommen. Sollte das nichts bringen, dann wartet morgen am Busbahnhof eine böse Überraschung auf ihn. Wir werden ihn gebührend empfangen.«

»Was bedeutet 'wir'?«, fragte Shaney.

»Mit Turner war abgesprochen, dass Bane, Brooks und ich nach Springfield fahren und die Kollegen unterstützen.«

Shaney überlegte kurz und stimmte schließlich zu.

»Okay, und heute nehmen wir uns Elroy und diese La Manga vor. Bane, nach der Besprechung holen Sie Elroy vom Krankenhaus ab, Melissa, Sie bringen die La Manga her. Passen Sie auf, dass sich die beiden nicht begegnen. Ich will nicht, dass die eine Möglichkeit bekommen, sich abzusprechen.«

Die Kollegen im Raum blickten sich wieder verstohlen an. Natürlich hatten sie bemerkt, dass Shaney seine Tochter mit 'Sie' angesprochen hatte.

Es kam allen sonderbar vor.

Shaney wies den anderen noch Aufgaben zu, vor allem in Bezug auf die Liste Greys.

Dann schickte er alle aus dem Konferenzraum und ging selbst in Turners Büro. Dort schloss er sorgfältig die Tür und begann, Turners Schreibtisch zu durchsuchen.

Melissa trat zu David und Brooks und bat beide in einen Nebenraum. Dort entschuldigte sie sich für ihr Verhalten vom Vorabend. Sie hatte eingesehen, dass sie beide sehr verletzt hatte.

»Ich hoffe, das wird dir eine Lehre sein«, sagte David, »man spielt nicht einfach so mit den Gefühlen anderer, was immer du dir dabei gedacht hast.«

Schon fast demütig senkte Melissa den Kopf.

Das war David dann doch zu viel.

»Jetzt komm schon, ist gut«, sagte er zu ihr. Er befürchtete, dass es nicht mehr lange dauern würde, bis Tränen fließen würden. »Vergessen wir die ganze Sache, okay?«

Melissa war ihm sichtbar dankbar dafür. Auch Brooks war bereit, die Sache zu vergessen.

David bat Melissa, niemandem etwas von der Vaterschaft Turners zu erzählen und berichtete auch ihr, was er von Turner erfahren hatte.

»Selbstverständlich«, sagte Melissa, »von mir hört niemand etwas. Schon gar nicht mein Vater.«

Da muss ja einiges nicht stimmen, dachte David, aber er wollte sie jetzt nicht darauf ansprechen. Vielleicht hatte er später einmal die Möglichkeit.

Dann gingen alle drei, sichtlich erleichtert, an die Arbeit.

3.

David tippte nun endlich seinen Bericht.

Er musste sich unheimlich stark konzentrieren.

Der Vorabend ging ihm nicht mehr aus dem Kopf. David hoffte wirklich, dass Turner nichts mit den Morden zu tun hatte. Im Grunde war er davon überzeugt, aber ein kleiner Zweifel blieb eben immer.

Dann war da noch Melissa.

Er hatte sich den Abend wahrlich anders vorgestellt.

Als er gegen halb drei Uhr morgens von Turner nach Hause kam, war Cliff wach geworden.

Verschlafen kam er aus seinem Zimmer und fragte seinen Vater, warum sie denn so schnell nach Hause mussten. David hatte versucht, seinem Sohn die Situation so gut und einfach wie möglich zu erklären; ob er damit Erfolg hatte, wusste er nicht.
Er würde sich mehr um den Jungen kümmern müssen.

Das Telefon klingelte und riss ihn aus seinen Gedanken.
David meldete sich. Billings war in der Leitung.
»Hallo, David, wie geht's? Sie hören sich nicht gerade gut an«, fragte er.
David erklärte ihm, dass er eine lange Nacht und jede Menge Ärger hinter sich hatte.
»Ich wollte Ihnen nur Bescheid geben, dass das Inserat erschienen ist. Wir warten jetzt auf den Anruf. Ich lasse gerade einen Mann im Archiv der Zeitung nach gleichlautenden Anzeigen suchen. Vielleicht finden wir so heraus, wie oft euer Killer schon tätig war.«
»Super Idee, Billings«, antwortete David begeistert.
Dass er darauf nicht selbst gekommen war!
»Würden Sie mir dann das Ergebnis der Ermittlungen mitteilen? Am besten faxen Sie mir dann eine Liste mit den Daten. Hoffentlich funktioniert das alte Faxgerät dann auch.«
Billings stimmte zu und versprach, sich zu melden, wenn es etwas Neues gab.

Dann legte er auf.

4.

Während David im Büro arbeitete, fuhren Bane und Melissa in verschiedenen Wagen zum Krankenhaus. Sie nahmen an, dass die beiden Verdächtigen noch in der Klinik waren.

Als sie nach Elroy und der La Manga fragten, sagten ihnen die Stationsschwestern, dass die beiden schon am letzten Abend auf eigenen Wunsch entlassen wurden.

Bane fuhr deshalb sofort zu Elroys Haus, während Melissa zum Berkshire Drive fuhr, wo Kelly La Manga zu Hause war.

Dort angekommen erwartete sie eine Überraschung.

Mary, die auf ihr Läuten öffnete, bat sie, einen kurzen Moment hereinzukommen.

Im großen Wohnraum wurde Melissa von Billy Lockhart empfangen. Sie kannte Lockhart von einigen Empfängen, auf die ihre Eltern sie mitgenommen hatten, um sie in die Gesellschaft einzuführen. Ihr hatte das nie gefallen, zu gestelzt waren ihr die Verhaltensweisen der High Society.

Billy Lockhart, Besitzer und Verleger der Brookfield-News, sah man die Macht, die er besaß, förmlich an. In einem Maßanzug steckte ein bulliger Mann von knapp 110 Kilogramm, der mit 1,80 Meter Körpergröße sichtlich zu klein für sein Gewicht war. Den stiernackigen Kopf zierte eine Halbglatze, und ein weißer Vollbart prangte in seinem Gesicht. Die Brille, die er trug, wirkte im Gegensatz zu seiner exklusiven Kleidung geradezu lächerlich billig.

Billy Lockhart hatte gerade das sechzigste Lebensjahr vollendet und alles erreicht, was er sich erwünscht hatte.

Eine wahrhaft respektable Persönlichkeit.

»Hallo, Melissa«, wurde sie von Lockhart begrüßt. »Ich wollte gerade bei Euch anrufen.«

»Wieso das denn?«, fragte sie ihn.

»Es geht um meine Frau - sie ist verschwunden.«

5.

Bane läutete an Elroys Tür.

Es dauerte etwas, bis Albert Elroy öffnete.

Er trug den linken, eingegipsten Arm in einer schwarzen Schlinge, auch seine übrige Kleidung war ausnahmslos schwarz.

Wo hat er denn so schnell die Trauerkleidung her, dachte Bane.

»Ja?«, fragte Elroy knapp.

»Mr. Elroy, ich muss Sie bitten, mich aufs Revier zu begleiten.«

»Was soll das denn schon wieder?«, fragte Elroy gereizt. »Ich habe Turner doch gestern im Krankenhaus schon alles erzählt. Im Übrigen werde ich Ihren gesamten Verein verklagen. Die Hausdurchsuchung, die Sie gestern durchgeführt haben, war illegal. Es hätte zumindest eine Person, die mich vertritt, dabei sein müssen.«

Bane sagte ihm, dass er diese Sache mit Turner zu klären hatte und forderte Elroy erneut auf, mit ihm zu kommen.

»Staatsanwalt Shaney möchte Sie sprechen, und mit dem haben Sie gestern ja nicht geredet, oder?«, fragte Bane.

»Das ist mir scheißegal«, schrie Elroy den Polizisten an. Er verlor urplötzlich die Kontrolle über sich.

»Ich sage Ihnen jetzt mal was«, fuhr er Bane erneut an, »ich rufe jetzt meinen Anwalt an und warte hier auf ihn. Solange der nicht da ist, werde ich keinen Fuß vor die Tür setzen.«

Arschloch, dachte Bane.

»Tun Sie das, Mr. Elroy«, sagte er ganz freundlich zu dem Anwalt. »Sie werden ja am besten wissen, ob Sie einen Anwalt brauchen.«

Elroy drehte sich von dem Detective ab, um in die Wohnung zu gehen, da sagte Bane: »Eigentlich spielen Sie die Rolle des Trauernden ganz gut, aber es wundert mich schon, dass Sie bisher nicht ein einziges Mal nach Ihrer Tochter gefragt haben.«

Elroy erstarrte.

Dann drehte er sich um.

»Sind Sie in so tiefer Trauer, dass Sie das Mädchen ganz vergessen haben?«, provozierte Bane weiter.

Er sah den mächtigen Schwinger, der sein Nasenbein zertrümmerte, nicht kommen.

6.

»Wie bitte?«, fragte Melissa. »Ihre Frau ist nicht hier?«

»Würde ich nach ihr fragen, wenn sie hier wäre?«, fragte Lockhart genervt.

Melissa erklärte, dass Kelly die Klinik schon am Vortag verlassen hatte und dabei angab, nach Hause zu wollen.

»Das weiß ich auch, ich habe es vor einer Stunde erfahren. Ich habe ihre ganzen Bekannten angerufen, sie wurde von niemandem gesehen. Was ist eigentlich genau passiert? Ich war gestern bei ihr in der Klinik, aber sie konnte kaum ein Wort mit mir reden. Mary sagte, dass der Chief hier war und Kelly mitteilte, dass Hannah Elroy erschossen wurde. Aber das kann doch nicht alles sein, das hat Kelly mit Sicherheit nicht so umgehauen. Warum wollen Sie eigentlich mit Kelly sprechen?«

Melissa hütete sich, gegenüber Lockhart auch nur eine Andeutung zu machen, worum es wirklich ging. Sie ging davon aus, dass er nichts von den Liebschaften seiner Frau wusste.

»Wir haben noch ein paar Fragen an Ihre Frau, sie kannte Hannah ja sehr gut. Vielleicht könnte sie uns etwas Wichtiges sagen, das bei der Aufklärung hilfreich wäre.«

»Aber wo könnte sie jetzt sein?«, fragte Lockhart erneut. Er klang jetzt verzweifelt.

»Mr. Lockhart, bitte rufen Sie uns an, wenn Ihre Frau sich meldet oder nach Hause kommt. Wir werden sie suchen und Sie natürlich auch informieren, wenn wir sie finden.«

Melissa ahnte plötzlich, wo sie Kelly finden würde.

Sie verabschiedete sich von Lockhart und fuhr los.

Es war nicht weit bis zur Hoxsey Street.

Melissa ärgerte sich, dass sie nicht schon früher darauf gekommen war. Sie versuchte, Bane über Funk zu erreichen, aber der meldete sich nicht.

Gedanken schossen ihr wie Blitze durch den Kopf.

Beide hatten die Klinik fast zeitgleich verlassen, hoffentlich haben sie sich nicht schon abgesetzt, dachte Melissa, während sie in die Hoxsey Street einbog.

Als sie vor Elroys Haus anhielt sah sie gerade noch, wie Bane zu Boden ging und Elroy auf ihn eintrat.

Sie sprang aus dem Wagen und rief Elroy zu, er solle aufhören und sich von ihrem Kollegen entfernen.

Der musste abgeschaltet haben, denn statt Melissas Zuruf zu befolgen, trat er weiter auf Bane ein, welcher gerade versuchte, seine Waffe zu ziehen. Elroy traf Bane am Brustkorb und die Pistole flog in hohem Bogen durch die Luft.

Als Melissa endlich bei den beiden war, stieß sie Elroy sofort zurück.

Der hatte einen wirren Blick, seine Augen flackerten und Melissa befürchtete, dass er sie jetzt auch angreifen würde.

Doch stattdessen rieb er sich die nun auch verletzte rechte Hand an seinem Bein. Sein linker Arm drohte aus der Schlinge zu rutschen.

»Dasch wird schie teuer schu schdehen kommen«, nuschelte Bane, dem anscheinend auch ein paar Zähne fehlten. Er lag immer noch am Boden und drohte, ohnmächtig zu werden.

Blut, das aus seiner Nase rann, vermischte sich mit dem aus seinem Mund.

»Sind Sie denn wahnsinnig?«, fuhr Melissa den Anwalt an.

Der schien jetzt wieder klarer denken zu können und auch sein Blick war wieder wach. Er schaute verächtlich auf Bane und sagte ganz ruhig zu Melissa: »Ihr Kollege hat mich angegriffen, ich habe mich nur verteidigt. Es war Notwehr.«

»Damit kommen Sie nicht durch, Elroy.«, sagte Melissa, genauso ruhig, wie der Anwalt. »Sie vergessen wohl, dass ich alles gesehen habe.«

Das entsprach zwar nicht ganz der Wahrheit, aber sie konnte sich einfach nicht vorstellen, dass Bane tätlich geworden sein sollte. Im Übrigen glaubte Melissa an den Kodex der Polizisten, dass man einem Kollegen in Not beistand, und sei es mit einer Falschaussage.

Melissa stieß Elroy an die Hauswand und wollte ihm Handschellen anlegen.

»Scheiße«, murmelte sie, als sie bemerkte, dass das auf Grund des eingegipsten Arms unmöglich war.

Sie wies Elroy an, sich nicht zu bewegen und wollte sich um Bane kümmern, der gerade versuchte, auf die Beine zu kommen.

In diesem Moment trat eine Frau aus Elroys Haustür und fragte: »Schatz, was ist denn los?«

7.

Schon zum dritten Mal begann David seinen Bericht zu schreiben.

Scheiß Schreibmaschine. Gelobt sei die moderne Technik.

Er war es nicht mehr gewohnt, auf diesem alten Kasten zu schreiben. Und Tipp-Ex gab es im ganzen Gebäude nicht mehr.

Brooks saß an seinem Schreibtisch und telefonierte mit verschiedenen Polizeistationen, um nachzufragen, ob die Frauen auf Greys Liste schon alle befragt wurden.

Ein junger Streifenpolizist, der Dienst am Funkgerät hatte, rief David zu: »Sir, ich habe einen Funkspruch von Detective Shaney erhalten. Sie hat einen Rettungswagen und Verstärkung angefordert.«

David fuhr aus seinem Stuhl hoch, am Nebentisch sprang Brooks auf.

»Wo?«

»Hoxsey Street.«

»Wir fahren hin«, rief David dem Polizisten zu, »schicken Sie noch eine Streife zusätzlich hin.«

Noch bevor sie eine Antwort bekamen, waren David und Brooks zur Tür hinausgestürmt.

Binnen kürzester Zeit waren die beiden an Elroys Haus.

Auf dem großen Rasenplatz vor dem Haus war niemand zu sehen.

Die beiden gingen auf die Haustür zu, als Brooks David auf einen dunklen, nassen Fleck vor der Treppe aufmerksam machte.

Es war eindeutig Blut.

Die beiden zogen ihre Waffen und betraten das Haus.

Gegenseitig sicherten sie sich ab, während sie verschiedene Türen öffneten und die Räume kontrollierten. Es war totenstill.

David blickte gerade in ein geräumiges Badezimmer und Brooks sicherte ihn ab, als sie ein leises Stöhnen vernahmen.

Vorsichtig gingen sie in die Richtung, aus der das Geräusch kam.

Das Stöhnen kam aus dem Wohnraum, der am Ende des Ganges lag. Als die beiden in den Raum blickten, bot sich ihnen ein scheinbar friedliches Bild.

Elroy und Kelly La Manga saßen sich auf schweren Ledersesseln gegenüber, nur durch einen Tisch getrennt. Auf der Couch lag Bane, er sah aus, als schliefe er. Nur das Blut in seinem Gesicht trübte die Idylle.

Melissa stand an der Wand gegenüber und richtete ihre Waffe auf Elroy.

»Mein Gott«, entfuhr es Brooks, »was ist denn hier passiert?«

In diesem Moment war von der Straße her lautes Sirenengeheul zu hören. Etliche Polizisten stürmten mit gezogenen Waffen in das Haus.

Der junge Kollege war anscheinend auf Nummer sicher gegangen und hatte alle verfügbaren Kräfte geschickt.

Melissa steckte ihre Waffe ein und beruhigte die Kollegen. Mittlerweile war auch der Rettungswagen gekommen, und die Sanitäter konnten sich endlich um den bewusstlosen Detective kümmern.

Melissa klärte David und Brooks über die Ereignisse auf, soweit sie sie selbst gesehen hatte.

Bane wurde auf einer Trage in den Rettungswagen geschoben. Vor dem Haus wimmelte es von Polizisten, Nachbarn von Elroy drückten sich an den Fenstern die Nasen platt und Passanten tuschelten miteinander.

Die Kollegen der Streife führten Elroy und seine Geliebte ab und fuhren sie zum Revier.

Melissa, David und Brooks erkundigten sich noch nach dem Zustand ihres Kollegen, aber der Arzt sagte ihnen nur, dass Bane bei dem Angriff anscheinend auch noch ein paar gebrochene Rippen wurden.

Dann fuhren die drei gemeinsam zum Revier, um sich den beiden Festgenommenen zu widmen.

8.

Auf dem Revier herrschte helle Aufregung.

Alle redeten durcheinander, doch als Kevin Shaney den Raum betrat, verstummten alle Gespräche. Der Staatsanwalt war kurz bei Gericht gewesen, als ihn Davids Anruf erreichte.

»Kann denn hier keiner etwas richtig machen?«, rief er in die große Halle.

Betretenes Schweigen war die Antwort.

Dann ging David auf Shaney zu und sagte: »Hören Sie, Detective Bane liegt mit schweren Verletzungen im Krankenhaus. Er wird wohl wochenlang ausfallen. Sie können ihm nicht vorwerfen, seine Arbeit nicht korrekt gemacht zu haben.«

»Habe ich Sie etwas gefragt, Soames?«, schrie Shaney, zornig ob der Kritik Davids.

»Hätte er besser aufgepasst, dann wäre ihm auch nichts passiert.«

»Sind Sie wirklich dermaßen eiskalt?«, erwiderte David, verblüfft über seinen eigenen Mut.

Shaney wurde blass. »Das wird Konsequenzen für Sie haben«, sagte er mit gesenkter Stimme.

Dann wandte er sich von David ab und fragte, wo man die beiden Verdächtigen hingebracht hatte.

Brooks sagte ihm, dass Elroy, von einem Kollegen bewacht, in einem der Klassenzimmer auf seinen Anwalt wartete und Kelly La Manga im Verhörraum saß.

»Okay, lassen wir Elroy mal ein bisschen schmoren und nehmen uns Mrs. La Manga vor, bevor die Presse hier ist. Brooks, Sie und Soames kommen mit.«

Dann ging er mit schnellen Schritten voran.

Als die drei den Raum betraten, wollte Kelly sich von ihrem harten Holzstuhl erheben, wurde aber von der Polizistin, die bei ihr stand, mit sanftem Druck daran gehindert.

»Kevin, warum bin ich hier?«, fragte sie Shaney.

David und Brooks blickten sich an, sagten jedoch nichts.

»Mrs. La Manga«, sagte Shaney, »wir sind dienstlich hier, also bitte sprechen Sie mich mit Mr. Shaney an.«

»Aber…«, sagte Kelly zögerlich, »wir kennen uns doch schon so lange und…«

»Hören Sie zu«, unterbrach sie der Staatsanwalt, »das ist keine private Party mit Lachshäppchen und Champagner. Sie werden des Mordes an Karl Hanson und der Beihilfe des Mordes an Hannah Elroy verdächtigt.«

Kelly starrte ihn mit offenem Mund an.

»Karl Hanson? Wer zum Teufel ist Karl Hanson?«, fragte sie schließlich.

David klärte sie auf, worauf er von Shaney einen giftigen Blick erntete.

»Hören sie, Mrs. La Manga«, ergriff Shaney wieder das Wort, »wir wissen einiges von Ihnen. Sie haben Chief Turner angelogen, wo es nur ging. Ihr Alibi ist nichts wert; wir wissen, dass Sie mit Elroy in Albany waren. Und vorher haben Sie mal kurz Hanson umgebracht, oder Grey, wenn Ihnen das lieber ist. Außerdem haben Sie und ihr Liebhaber einen Killer auf dessen Frau angesetzt.«

Kelly starrte Shaney an.

»Sie wissen - Sie wissen alles?«, stammelte sie.

»Oh ja, wir wissen alles.«

Shaney triefte vor Arroganz.

Brooks stand schweigend in einer Ecke des Raums, David kochte innerlich vor Wut. Wie konnte ein Staatsanwalt ein

Verhör so dumm angehen? Shaney hatte nun wirklich alle Ermittlungsergebnisse verraten.
Unglaublich.

»Okay«, sagte Kelly, »ich rede.«

9.

Während des Verhörs klingelte das Telefon auf Davids Schreibtisch.
Melissa hob ab und meldete sich.
Es war Billings, der David sprechen wollte. Melissa informierte ihn, dass David im Moment nicht abkömmlich war, sie aber in diesem Fall mit ihm ermittelte.
»Gut, dann kann ich Sie ja auch unterrichten«, sagte Billings, »also, der Killer hat tatsächlich bei der Zeitung angerufen und eine Annonce aufgegeben. Der Text ist: Hallo Melanie, treffe dich morgen, 6:37 Uhr. Bitte sei pünktlich. Das bedeutet...«
»Das bedeutet, dass das Geld in Schließfach 637 deponiert werden soll«, unterbrach ihn Melissa.
»Genauso ist es«, bestätigte Billings, »Sie sind gut informiert. Das Gespräch war leider zu kurz, um den Anrufer zu lokalisieren. Aber wir haben seine Stimme aufgezeichnet. Ich schicke einen Kurier mit einer Kopie zu Ihnen. Das kann aber etwas dauern, die Kopie ist noch nicht fertig.«
»Wie geht es dann weiter?«, wollte Melissa wissen.
»Wir werden das Geld bis spätestens zehn Uhr deponieren. Dann werden wir das Schließfach nicht mehr aus den Augen lassen. Und wenn er das Fach öffnet...«
»Guter Plan«, lobte Melissa.
»Okay, das war es vorläufig. Sagen Sie David Bescheid, ich erwarte ihn morgen früh mit seinen Leuten.«
Melissa versprach, alles weiterzuleiten und legte auf.

In diesem Moment stürmte David aus dem Verhörraum und verließ wortlos das Revier.

10.

»Wie ich Chief Turner schon berichtet habe, wurde ich von Grey erpresst«, begann Kelly ihre Schilderung. »Er konnte einfach nicht genug kriegen. Ich habe bezahlt, aber er wollte mehr. Es stimmt, ich war am Freitag bei ihm.«

»Und da gab es Streit und Sie haben ihn umgebracht«, sagte Shaney.

»Aber nein. Ich habe bezahlt. Ja, wir haben uns gestritten, aber dann bin ich nach Albany gefahren.«

»So ein Quatsch«, erwiderte Shaney genervt. »Wie viel wollen sie denn bezahlt haben?«

»Es waren 50.000 Dollar.«

»Und wo hatten Sie die her?«

»Albert hat sie mir gegeben. Er hat sie am letzten Mittwoch abgehoben.«

»Was hat Grey mit dem Geld gemacht?«, fragte David.

»Weiß doch ich nicht. Er hat es auf den Tisch im Wohnraum gelegt, ich bin dann gegangen.«

David bat Shaney, mit ihm kurz aus dem Raum zu gehen. Draußen sagte er zu ihm: »Es kann stimmen, was sie erzählt. Elroy hat tatsächlich das Geld abgehoben. Und was mir noch Sorgen macht: Wie hätte diese Frau all das mit Grey in dieser kurzen Zeit machen sollen? Vor allem ihn aufhängen und ihm die Verstümmlungen beibringen.«

Shaney ging nicht auf Davids Theorie ein.

»Ich bin mir sicher, sie war es. Vielleicht hatte sie ja Hilfe.«

»Und wer soll das gewesen sein? Elroy war um diese Zeit schon im Hotel. Fragen Sie doch mal, in welcher Stückelung

das Geld bezahlt wurde. Das Geld, das wir gefunden haben, enthielt nur Tausender. Vielleicht bringt es was.«
Shaney stimmte zu und sie gingen zurück in den Verhörraum.
»Mrs. La Manga«, sagte Shaney, »können Sie sich noch erinnern, wie das Geld aufgeteilt war?«
»Meinen Sie, was für Scheine?«
Shaney bejahte.
»Grey wollte das Geld in kleinen Scheinen, das Bündel war ziemlich dick.«
»Falsche Antwort«, triumphierte Shaney, »wir haben bei Hanson nur Tausender gefunden. Wo ist dann das Geld, das sie angeblich bezahlt haben?«
»Vielleicht gestohlen? Vom Mörder? Was weiß ich«, sagte Kelly, immer nervöser werdend.
»Nein, nein«, sagte Shaney. Und dann schrie er die verängstigte Frau an.
»Jetzt rück´ endlich mit der Wahrheit raus, Kelly! Du lügst doch, wenn du den Mund aufmachst.«
Ganz im Gegensatz zu ihrer bisherigen Verhaltensweise wurde Kelly La Manga plötzlich ganz ruhig.
»So, Kevin, für Sie immer noch Mrs. La Manga. Oder haben Sie Ihre eigene Anweisung vergessen? Von nun an sage ich kein Wort mehr. Ich will einen Anwalt.«
»Den bekommen Sie, wann ich es will.« Shaney war außer sich vor Wut. Dick angeschwollene Adern zierten seinen Hals.
David nahm ihn sacht am Arm und sagte leise: »Sir, beruhigen Sie sich doch. Sie hat ein Recht darauf, das müssten Sie eigentlich wissen.«
Shaney riss sich aus Davids Griff los und schrie jetzt auch ihn an.
»Sie haben mir gar nichts zu sagen. Und fassen Sie mich gefälligst nicht an. Was erlauben Sie sich?«

David wollte ihn nochmals beruhigen, doch der Staatsanwalt war nicht mehr zu bremsen.

»Geben Sie mir ihren Dienstausweis und Ihre Waffe«, verlangte er von David. »Sie sind vorläufig beurlaubt. Dann können Sie mal über Ihr Verhalten gegenüber Vorgesetzten nachdenken. Und ich werde ein Disziplinarverfahren gegen Sie einleiten.«

David tat, was von ihm gefordert wurde, und verließ wütend den Raum.

Brooks, immer noch in der Ecke stehend, schüttelte verständnislos den Kopf. Shaney sah dies und ging auf Brooks zu.

»Ist etwas? Sie können gerne auch in unbezahlten Urlaub gehen, wollen Sie das?«

Brooks verneinte.

»Na also. Besorgen Sie dieser 'Lady' ihren Anwalt. Und noch etwas: Kein Wort von dem, was eben vorgefallen ist, zu den anderen, verstanden?«

Brooks nickte und dachte, dass es so langsam wieder Zeit für einen Ortswechsel wurde.

11.

Endlich mal wieder ein paar Tage frei.

Weg aus Brookfield, der Stadt mit all ihren Heuchlern und Gottlosen.

Er genoss das sanfte Schaukeln seiner Yacht, kleine Wellen plätscherten an die Bordwand. Er lag im kleinen Hafen von Scituate vor Anker, aber er würde heute noch hinausfahren, die Angel auswerfen und sich gemütlich bei einem kühlen Bier auf dem weiten Atlantik treiben lassen. Er würde die herrliche Aussicht auf die Küste genießen und über sein weiteres Leben nachdenken.

Der Knöchel war immer noch geschwollen, aber nicht gebrochen. Er hatte ihn in einer kleinen Privatklinik röntgen lassen. Der Arzt gab ihm eine Salbe und eine Schwester hat den Knöchel fachgerecht verbunden.

Als er das Inserat im Springfield-Mirror entdeckte, wollte er sich zuerst nicht melden.

Aber dann hatte er wieder zu viel nachgedacht. Er würde diesen einen Auftrag noch annehmen.

Morgen würde er am Busbahnhof von Springfield den Auftrag und das Geld holen und dann die Welt noch einmal von einem bösen Menschen befreien.

Nach diesem Job wollte er sich endgültig absetzen.

Er hatte sich in den 15 Jahren seiner Tätigkeit als bezahlter Killer eine große Summe angespart, sich eine Villa gekauft und eben diese Yacht.

In Scituate galt er als ein stiller, unauffälliger Handelsvertreter, der selten zu Hause war.

So dachten jedenfalls seine Nachbarn, die ihn sehr selten zu Gesicht bekamen.

Oh ja, dieser Job noch, dann würden ihn die Bürger von Brookfield für immer vermissen.

Sie würden rätseln, warum ein Mann wie er von einer Minute auf die andere verschwand.

In kürzester Zeit würden sie ihn vergessen, wie es heute so üblich war.

Auch für ihn würde das Leben weitergehen. Aber es würde schöner und ruhiger werden.

Sollten sie doch alle zur Hölle fahren.

Er machte die Leinen los, warf den Hilfsmotor an und steuerte aus dem Hafen auf das offene Meer hinaus.

Nur noch dieser eine Job.

Er lächelte.

12.

David war stinksauer.
Dieses Arschloch Shaney.
Wie konnte solch ein Idiot eine so großartige Tochter haben? Er war froh, dass Melissa anscheinend nichts von dem Charakter ihres Vaters geerbt hatte.
Soll er mich doch kreuzweise, dachte David.
Er fuhr ohne Umwege nach Hause. Es war mittlerweile Mittag geworden und Cliff war nicht da.
Wird wohl bei Micky sein, dachte David. So hatte er Gelegenheit, sich für ein paar Stunden hinzulegen und zu schlafen.

David duschte und legte sich auf sein Bett.
Aber er konnte einfach nicht einschlafen. Die Morde beschäftigten ihn weiter, obwohl er offiziell nichts mehr damit zu tun hatte.
Er glaubte Kelly La Manga.
Ihre Aussage war in sich schlüssig.
Aber dann blieben mehr Fragen offen als geklärt waren. Wenn Elroy und Kelly wirklich nichts mit den Morden zu tun hatten, wo waren dann die 50.000 Dollar geblieben? Auf dem Tisch lagen sie nicht mehr - und das Hausmädchen? Nein, dachte David, die war froh, aus dem Haus zu sein. Wenn sie das Geld hätte, dann wäre sie wahrscheinlich schon lange verschwunden und mit ihr ihre Mutter.
Also war der Mörder vielleicht doch ein eifersüchtiger Ehemann?

Oder war es ein ganz gewöhnlicher Raubmord, der nichts mit Greys Liebesleben zu tun hatte? Dagegen sprach wiederum das gefundene Geld im Schrank und die vorhandenen Wertgegenstände in der Wohnung.
David schlief über all den verschiedenen Möglichkeiten ein. Sollte sich doch Shaney darum kümmern.

Es war gegen 20 Uhr, als Cliff seinen Vater weckte.
»Telefon, Dad«, sagte Cliff, während er an Davids Schulter rüttelte.
»Es ist Melissa.«
David kam nur langsam zu sich. Kopfschmerzen nagten sich seinen Hinterkopf hoch.
Er ging zum Telefon und meldete sich.
»Hallo, David«, sagte Melissa, »bitte komm zu Chief Turner, ich bin auch hier. Es gibt Neuigkeiten.«
David knurrte vor sich hin, sagte etwas von Kopfschmerzen, erklärte sich dann aber doch bereit zu kommen, als Melissa noch einmal die Wichtigkeit betonte.
David rief seinen Sohn zu sich und erklärte ihm wieder einmal, dass er noch wegmüsse.
Cliff war nicht gerade begeistert, wusste aber auch, dass er seinen Vater nicht halten konnte, zumal der ihm versprochen hatte, das Essen im MacBurger nachzuholen.
David nahm ein Aspirin und fuhr zu Turner.

Dort angekommen traf er nicht nur auf Turner und Melissa, auch Brooks saß in Turners Wohnzimmer.
Die Wohnung kam David seltsam verändert vor.
Natürlich.
Es war aufgeräumt und geputzt worden. Nirgends war noch Müll zu sehen, das Geschirr war weg, und auf dem Tisch standen saubere Gläser.

Nachdem sich alle begrüßt hatten, begann Melissa zu erzählen.

»Wir haben dem Chief alles berichtet, was sich heute auf
dem Revier ereignet hat. Du weißt allerdings noch nicht,
was passierte, nachdem du gegangen warst. Gegen 14
Uhr kam Elroys Anwalt. Er übernahm auch für Kelly das
Mandat. Mein Vater ist dann mit ihm im Büro des Chiefs
verschwunden. Und dann wurde es richtig laut. Soviel wir
verstanden haben, hat Dennis Calvin meinem Vater so
richtig die Leviten gelesen.«

Melissa musste bei ihren Worten lächeln.

»Er hat ihm klar gemacht, dass gegen Kelly La Manga
überhaupt nichts vorliegt und der Angriff auf Bane laut Aussage Elroys Notwehr war. Jedenfalls so lange wir nichts anderes beweisen können. Schließlich haben die beiden das
Büro verlassen, und wir mussten Elroy und die La Manga
gehen lassen.«

»Das war mir klar«, sagte David.

»Ich habe auch etwas für dich«, sagte Turner zu David.

»Ich werde gleich morgen früh Richter Devane anrufen und
ihm erzählen, was Shaney sich da erlaubt. Der kann dich
nicht einfach suspendieren. Er hat die Ermittlungen an sich
gerissen, aber der Chief bin immer noch ich. Und mir hat
nur Sam White etwas zu sagen. Shaney will morgen mit
Brooks und zwei anderen nach Springfield fahren, um den
Killer zu verhaften. Da muss er natürlich dabei sein, könnte
ja eine Kamera in der Nähe sein. David, du kommst morgen gegen zehn Uhr zum Revier, bis dahin habe ich Devane sicher davon überzeugt, dass Shaney klar seine Grenzen
überschritten hat. Ich hoffe, dass er ihn zurückpfeift.«

David war Turner dankbar und zeigte dies auch.

»Danke für deine Hilfe, Mike«, sagte David, »aber da ist
noch etwas, das mir keine Ruhe lässt.«

»Was denn?«

»Warum ist Shaney so scharf auf diese Fälle? Normal hört und sieht man das ganze Jahr nichts von ihm.«

Alle schauten Melissa an, als wüsste sie die Antwort auf diese Frage.

Aber die zuckte nur mit den Schultern.

Die vier Kollegen diskutierten den ganzen Abend weiter über die Fälle, entwarfen Theorien, um sie gleich darauf wieder zu verwerfen. Egal was sie redeten, es lief immer wieder auf dasselbe hinaus.

Es war eine Sackgasse.

Sie hofften, dass der Killer bald gefasst wurde; wahrscheinlich würden sie erst dann weiterkommen.

»Ach ja«, sagte Turner, als sich die anderen erhoben, um zu gehen.

»Das hätte ich beinahe vergessen. Morgen um 17 Uhr wird Hannah bestattet. Das werden wir auf keinen Fall versäumen, vielleicht fällt uns da etwas auf.«

Natürlich wussten alle, warum der Chief wirklich unbedingt zur Beerdigung wollte.

Turner tat ihnen allen leid.

Sie verabschiedeten sich und gingen nach Hause.

7. Kapitel

Mittwoch

1.

Shaney, Brooks und die Officer Lang und Rough trafen gegen zehn Uhr bei der Springfield-Police ein.

Chief Bride begrüßte die Kollegen mürrisch und bat Shaney gleich in sein Büro.

Detective Billings unterrichtete derweil die anderen Kollegen aus Brookfield. Dabei fragte er auch nach David.

»Was ist denn mit Detective Soames? Der wollte doch auch dabei sein, genauso wie euer Chief.«

Brooks erklärte ihm kurz die aktuelle Lage.

Billings schüttelte verständnislos den Kopf und fragte dann, ob das Band mit der Aufnahme des Killers abgeliefert worden war und ob jemand die Stimme erkannt hatte.

Brooks erschrak und wurde blass.

Das Band.

Er hatte es vergessen.

Es war am gestrigen Nachmittag von einem Kurier gebracht worden. Seitdem lag das Band auf Brooks´ Schreibtisch.

Er erklärte Billings, dass er die Aufnahme aufgrund der Hektik und der Ereignisse vergessen hatte und bat ihn, nichts zu Shaney zu sagen; der würde sonst wieder toben.

Brooks konnte froh sein, dass Shaney gerade nicht hier war.

Er entschuldigte sich bei den anderen unter dem Vorwand, auf die Toilette zu müssen und eilte zum nächsten Telefon.

Melissa war am Telefon und Brooks fragte sie, ob David und der Chief schon da wären.

Melissa sagte ihm, dass die beiden gerade zu Richter Devane gefahren waren.

Brooks bat sie, sich mit David und Turner das Band anzuhören.

Dann ging er zu den anderen zurück.

Kurz darauf bat Chief Bride alle an dem Fall Beteiligten in sein Büro.

Bei der kurzen, aber eindringlichen Besprechung wies Bride jedem einen festen Beobachtungsposten am Busbahnhof zu. Niemand durfte sich zu erkennen geben, bevor er nicht das Kommando gab.

Shaney sollte das Päckchen, das nur Papier enthielt, im Schließfach deponieren. Bride wies ihm diese Aufgabe zu, weil der Staatsanwalt darauf bestanden hatte.

Es war ja auch besser, eine in der Stadt nicht bekannte Person dafür zu nehmen, denn wenn das Schließfach vom Killer beobachtet wurde, dann war die Wahrscheinlichkeit, dass die Falle aufflog, sehr gering.

»Was aber, wenn der Killer eine Kontaktperson hat, die das Päckchen holt?«, fragte Billings.

»Glauben Sie mir«, antwortete Shaney, »der wird selbst kommen. Der lässt niemand anderen an so viel Geld. Und sollte er wirklich jemand anderen schicken, dann werden wir uns eben den vornehmen.«

Billings blickte Bride fragend an.

Der zuckte nur kurz mit den Achseln.

Was hat dieser Staatsanwalt nur mit dem Chief gemacht, fragte sich Billings. Normal ließ sich Bride von niemandem Vorschriften machen. Dieser Shaney musste wirklich etwas zu sagen haben.

Bride wies die Kollegen noch an, den Busbahnhof einzeln zu betreten, um nicht aufzufallen. Natürlich trugen alle zivile

Kleidung; einer von ihnen war als Obdachloser verkleidet, und die anderen hatten schon ihre Witze über ihn gerissen. Shaney nahm mit Zufriedenheit im Blick das Päckchen an sich. Billings dachte, wenn der Killer mit dieser Falle gefasst würde, dann würde es wohl sehr gut in den Medien rüberkommen, dass Shaney selbst mitgewirkt hatte.

»Staatsanwalt an vorderster Front – Kevin Shaney verhaftet Profikiller«

Das wäre eine Schlagzeile, die ihm wohl gefallen würde.

Während Shaney das Päckchen vom Tisch nahm, öffnete sich die Jacke seines 500 Dollar teuren Anzuges ein wenig, und Brooks konnte für einen kurzen Moment eine Waffe sehen.
Dann brachen alle auf.

Irritiert dachte Brooks, warum schleppt ein Staatsanwalt einen Revolver mit sich herum?

2.

Als David zur alten Schule kam, waren Turner und Melissa natürlich schon da.
Turner sagte David, dass Richter Devane sie beide persönlich sprechen wollte, also fuhren sie sofort zum Gerichtsgebäude.
Devane war genau die Art Richter, die man oft in Filmen zu sehen bekam.
Unter der schwarzen Robe steckte ein älterer, grauhaariger Mann, der mit wachem, scharfem Blick durch seine Brille sah.
Er musterte die beiden Polizisten genau.

Dann bat er sie, alles zu erzählen, was am Vortag geschehen war.

David berichtete, wie Shaney sich verhalten hatte, gegenüber der Verdächtigen und gegenüber ihm. Er ließ nichts aus, und als er fertig war, blickte Devane ihn nachdenklich an.

»Okay, war das alles?«, fragte er David. Der nickte.

»Gut, Turner«, fuhr Devane fort, »Shaney ist nun mal unser bester Mann. Seine Methoden mögen manchmal vielleicht nicht ganz angebracht sein, aber die Erfolge sprechen für ihn. Damit eines klar ist, Turner: Ich werde Shaney nicht von den Fällen abziehen. Ich werde mit ihm reden, damit er sich etwas zurückhält. Und Ihnen würde ich raten, sich mit ihm zu arrangieren. Er kann natürlich keinen Ihrer Leute ohne Ihr Einverständnis suspendieren. Wir werden Ihr Verhalten aber prüfen müssen.«

Die letzten Worte waren an David gerichtet.

Dem hatte es die Sprache verschlagen. Er hatte dadurch zwar seinen Job wieder, aber das Problem Shaney war damit natürlich nicht gelöst.

»Gibt es sonst noch etwas?«, fragte Devane ungeduldig.

»Nein«, antwortete Turner knapp. »Vielen Dank, dass Sie uns so viel Ihrer kostbaren Zeit gewidmet haben.«

Turner drehte sich ab und verließ mit David das Büro, bevor Devane noch etwas sagen konnte.

Draußen gingen sie schweigend zum Auto. Beide hingen ihren eigenen Gedanken nach, und die verhießen in Bezug auf Shaney nichts Gutes.

Vom Gericht aus fuhren sie zum Krankenhaus, um nach ihrem Kollegen Bane zu schauen.

Der Arzt, der Bane operiert hatte, vermittelte Ihnen nicht gerade Zuversicht.

Bane hatte mehr abbekommen als zunächst vermutet.

Er hatte seine Schneidezähne eingebüßt, das Nasenbein und der Unterkiefer waren gebrochen und die Oberlippe gespalten.

Zwei gebrochene Rippen hatten die Lunge verletzt.

Momentan lag Bane im künstlichen Koma, aber der Arzt sagte, dass sie ihn am nächsten Tag aufwecken würden - wenn alles gut lief.

Es würde allerdings noch Tage dauern, bis er ansprechbar sein würde.

Frustriert verließen die beiden das Krankenhaus.

An einem Stand vor der Klinik spendierte David seinem neuen Freund ein Bier.

Das hatten beide jetzt bitter nötig.

3.

Shaney fuhr als Letzter vom Parkplatz der Polizei.

Er hatte den anderen etwa 10 Minuten Vorsprung gelassen, damit die sich unauffällig am Bahnhof verteilen konnten.

Als alle weg waren, überprüfte er seine Waffe. Er würde sie brauchen.

Ein zufriedener Ausdruck machte sich auf seinem Gesicht breit.

Dann setzte er sich in die Limousine, die ihm die Polizei von Springfield zur Verfügung gestellt hatte, und fuhr los.

Er kannte den Weg zum Busbahnhof, und so hatte er keine Mühe, pünktlich anzukommen.

Vor dem Eingang der Schalterhalle fand er einen freien Parkplatz. Er schloss den Wagen ab und blickte sich um.

Vor der Halle standen auf etlichen Spuren große Greyhound-Busse, bereit abzufahren und jeden noch so entlegenen Winkel in den USA anzusteuern.

Hunderte von Fahrgästen aus aller Herren Ländern strömten entweder zu den Bussen oder in die Halle.

Shaney wurde angerempelt und hätte beinahe das Päckchen verloren.

Mein Gott, dachte er, wie soll man in dem Gedränge jemanden festnehmen? Wenn hier die Situation außer Kontrolle gerät, dann gibt es ein Blutbad.

Ist mir auch egal, dachte Shaney, das haben dann die Polizisten aus Springfield zu verantworten.

Er ließ noch einmal den Blick schweifen, sah aber keinen der Polizisten. Anscheinend waren sie besser, als er ihnen zugetraut hatte.

Dann ging er los und betrat die Schalterhalle.

Auch hier wimmelte es von Menschen.

Einheimische, Mexikaner, Europäer und viele Afrikaner, ja sogar die obligatorischen japanischen Touristen fehlten nicht. Alles redete durcheinander, Kleinkinder plärrten, und hier und da war das Bellen eines Hundes zu hören.

Shaney musste sich erst einmal orientieren. Seit er das letzte Mal hier war, hatte sich einiges verändert.

Hinter einem großen Torbogen rechts von Shaney befanden sich etliche Reihen mit Schließfächern.

Shaney ging in den großen Raum und blickte sich erneut unauffällig um.

Keiner der Polizisten war zu sehen.

Das Schließfach mit der Nummer 637 war leicht zu finden.

An den Stirnseiten der einzelnen Gänge waren die Nummern, die sich in dem jeweiligen Gang befanden aufgedruckt.

Shaney betrat den Gang mit den Nummern 600 - 700. Gut 20 Leute hielten sich hier auf, schoben Gepäckstücke in die Fächer oder holten welche heraus.

Das Fach mit der Nummer 637 stand offen. An der Tür war ein Zettel angebracht auf dem 'Out of Order' stand.

Clever, dachte Shaney, so bleibt das Fach immer frei.

Er legte das Päckchen hinein, schloss die Tür und schob einen 5-Dollar-Schein in den Schlitz.

Dann drehte er den Schlüssel und zog ihn ab.

Funktioniert einwandfrei, dachte er, in diesem Moment sah er einen der Polizisten.

Es handelte sich um den jungen Ransom, der als Obdachloser verkleidet an der Stirnseite des Ganges neben einem alten Mann auf dem Boden saß. Gerade tauschte er eine in Papier gewickelte Flasche mit dem Alten, der sofort daraus trank.

Ransom nickte Shaney fast unmerklich zu.

Gute Tarnung, dachte Shaney.

Er ließ sich nichts anmerken und bahnte sich seinen Weg durch die Leute um auf der anderen Seite den Gang zu verlassen.

Eigentlich wollte der Chief, dass Shaney das Bahnhofsgelände wieder verließ, aber der hatte ihm in dessen Büro klargemacht, wie er sich die Sache vorstellte. Im Übrigen hatte Shaney den Chief von Springfield in der Hand. Er hatte ihm vor Jahren, als er noch Assistent des Staatsanwalts von Springfield war, einmal aus einer 'Notlage' geholfen.

Bride hatte einen Verdächtigen misshandelt, und Shaney hatte das Verfahren gegen ihn eingestellt.

So dachte Shaney nicht im Traum daran, das Bahnhofsgelände zu verlassen. Er konnte sich doch nicht das Beste entgehen lassen, er musste einfach dabei sein, wenn der Hurensohn gefasst wurde.

Am Auto zog er die Jacke aus, nahm seine Krawatte ab und öffnete die oberen drei Knöpfe seines Hemdes. Dann setzte er noch eine Sonnenbrille auf, steckte den Revolver in die Hosentasche und ging in die Schalterhalle zurück.

Er wählte die Ransom gegenüberliegende Stirnwand, lehn-te sich an und blätterte in der Zeitung, die er mitgebracht hatte.

Das Warten hatte begonnen.

4.

Er war seit sechs Uhr morgens hier.
Er war immer so früh am Busbahnhof, wenn er einen Auf-trag erwartete. Das Schließfach hatte er zwar schon am Vortag präpariert, aber er wollte die Halle beobachten.
Sicher ist sicher, dachte er sich. So könnte er eine Falle rechtzeitig erkennen und sich unauffällig verdrücken.
Schließlich wollte er auch wissen, wer der jeweilige Auf-traggeber ist. Es konnte ja mal einer auf die Idee kommen, die zweite Rate nicht zu bezahlen.
Das aber würde demjenigen überhaupt nicht bekommen.
Immer, nachdem der Auftraggeber das Geld deponiert hatte, folgte er ihm zu dessen Wagen oder auch bis nach Hause, bis er genau wusste, mit wem er es zu tun hatte.
So würde er es auch heute machen.

Es war verdammt viel los heute, genau richtig für ihn.
Kurz nach elf Uhr betrat ein Mann, der ihm auf Grund seiner teuren Kleidung sofort auffiel, den Gang mit den Schließfä-chern.
Für kurze Zeit war er irritiert.
Das ist doch Kevin Shaney, der Staatsanwalt, dachte er.
Was will denn der hier?
Der Mann ging zu dem präparierten Schließfach und legte etwas hinein.
Der Killer dachte nach.
Konnte es sein ...?

Hatte Shaney einen Auftrag für ihn? Möglich war es ja.
Er beobachtete die Umgebung nun mit doppelter Vorsicht.
Stand die Frau da rechts neben ihm nicht schon länger da?
Hatte der junge Obdachlose nicht gerade mit Shaney die
Blicke getauscht?

Kurze Zeit später sah er den Mann mit der Zeitung kommen,
der sich an der Stirnseite aufstellte und in der Zeitung blät-
terte.
Shaney.
Leicht verändert, ohne die Jacke und jetzt mit Brille. Viel zu
luftig für die Jahreszeit, geradezu lächerlich. Kein Zweifel.
Eine Falle.
Sofort war ihm klar, dass das Gebäude von Polizisten nur so
wimmeln musste.
Seine Sinne waren nun auf das Äußerste angespannt.
Jetzt nur nicht auffallen.
Er wartete ab.

Als Shaney und der junge Obdachlose wieder die Blicke
tauschten, wusste er, was er zu tun hatte.

5.

Shaney beobachtete die Leute im Gang und um ihn herum.
Die Personenzahl nahm nicht ab. Während die einen gingen, kamen andere herein. Es war ein ständiges Kommen
und Gehen.
Für das Schließfach 637 schien sich niemand zu interessie-
ren.
Shaney suchte den Blick Ransoms. Der zuckte kaum merklich mit den Schultern.
Da.

Die Frau.

War die nicht schon einmal vor den Schließfächern ge-
standen und hatte sich umgeschaut?

Shaney stand die Anspannung ins Gesicht geschrieben.

Er beobachtete die Frau genau.

Sie näherte sich jetzt dem Schließfach.

Der alte Penner neben Ransom erhob sich mühsam, gab
ihm die Flasche zurück, nahm sein Bündel auf und schlurfte
davon. Die Frau lief an dem Schließfach vorbei und öffnete
ein anderes. Sie nahm eine Tasche heraus und ging aus
dem Gang in Richtung Schalterhalle.

Wieder nichts.

Warten.

Shaney dachte, was wenn der Killer erst gegen Abend
kommt? Das konnte ja noch lange dauern.

Aber Hauptsache, er kommt überhaupt.

Nichts passierte.

Warten.

Shaney fröstelte.

6.

Der Mann verließ langsam die Halle des Busbahnhofs.

Er wusste, dass ihm nicht mehr viel Zeit blieb.

Auf dem großen PKW-Parkplatz hinter dem Gebäude blickte er sich suchend um.

Niemand schien ihn zu beachten.

Nun stellte sich hinter sein Auto und zog den alten, zerlump-
ten Mantel und die zerrissenen Hosen aus. Seine normale
Kleidung trug er darunter.

Er steckte die stinkenden Utensilien zusammen mit den in Fetzen hängenden Schuhen und dem Bündel, das eigentlich nur aus einer alten Wolldecke bestand, in den Müllcontainer neben seinem Auto.

Nochmals sah er sich genau um.

Anscheinend nahm noch immer niemand von ihm Notiz.

Vielleicht habe ich Glück und die Bullen haben hier niemand postiert, dachte er.

Die innerliche Anspannung, in der er sich befand, war fast unerträglich.

Er stieg sich weiterhin umblickend in seinen dunkelgrauen Sedan und fuhr langsam davon.

7.

Als David und Turner auf dem Revier eintrafen, rief Melissa die beiden gleich zu sich.

Sie sagte ihnen, dass das Band von der Zeitung angekommen war. Dass Brooks es vergessen hatte, erwähnte sie nicht.

Melissa hatte sich die Aufnahme schon angehört, aber an der Stimme kam ihr nichts bekannt vor.

David schaltete das Gerät ein.

Die Stimme einer jungen Frau war zu hören, sie meldete sich mit den Worten: »Springfield-Mirror, was kann ich für Sie tun?«.

Dann hörten David und Turner zum ersten Mal die Stimme des Killers.

Sie klang sehr gedämpft.

»Wahrscheinlich spricht er durch ein Taschentuch«, sagte Turner.

»Ich möchte inserieren«, sagte der Mann.

Kurz und knapp gab er dann den Text durch, bedankte sich und legte auf.

Er wiederholte den Text nicht, sprach kein Wort mehr als unbedingt nötig. Anscheinend vermutete er, dass die Anrufe aufgezeichnet wurden.

»Irgendeine Ahnung, wer das sein könnte?«, fragte Melissa.

»Nein, wäre auch zu schön gewesen«, sagte Turner.

David schwieg und sah nachdenklich aus.

»Was ist David?«, fragte Melissa, »kennst du die Stimme?«

David ließ das Band ein weiteres Mal laufen.

»Irgendetwas ist da. Ich kenne den Kerl, oder zumindest kommt mir die Stimme bekannt vor. Aber ich weiß nicht mehr, woher.«

Turner und Melissa fieberten förmlich mit David.

»Denk nach, David«, versuchte Melissa anzuspornen.

»Es hat keinen Sinn. Ich komme einfach nicht drauf.«

Natürlich war das eine Enttäuschung für alle.

»Naja«, sagte David schließlich, »ich bin sicher, es fällt mir noch ein. Momentan ist es einfach weg.«

»Lass dir Zeit, aber denk weiter nach. Ich muss dir ja nicht sagen, wie wichtig das ist«, sagte Turner und klopfte David freundschaftlich auf die Schulter.

»Okay Leute, machen wir Mittagspause und gehen etwas essen«, sagte Turner. »Melissa, Sie fahren später in die Maple Street und befragen nochmal Greys Nachbarn. Vielleicht haben wir etwas übersehen, oder irgendeinem fällt jetzt doch noch etwas ein, irgendeine Kleinigkeit, die uns weiterhelfen könnte. David, wir kümmern uns nochmal um Greys Liste und gehen dann zu Hannahs Beerdigung. Hoffentlich bekommen wir bald Nachricht aus Springfield, das Warten macht mich halb wahnsinnig. Wahrscheinlich ist der Killer gar nicht aus unserer Gegend. Solche Leute arbeiten doch immer fern ihrer Heimat.«

Turner ahnte nicht, wie falsch er mit seiner Vermutung lag.

David dachte, hoffentlich vermasselt Shaney die Sache nicht.

Dann gingen sie zusammen zum Essen.

8.

Nervosität erfasste ihn.

Er musste sich arg beherrschen, nicht das Gaspedal bis zum Bodenblech durchzutreten.
Nach einer guten Stunde Fahrt erreichte er Brookfield.
Er parkte, wie immer, wenn ihn niemand sehen sollte, hinter seinem Haus. Eilig ging er zum Brunnen und zog den Lederbeutel mit der Waffe und der Kleidung, die er bei dem Mord an Hannah benutzt hatte, aus dem Schacht. Er warf den Beutel in den Kofferraum des Wagens und ging ins Haus.
Drinnen sah er sich um.
Er lief in das kleine Badezimmer und holte einen Beutel aus einem Versteck hinter einem Schrank. Darin befanden sich ein falscher Bart, Wattebällchen, eine Sonnenbrille und eine Wollmütze. Er klebte sich den Bart an, schob sich die Watte in den Mund und drückte je ein Bällchen auf jeder Seite zwischen Zähne und Backen. So gaben diese seinem Gesicht ein volleres Aussehen. Dann setzte er Mütze und Sonnenbrille auf und begutachtete sein Werk.
Kopfschüttelnd setzte er die Brille wieder ab. Viel zu auffällig in dieser Jahreszeit und bei diesem Wetter. Mit dem Rest der Verkleidung war er zufrieden.
Er hatte sich schon auf der Fahrt im Auto überlegt, was er alles mitnehmen würde.
Ein paar persönliche Sachen, aber nichts, was in seinem neuen Leben auf seine wahre Identität hinweisen konnte.

Aus seinem Kleiderschrank nahm er eine Reisetasche, legte ein paar persönliche Sachen hinein, holte einen Umschlag mit Bargeld und seinen Papieren aus einer Kommode und warf sie dazu. Dann schloss er die Tasche und sah sich nochmal um.

Fast sein ganzes Leben hatte er hier verbracht.

Jetzt würde er wahrscheinlich nie wieder hierher zurückkehren.

Es machte ihm nichts aus, dass er jetzt ein paar Tage früher als geplant untertauchen musste, aber jetzt machte sich doch ein kleines bisschen Wehmut in ihm bemerkbar.

Er riss sich von seinem alten Leben und damit von seiner Wohnung los und verließ das Haus durch die Hintertür. Vorsichtig schlich er nach vorne und spähte um die Hausecke, ob nicht doch einer seiner neugierigen Nachbarn gerade zum Fenster herausblickte oder aus dem Haus ging.

Alles war ruhig, niemand zu sehen.

Er warf die Reisetasche zu dem Beutel in den Kofferraum und machte diesen zu.

Dann setzte er sich hinters Lenkrad und fuhr los.

Eine Stunde später parkte er auf dem Parkplatz des Flughafens in Albany.

Unterwegs hatte er an einem einsamen Waldweg gestoppt, war mit einem Klappspaten ein Stück weit in den Wald gelaufen und hatte den Lederbeutel sorgfältig vergraben.

Dort würde ihn sicher niemand finden.

Er schloss den Wagen ab und warf den Schlüssel in den nächsten Müllcontainer.

Dann ging er, die Reisetasche über die Schulter gehängt, in die große Halle des Flughafens.

Dort sah er sich die Tafel mit den Flugplänen an, entschied sich für einen Flug nach Las Vegas, der etwa zwei Stunden später terminiert war und kaufte sich ein Ticket.

Danach setzte er sich gemütlich in einen der zahlreichen Sessel, die für die Fluggäste aufgestellt waren, und wartete.

Langsam kamen immer mehr Leute an den Schalter, an dem man die Tickets für den Flug bekam, den auch der Mörder gebucht hatte.

Als sich eine lange Schlange gebildet hatte, war der Moment zum Handeln gekommen. Darauf hatte er so geduldig gewartet.

Er trat zu einem Mann, der am Ende der Schlange stand. Der Fremde war wie ein Geschäftsmann gekleidet, aber am Wichtigsten war, dass er allein reiste.

Der Killer sprach den Mann an.

Er tischte ihm eine glaubwürdige Geschichte auf, warum er seinen bezahlten Flug nicht antreten konnte und er keine Zeit hatte, sich hinten anzustellen, um sein Ticket zu stornieren.

Dann verkaufte er es dem Mann zum halben Preis. Er wusste genau, dass bei man bei Inlandsflügen keine Papiere vorzeigen musste, und so flog der Käufer unter dem Namen des Killers nach Vegas.

Beide waren zufrieden.

Danach verließ er das Gebäude, setzte sich in das nächste freie Taxi und bescherte dem Fahrer eine Fahrt nach Boston. Vielleicht mache ich gerade den größten Fehler, dachte er. Der Fahrer würde sich sicher an diese Tour erinnern, aber selbst wenn man ihn entlarven sollte, der Fahrer würde sich nur an einen Fahrgast mit ganz anderem Aussehen erinnern und ihn nicht mit einer eventuellen Fahndung in Verbindung bringen.

Und dann war da jetzt die Müdigkeit. Der Tag war lang gewesen, und die Sache hatte höchste Konzentration und

Aufmerksamkeit gefordert. In seinem Alter steckte man das nicht mehr so einfach weg wie die jungen Leute.

Er lehnte sich zurück, und langsam fiel die ganze Anspannung des Tages von ihm ab.

Er dachte nach, ob er nicht noch irgendetwas vergessen hatte.

Natürlich würden sie nach ihm suchen.

Schließlich verschwand eine Person des öffentlichen Lebens nicht gerade spurlos.

Sie würden seinen Wagen finden und dann feststellen, dass er nach Las Vegas geflogen war. Dort würde sich seine Spur verlieren.

Er lächelte, lehnte sich entspannt zurück und war kurze Zeit später eingeschlafen.

9.

Warten.

Die Uhr am Busbahnhof schien nur noch mit halber Geschwindigkeit zu laufen.

Warten.

Und ja nie die Aufmerksamkeit sinken lassen.
Shaney gähnte.
So langsam hatte er das Gefühl, dass er nicht mehr lange stehen konnte.
Er blickte auf seine Uhr.
15:49 Uhr
Shaney wurde ungeduldig.
Nach wie vor strömten Hunderte von Menschen durch den Busbahnhof.

Er sah zu Ransom.

Der ließ sich nichts anmerken und spielte seine Rolle weiterhin gut.

Inzwischen hatte er auch Brooks und Billings entdeckt. Die beiden Detectives hatten sich mit Eimer und Wischmopp 'bewaffnet' und reinigten die Gänge zwischen den Schließfächern.

Plötzlich wurde Shaney auf einen alten Mann aufmerksam, der sich ziemlich auffällig die Schließfächer ansah.

Auch Ransom war plötzlich hellwach.

Der Mann näherte sich Nummer 637.

Endlich, dachte Shaney.

Endlich ist es soweit.

Er tastete nach seiner Waffe.

Der Mann stand jetzt vor dem Schließfach 637 und sah sich um.

Jetzt fasste er mit einer Hand an die Tür des Fachs und versuchte, sie zu öffnen.

Shaney zog den Revolver und stürmte los.

»Polizei«, rief er, »Stehenbleiben!«

Der Mann erschrak, als er Shaney wie wild auf sich zu rennen sah. Er drehte sich um und wollte in die andere Richtung weglaufen, doch er kam nicht weit.

Mit großen Augen blickte er in die Mündung von Ransoms Waffe.

»Haben wir dich endlich«, rief Shaney dem Mann zu.

»Was?«, fragte der verwirrt.

»Beweg´ dich nur ein kleines bisschen und du bist tot.«

Shaney war jetzt in seinem Element. Er stieß den Mann an die Wand und wies Ransom an, ihn auf Waffen zu durchsuchen. Der tastete den Alten von oben bis unten ab.

Nichts - keine Waffe.

Ransom legte dem Mann Handschellen an.

Mittlerweile hatten sich etliche Schaulustige um die drei Personen versammelt, blieben aber auf Abstand. Brooks und Billings wühlten sich durch die Menge.

»Wer sind Sie?«, fragte Shaney den Mann, der nun verängstigt war.

Billings hatte es endlich geschafft, sich durch die Leute zu drängen und kam bei Shaney an.

Er sah den alten Mann und fragte Shaney: »Um Gottes Willen. Was tun Sie denn da?«

»Was ich hier tue?«, sagte Shaney triumphierend, »was soll denn diese dumme Frage? Ich habe Ihre Arbeit gemacht und gerade den Killer verhaftet. Zufrieden?«

Billings blickte wieder auf den Alten.

Dann sagte er: »Hallo Charlie, du gefährlicher Killer. Hat dir dieser Mann wehgetan? Wenn ja, dann kannst du Anzeige gegen ihn erstatten.«

»Charlie?«

Shaney war perplex.

»Sie kennen das Schwein?«

»Seien Sie vorsichtig mit ihren Äußerungen«, sagte Billings. »Hier kennt ihn fast jeder. Er ist hier das Mädchen für alles. Er wartet zum Beispiel auch die Schließfächer.«

Shaney schaute den alten Mann ratlos an.

»Was wollten Sie ausgerechnet an diesem Fach?«, fragte er ihn kleinlaut.

»Naja, Sir«, antwortete Charlie stockend. »Ich habe mich über den Zettel an dem Fach gewundert. Gestern Morgen war der noch nicht da, und ich habe ihn nicht hingehängt. Außer mir kümmert sich ja keiner um die Schließfächer.«

10.

Turner hatte den Nachmittag damit verbracht, sein provisorisches Büro aufzuräumen.

Shaney musste sämtliche Schubladen seines Schreibtisches durchwühlt haben. Akten lagen verstreut herum, und sogar sein persönlicher Terminkalender lag offen auf dem Tisch.
Turner fragte sich, ob Shaney nur so unordentlich war oder ob er etwas ganz Bestimmtes gesucht hatte.

David hatte sich Greys Liste nochmal vorgenommen und mit verschiedenen Kollegen telefoniert.
Einige Frauen hatten gleich zugegeben, dass sie von Grey erpresst worden waren. Andere hatten alles abgestritten, aber alle waren geschockt, als sie von Greys schrecklicher Krankheit hörten.
Nirgends fand sich ein Anhaltspunkt, der auf den Mord hinweisen würde.

Melissa war unterwegs.
Sie klapperte nochmals die Nachbarn Greys in der Maple Street ab und befragte sie wieder zu Grey und dessen Umfeld.
Aber nichts, das von Bedeutung sein konnte, kam ans Licht.

Gegen 16 Uhr 30 kam Turner aus seinem Büro, rief David und fuhr mit ihm zum Friedhof in der South Street.
Obwohl die Trauerfeier am offenen Grab erst in einer knappen halben Stunde stattfinden sollte, waren schon zahlreiche Leute da.
Albert Elroy, in Begleitung eines Polizisten, saß auf einem Stuhl vor dem Grab, rechts neben ihm seine Tochter Carrie und links von ihm - Kelly La Manga.
»Als ob sie schon eine richtige Familie wären«, sagte Turner leise zu David. »Wie können Menschen nur so kalt sein?«
David wusste keine Antwort auf diese Frage.

Die beiden standen ungefähr 30 Meter von der Trauergemeinde entfernt unter einem großen Baum. Von hier aus
hatten sie den kompletten Überblick.
Der Friedhof war, wie in den Staaten üblich, inmitten einer
parkähnlichen Anlage angelegt.
Hinter der trauernden 'Familie' stand fast die gesamte Pro-
minenz der Stadt.
Bürgermeister White, mit Gattin und Kindern, war ebenso
anwesend wie die Mitglieder des Elternausschusses der
Schule mit ihren Familien und etliche Geschäftsleute. Auch
fast die gesamten Justizangestellten waren hier, sogar Rich-
ter Devane konnte David unter den Trauernden ausma-
chen.
Die Leute unterhielten sich leise. Ab und zu war ein
Schluchzen zu hören.
David blickte auf seine Uhr.
Mittlerweile war es kurz nach 17 Uhr.
Die Leute wurden langsam unruhig.
Einige schauten sich ungeduldig um, als würden sie etwas
suchen, andere fingen an, miteinander zu tuscheln.
»Auf was warten die denn noch?«, fragte David.
»Ich vermute, auf den Reverend«, antwortete Turner. »An-
scheinend hat er sich verspätet.«
Selbstverständlich, dachte David. Ohne Pfarrer geht's eben
nicht.
Plötzlich schoss ihm ein Gedanke durch den Kopf.
Der Reverend.
Deacon.
David wusste urplötzlich, woher er die Stimme auf dem
Band zu kennen glaubte.
War das wirklich möglich?
Gerade als er Turner von seinem Verdacht erzählen wollte,
kam Melissa zwischen den Bäumen durch auf sie zu gelau-
fen.

»Deacon«, rief sie den beiden so laut zu, dass die Köpfe der Anwesenden sich alle in ihre Richtung drehten. »Es ist Reverend Deacon.«

11.

»Verdammt nochmal, geht das auch ein bisschen diskreter? Und wieso Deacon?«, fragte Turner, »wie kommen Sie beide plötzlich darauf?«

»Also«, versuchte Melissa ihre Aufregung in den Griff zu kriegen, »ich habe mir das Band noch einmal angehört, und in diesem Moment ist Cliff ins Büro gekommen.«

»Cliff?«, fragte David überrascht.

»Ja. Er sagte, er wollte dich bei der Arbeit besuchen. Anscheinend hatte er Langeweile und sein Freund war nicht da. Er hat zufällig die Stimme auf dem Band gehört, und dann sagte er: 'Das ist ja der Reverend. Warum habt Ihr denn seine Stimme auf dem Band?' - Ihr könnt mir glauben, ich bin fast vom Stuhl gefallen. Aber Cliff ist sich sehr sicher und ich glaube ihm.«

»Er hat recht«, sagte David. »Mir ist es gerade eben auch wieder eingefallen.«

»Hättest du nicht früher darauf kommen können?«, sagte Turner ärgerlich zu David. »Also los, nichts wie hin. Melissa, rufen Sie Verstärkung, David und ich gehen vor. Was mir gerade einfällt – vielleicht ist Deacon nicht erschienen, weil er schon in Springfield verhaftet wurde.«

»Nein«, sagte Melissa. »Todd hat angerufen. Shaney hat die Sache vermasselt. Sie sind auf dem Rückweg, dann werden wir alles erfahren.«

»Shaney?«, fragte Turner, »Sie wollten bestimmt 'mein Vater' sagen.«

«Nein,« widersprach Melissa, »das ist schon richtig so.«

Turner blickte Melissa nachdenklich an.

Diese wandte sich ab, um zu ihrem Wagen zu gehen.

»Moment«, rief Turner ihr nach. »Die Kollegen sollen unsere Waffen mitbringen, die sind in den Schreibtischen.«

Natürlich, dachte David, daran hatte er überhaupt nicht gedacht. Wer nimmt schon die Artillerie zu einer Bestattung mit? Wahrscheinlich würden sie die Waffen brauchen, wenn sie auf den Killer treffen sollten.

David und Turner liefen jetzt gemütlich zum Haus des Reverends. Bevor die Kollegen eintrafen, waren ihnen die Hände gebunden, und wenn sie ehrlich waren, dann hatten beide keine große Hoffnung, den Kerl noch in seinem Haus anzutreffen.

»Dieser Shaney baut nur Mist«, sagte David zu Turner, während sie quer über den Friedhof liefen.

»Ich möchte nur wissen, wie der an diesen Job gekommen ist.«

»Das kann ich dir gerne sagen, wenn du es nicht weißt. Shaney hatte es tragischen Ereignissen zu verdanken. Vor fünf oder sechs Jahren ermittelte unser zuständiger Staatsanwalt, Ed Miller, gegen eine mexikanische Schieberbande. Die haben in großem Umfang Illegale ins Land geschmuggelt. Shaney war einer von Millers Assistenten. Er war damals in so einer Art Praktikum hier in seiner Heimatstadt.

Also zur Sache: Miller hat der Bande erheblich zugesetzt. Er stand kurz davor, die ganze Bande hochzunehmen. Dann verschwand er plötzlich. Shaney bekam die Leitung der Ermittlungen übertragen und er machte seine Sache gut. Die Bande wurde aufgerieben, und bei einer Schießerei wurden fünf von ihnen getötet, der Rest verhaftet. Shaney war in vorderster Front dabei und galt nun als Held.

Miller hat man ein paar Tage nach seinem Verschwinden gefunden. Er war regelrecht hingerichtet worden, und Shaney bekam den Job, das ist alles. Der Täter, der Miller getötet hat, wurde nie ermittelt. Man vermutete, dass es mit dem Fall zusammenhing.«

»Stimmt, ich habe damals davon gelesen«, sagte David, »ich wusste nur nicht, dass das Shaney war. Damals war ich noch in Boston.«

Mittlerweile waren sie bei Deacons Haus angekommen.
Sie betraten vorsichtig das Grundstück.
Alles war ruhig.
Auch kein Auto war zu sehen.
»Mein Gott«, entfuhr es David.
»Was?«, flüsterte Turner zurück, während sich die beiden hinter den Büschen vor der Auffahrt verbargen.
»Das Auto. Deacon fährt einen dunkelgrauen Sedan – wie der Killer. Jetzt bin ich ganz sicher.«
»Verdammt nochmal, dass dir das aber auch nicht früher eingefallen ist«, erwiderte Turner erneut.
In diesem Moment kamen acht Polizisten in gebückter Haltung um die Ecke.
Melissa steckte David und Turner ihre Waffen zu und fragte, ob Deacon da sei.
»Wir wissen es nicht«, flüsterte Turner.
Er wies die anderen ein. David sollte mit drei Leuten zum Hintereingang gehen, Turner wollte mit Melissa und zwei anderen durch die Vordertür ins Haus eindringen. Der Rest sollte absichern.
Dann schlichen sie los.
Turner wartete eine Minute, um sicher zu sein, dass die anderen an der Rückseite angekommen waren, dann rief er laut:
»Deacon! Hier ist die Polizei! Kommen Sie mit erhobenen Händen raus!«
Nichts.

Turner wollte zum zweiten Mal rufen, als ein älterer Mann vom Nachbarhaus kam.

»Wenn Sie den Pfarrer suchen, der ist vor zwei Stunden weggefahren.«

Man konnte Turner die Enttäuschung förmlich ansehen.

»Was wollen Sie denn von ihm? Wieso kommen Sie hier mit einer ganzen Armee und gezogenen Waffen zum Reverend? Hat er etwa die Predigt betrunken gehalten?«, fragte der Mann, der den Ernst der Situation nicht begriff.

»Gehen Sie bitte in Ihr Haus zurück«, bat Melissa.

»Man wird ja wohl mal ein Späßchen machen dürfen«, murrte der Mann und wollte widerwillig in sein Haus zurückgehen.

»Moment mal«, rief ihm Turner zu. »Woher wissen Sie, dass Deacon nicht da ist?«

»Ich habe ihn vorhin wegfahren sehen, das heißt, ich sah sein Auto vom Hof fahren. Er würde nie jemand anderen seinen neuen Wagen fahren lassen, also muss er es gewesen sein.«

»Okay, wir ändern unsere Vorgehensweise«, sagte Turner. »Holt die anderen her, wir rücken ab.«

Melissa blickte Turner fragend an.

Er wartete, bis David wieder bei ihnen war, dann erklärte er sein Verhalten.

»Ich will lieber auf Nummer sicher gehen. Ich besorge einen Durchsuchungsbeschluss, beantrage Haftbefehl und Ihr gebt die Fahndung nach Deacon raus. Zwei Männer bleiben hier und beobachten das Haus. Vielleicht kommt er ja doch nochmal zurück; ich glaube allerdings, dass Deacon sich abgesetzt hat. Jetzt wird es ganz schwierig für uns. Er muss die Falle in Springfield erkannt haben. Also los.«

Im Revier angekommen, ging jeder seinen Aufgaben nach.

Die Trauergemeinde bei der vorgesehenen Beerdigung von Hannah Elroy stand immer noch am Grab und wusste nicht weiter.

Niemand hatte die Menschen davon in Kenntnis gesetzt, dass die Trauerfeier würde ausfallen müssen.

12.

David und Melissa leiteten die Fahndung nach Deacon ein. Turner wollte zum Richter, um noch heute einen Durchsuchungsbeschluss zu erwirken. Fast die ganzen Polizisten des Reviers waren damit beschäftigt, alle verfügbaren Informationen über Deacon zusammenzutragen.
Eine halbe Stunde später trafen Brooks und die beiden Officer ein.
Shaney hatte sich zuhause absetzen lassen; zu groß war sein Frust, als dass er jetzt noch die verstohlenen Blicke der Polizisten ertragen konnte.
Brooks fuhr mit den anderen zur alten Schule, wo sie gleich von David über die neue Situation informiert wurden.
»Verdammt«, fluchte Brooks. »Jetzt werden wir ihn nie kriegen. Alles umsonst.«
David wiegelte ab.
»Wir werden ihn kriegen, das verspreche ich. Er wird irgendeinen Fehler machen, und dann haben wir ihn. Es ist mir sowieso ein Rätsel, wie er so lange unentdeckt bleiben konnte. Er muss übervorsichtig sein. Aber wir fassen ihn, und wenn es das Letzte ist, was ich in meinem Leben mache.«

Nie hatte David so ernst geklungen.

»Okay, Todd«, sagte Melissa, »dann erzähl mal, was sich in Springfield ereignet hat.«

Brooks setzte sich auf einen Stuhl vor Davids Schreibtisch.
Andere Kollegen versammelten sich rings um ihn herum.
Dann berichtete er ausführlich.
Wut und Enttäuschung waren ihm deutlich anzuhören.
»Wo ist eigentlich der Chief?«, fragte er zum Schluss.
»Der besorgt die nötigen Papiere«, antwortete David.
»Kann sein, dass wir nachher noch da reingehen.«
Brooks blickte zur Uhr. Er war hundemüde.
Sie unterhielten sich weiter über Deacon. David schilderte
die Eindrücke, die er von dem Reverend bei seinem letzten
Besuch gewonnen hatte. Diese Eindrücke waren jetzt na-
türlich andere als am Sonntag. Der Mann hatte kurz zuvor
eine unschuldige Frau eiskalt umgebracht und wahrscheinlich zwei Tage vorher auch Grey über den Jordan geschickt. Und dann hatte er sich mit David und Cliff unterhalten, als wäre nichts passiert. Selbst seine Überraschung darüber, dass hier ein Mord geschehen sein soll, war perfekt
gespielt. Auch ein Hinken wäre David aufgefallen, aber
Deacon hatte das anscheinend bei der Tat vorgetäuscht.
David sagte den anderen, er hätte Deacon nie zugetraut,
was der getan hatte.

Ein Mann, der Gottes Wort predigte. Der Mann, der Cliff
getauft hatte.
David war entsetzt.

Man muss also doch jedem alles zutrauen.

Turner kam zurück.
»Nichts mit Durchsuchung«, rief er wütend den anderen zu.
»Richter Devane hat heute keine Zeit mehr. Sitzt bei Elroy
und hält ihm das Händchen. Ich kann es nicht glauben,
dass er mich einfach weggeschickt hat. Er sagte, nur weil
der Reverend nicht zur Beerdigung erschienen ist, muss er

noch lange kein Mörder sein. Ich solle dem Richter morgen stichhaltige Beweise vorlegen. Dieser Idiot behindert unsere Ermittlungen.«

Gemurmel im Raum.

Dafür hatte niemand Verständnis.

»Nichts zu machen«, antwortete Turner einem Officer, der fragte, ob man nicht so in das Haus eindringen sollte. Jede weitere Minute war ein Vorsprung für Deacon.

»Aber ich sage euch etwas«, fuhr Turner fort, »wenn schon der Richter nicht mehr arbeiten will, dann können wir das auch. Alle, die jetzt nicht eingeteilt sind, gehen nach Hause und schlafen sich aus. Die zwei Kollegen vor Deacons Haus müssen informiert und in einer Stunde abgelöst werden.«

Turner ging als Erster.

Alle, die sich angesprochen fühlten, verließen das Revier.

Statt einer langen Nacht wurde es nun ein früher Feierabend.

Die erste gute Nachricht des Tages, die aber bei vielen ein flaues Gefühl in der Magengegend hinterließ. Da draußen lief ein Profikiller frei herum, und die ermittelnden Beamten wurden nach Hause geschickt.

8. Kapitel

Donnerstag

1.

Als die Polizisten gegen 7 Uhr im alten Schulgebäude eintrafen, lagen eine Menge neuer Informationen vor.
Die Fahndung nach Deacon lief auf Hochtouren.
Schon gegen 22 Uhr am Vorabend war Deacons Foto auf jedem Fernsehsender bundesweit zu sehen. Presseleute hatten die Archive durchsucht und waren auf ein altes Foto des Reverends gestoßen. Es war eine über zehn Jahre alte Aufnahme und war dem heutigen Aussehen Deacons nicht allzu ähnlich.

Es gab kein neueres Foto, selbst auf Bildern von Hochzeiten und Taufen hatte er sich immer außer Sichtweite aufgehalten.

Selbst David war heute pünktlich. Er hatte, wie fast alle direkt mit dem Fall Beschäftigten, kaum geschlafen.
Als er am gestrigen Abend nach Hause kam, musste er erst einmal Cliff beruhigen.
Der Junge war völlig durcheinander.
Als Melissa, nachdem er die Stimme auf dem Band erkannt hatte, aus dem Büro gestürmt war, ging Cliff wieder nach Hause. Micky war nicht zu erreichen, da er mit seinen Eltern unterwegs war.
So blieb Cliff den Abend allein, ungeduldig auf seinen Vater wartend.
David hatte große Mühe, seinem Sohn klar zu machen, dass der Reverend ein gesuchter Mörder war. Er hatte kei-

ne andere Wahl, er musste offen mit Cliff reden. Spätestens wenn er die Fahndung in den Nachrichten sah, würde Cliff die Wahrheit erfahren. Und dann hätte er viele Fragen.

David ging behutsam vor. Sein Sohn verstand nicht, wie ausgerechnet ein Pfarrer so etwas tun konnte.

Gegen Mitternacht hatte David seinen Sohn endlich so weit, dass dieser in seinem Wissensdurst gestillt war und zu Bett ging.

So hatte David also kaum geschlafen, und heute sollte ein verdammt harter Tag werden.

Kaum war David im Büro, klingelte das Telefon.

Er nahm ab und meldete sich.

Billings war am anderen Ende der Leitung.

»Guten Morgen, David«, sagte er, »ich dachte, du bist suspendiert?«

David erläuterte ihm, was am Vortag alles passiert war.

»Menschenskind. Ich habe die Fahndung natürlich vorliegen, aber seid ihr auch sicher, dass euer Pfarrer der Gesuchte ist? Das ist ja kaum zu glauben.«

David bestätigte ihm noch einmal, dass es hundertprozentig feststand – Deacon war der Täter.

Dann sprach Billings weiter:

»In dieser Sache scheint aber auch alles schief zu laufen. Was euer feiner Staatsanwalt hier bei uns angerichtet hat, war ja schon ein Hammer. Aber der war fix und fertig, als er hier weggefahren ist. Ich frage mich nur, warum unser Chief so ruhig ist.«

Darauf wusste David natürlich keine Antwort.

»Warum ich dich eigentlich anrufe, ist folgendes: Unser Mann ist im Archiv der Zeitung fündig geworden. In den letzten zehn Jahren wurden 37 Inserate aufgegeben, die eindeutig auf Aufträge hindeuten.«

»Was?«, entfuhr es David. »Siebenunddreißig? Mein Gott!«

»Ja, war ganz schön fleißig, euer Pfarrer. Hat sich wohl seine Bestattungen selbst beschafft. Wahrscheinlich waren es noch mehr; das Archiv hat nur die Inserate der letzten 10 Jahre gespeichert.«

»Habt ihr eine Liste?«, fragte David, immer noch geschockt.

»Ja, natürlich. Ich faxe sie euch gleich durch. Ich hoffe ihr bekommt dieses Schwein.«

Billings legte auf.

David saß noch kurze Zeit, den Hörer in der Hand und überlegte.

Verdammt nochmal.

Wie konnte ein solches Monster unerkannt so lange in unserer Gemeinde leben? Und warum habe ich nichts bemerkt, als ich letzten Sonntag mit ihm sprach? David vertiefte sich in seine Gedanken.

In diesem Moment kam Turner in das Büro und wedelte mit einem Blatt Papier.

»Alle in den Konferenzraum.«

David war einen kurzen Moment irritiert, weil er unsanft aus seinen Gedankengängen gerissen wurde, dann stand er auf und folgte den anderen.

Turner begann sofort, nachdem alle im Raum waren, mit seiner Rede.

»So Leute. Ich habe den Durchsuchungsbefehl. Ryan und seine Leute sind schon unterwegs, wir treffen sie bei Deacons Haus. Was hat die Nachtschicht bis jetzt ermittelt?«

Melissa begann, die Informationen, die sie von den Kollegen bekommen hatte, vorzutragen.

»Also - Deacon wurde vor 60 Jahren in New York geboren. Er hatte noch einen Bruder, Michael. Der wurde vor 15 Jahren ermordet.«

»Was?«, unterbrach David, »Mir hat Deacon erzählt, sein Bruder sei in Vietnam gefallen.«

»Tja, war wohl auch so eine Art von Krieg. Deacons Bruder hatte ein Verhältnis mit einer verheirateten Frau. Der Ehemann kam dahinter und spionierte den beiden hinterher. Er hat sie im Bett eines Hotelzimmers erwischt und beide sofort erschossen. Das geschah in Boston. Der Mann wurde daraufhin von unseren Kollegen gestellt und in einem Feuergefecht erschossen. Was die Army betrifft, Michael war nie dabei, aber der Reverend war als junger Mann bei den US-Marines. Und ratet mal, was sein Spezialgebiet war.«

»Scharfschütze!«, rief Brooks aus.

»Richtig, jetzt wird wohl einiges klarer«, stimmte Melissa zu, »Deacon übernahm vor 25 Jahren hier das Amt. Er ist in seiner Gemeinde sehr beliebt, keine Auffälligkeiten, keine Gerüchte um Frauen. Er hatte nicht einmal eine Haushälterin. Ein Jahr nach dem Tod seines Bruders verlor er seine Eltern bei einem Verkehrsunfall. Ich habe mir die alten Akten kommen lassen. Das Auto mit den beiden alten Leuten kam auf gerader Strecke von der Fahrbahn ab und prallte gegen einen Baum. Die Leute verbrannten in dem Wrack. Die Sache wurde damals als Unfall abgetan und die Akte geschlossen.«

»Was soll das bedeuten, 'als Unfall abgetan'?«, fragte Turner.

»Es gab keinerlei Bremsspuren, und das Wrack wurde nicht untersucht. Die Leichen wurden obduziert. Bei Deacons Vater wurde ein starkes Beruhigungsmittel gefunden. Deacon erklärte, dass sein Vater dieses Mittel oft nahm. Man fand bei ihm zu Hause aber weder die Tablettenschachtel noch ein Rezept. Der Arzt wurde nicht befragt, da Deacon bat, die Ermittlungen einzustellen. Begründet hat er das damit, dass seine Eltern eventuell gemeinschaftlichen Selbstmord begangen hatten. Sie seien nach dem Tod des Bruders depressiv gewesen.«

»Ist auch irgendwie verständlich«, sagte David, »Selbstmord in der Familie eines Pfarrers; das würde eine Menge Staub aufwirbeln.«

»Melissa«, sagte Turner, »wollen Sie andeuten, dass Deacon seine Eltern getötet hat?«

»Es wäre möglich, oder?«

»Ich traue ihm so langsam alles zu«, bemerkte Brooks.

»Die Kollegen in Albany haben Deacons Wagen gefunden«, berichtete Melissa weiter. »Er stand auf dem Parkplatz des Flughafens. Eine Frau hat den Wagen beim Ausparken beschädigt und die Polizei gerufen, um den Schaden zu melden. Wäre das nicht passiert, hätte der Wagen dort Jahre stehen können. Deacon ist unter seinem richtigen Namen nach Las Vegas geflogen. Die Kollegen dort sind informiert und suchen ihn.«

»Ist das alles?«, fragte Turner.

»Ja, außer dass seit Mitternacht die Leute an den eingerichteten Telefonen Hunderte von Hinweisen erhalten haben, denen wir alle nachgehen müssen. Ein Anrufer will Deacon sogar in Rio gesehen haben.«

»Darf ich dort ermitteln?«, fragte Brooks schnell.

Allgemeines Gelächter war die Antwort.

In diesem Moment kam ein Officer in den Raum und reichte David einen Zettel.

»Danke«, sagte der, »darauf habe ich schon gewartet. Das kommt von Billings aus Springfield.«

Dann erzählte er, was er von Billings erfahren hatte.

»Mein Gott«, stöhnte Brooks, »das gibt eine Menge Arbeit.«

»Das kann man wohl sagen«, stimmte Turner zu. »Wir müssen die Daten mit allen ungeklärten Morden abgleichen, und wir dürfen uns nicht nur auf Massachusetts beschränken.«

Turner sah sich die Liste einen Augenblick an.

»Wisst Ihr, was mir auffällt?«, fragte er, »der letzte Auftrag liegt über drei Monate zurück. Wo ist der Auftrag für den Mord an Hannah Elroy?«

»Das gibt's doch nicht«, sagte David und sah sich die Liste noch einmal genau an.

»Tatsächlich. Aber was sagt uns das? Gibt es noch mehr Zeitungen, in denen Deacon seine Aufträge bekam?«

Jeder wusste, was das bedeutete. Jetzt mussten alle Zeitungen nach ähnlichen Inseraten durchsucht werden - Arbeit für eine ganze Hundertschaft.

Ratlosigkeit machte sich breit.

»Vielleicht hatte er gar keinen Auftrag«, sagte Brooks.

Erstaunt sahen ihn die anderen an.

»Wir wissen, dass er Kelly zu Grey gehen sah. Vielleicht erkannte er wirklich nur das Auto und meinte, es sei Hannah. Vielleicht wusste er, wovon Grey seinen Unterhalt bestritt. Es könnte ja sein, dass eine der Frauen bei ihm zur Beichte war.«

»Wie kommst du darauf, dass er Kelly gesehen hat? Und wieso sollte er dann Hannah ermorden?«, fragte David.

»Das weißt du noch nicht«, nahm Melissa den Faden auf. »Ich habe doch gestern die Nachbarn nochmals befragt. Einer Nachbarin ist noch etwas eingefallen. Zu dem Zeitpunkt, als Kelly zu Grey ging kam Deacon aus dem Haus gegenüber. Er muss sie gesehen haben. Deacon hat dort eine kranke Frau regelmäßig besucht. Der Rest passt meiner Meinung nach genau. Deacons Bruder starb doch durch eine untreue Frau. Deacon hat darauf einen Hass gegen ehebrechende Frauen entwickelt, und als er eine Frau zu Grey gehen sah, von der er wusste, dass sie verheiratet ist, da ist er durchgeknallt.«

»Das ist mir zu weit hergeholt«, sagte Turner.

»Das würde bedeuten, dass der Mord an Hannah eine Verwechslung war«, sagte David.

Eine seltsame Stimmung machte sich in dem großen Raum breit.

»Okay, wenn das alles war, dann los zu Deacons Haus«, befahl Turner und ging voraus.

2.

Als Turner und seine Leute bei Deacons Haus eintrafen, war die Durchsuchung schon in vollem Gange.

Ryans Mitarbeiter, alle in weiße Overalls gekleidet, stellten das Haus auf den Kopf. Alles wurde durchsucht, es gab nichts, was die Männer nicht mehrfach unter die Lupe nahmen. Fingerabdrücke, Haare und kleinste Hautpartikel sowie Schweiß aus den Bettlaken wurden gesichert.

Einer der Männer wurde von seinen Kollegen in den Brunnen hinabgelassen.

Es wurde nichts gefunden.

Kein Hinweis auf den Verbleib Deacons.

Kein Hinweis auf Waffen oder Bankkonten.

David und Melissa standen im Wohnzimmer des Reverends.

Der muffige Geruch machte David immer noch zu schaffen.

Zwischen den beiden wuselten Ryans Leute mit Kisten voller Material durch die Wohnung.

»Verdammt nochma«, sagte Melissa, »man könnte meinen, dieser Hurensohn ist ein Phantom.«

David schwieg und sah sich das Foto von Deacons Familie auf dem Kaminsims an.

Das Bild war irgendwo am Meer aufgenommen worden.

Die Familie stand mit dem Rücken zum Wasser.

Dieses Bild kann überall gemacht worden sein, dachte David.

Er nahm es aus dem Rahmen und betrachtete die Rückseite - nichts.

»Ich habe was.«

David war wie elektrisiert.

Melissa hielt ihm das Foto mit dem Segelschiff entgegen.

»Es ist ein neueres Foto. Auf der Rückseite steht der Name des Fotostudios, in dem das Bild entwickelt wurde.«

David las den Aufdruck: ‚Peter´s Studio, Canal Street 57, Scituate, 12/07/38856‘.

»Du bist ein Schatz«, sagte David, nahm Melissa in die Arme und küsste sie auf den Mund. Erst da merkte er, was er getan hatte und trat verlegen zurück.

»Sorry, das hätte ich nicht tun sollen«, sagte er zu Melissa.

»Warum denn nicht?« Der Blick, mit dem sie ihn bei dieser Frage ansah, sprach für sich.

3.

Zurück auf dem Revier griff David sofort zum Telefon.

Während Melissa den Chief von der heißen Spur unterrichtete, ließ David sich die Nummer des Fotostudios von der Auskunft geben und rief sofort an.

Der Besitzer, Peter Carver, war selbst am Apparat.

David sagte ihm, dass er Polizist sei und fragte ihn, ob er einen Kunden anhand der Nummer auf der Rückseite eines Bildes identifizieren könne. Carver sagte ihm, dass dies kein Problem sei. David gab ihm die Nummer und wartete.

Nach einer Weile meldete sich Carver wieder.

»Ich habe hier Name und Adresse des Kunden, aber…«

»Aber was?«, fragte David, voller Ungewissheit, was nun kam. Zu viel war schon schiefgelaufen.

Konnte nicht ein Mal das Glück auf seiner Seite sein?

»Wissen Sie«, redete Carver weiter, »ich kann Ihnen die Daten nicht einfach so geben. Sie müssten es doch am besten wissen - Datenschutz und so. Ich mache Ihnen einen Vorschlag: Schicken Sie einen Kollegen oder kommen Sie selbst hierher. Weisen Sie sich aus oder bringen Sie mir einen Wisch vom Gericht mit, dann bin ich abgesichert. Bringen Sie das Foto mit. Der Kunde wohnt übrigens keine zehn Minuten von hier entfernt.«

David war ungemein erleichtert.

Endlich ging es voran.

Er sah auf die Uhr - kurz vor 12 Uhr.

»Okay, Mr. Carver«, stimmte er zu. »Bleiben Sie auf jeden Fall in Ihrem Studio. Es kann ein paar Stunden dauern, aber wir kommen. Und noch etwas, kein Wort zu jemand anderem. Vor allem kommen Sie nicht auf die Idee, ihren Kunden zu warnen.«

»Warum sollte ich? Ich kenne ihn nicht mal persönlich, also machen Sie sich keine Sorgen.«

David legte auf und rannte in Turners Büro.

»Wir brauchen sofort einen Flug nach Boston.«

»Wieso?«, fragte der Chief.

»Wir haben ihn.«

4.

Nach seiner Flucht aus Brookfield, die er überhaupt nicht mehr als solche ansah, machte Deacon es sich in seinem Haus an den Klippen gemütlich. Für ihn war es keine Flucht, nein, er hatte nur etwas vorverlegt, das er sowieso tun wollte. Er hatte sein geruhsames Leben nur etwas früher begonnen.

Nachdem er während der langen Taxifahrt wieder aufgewacht war, hatte er dem Fahrer klargemacht, dass er keine

Gespräche wollte. Nachdenklich ließ er sein bisheriges Leben Revue passieren.

Nach dem schrecklichen Tod seines Bruders war er natürlich geschockt. Wut und Zorn hatten ihn gepackt. Plötzlich hatte er einen riesigen Hass auf die ganze Welt. Diese verlogene Welt mit ihren ach so moralischen Bürgern. Er schwor seinem Bruder an dessen Grab, dass er helfen würde, die Welt von diesem menschlichen Unrat zu befreien. Am meisten hatte er es natürlich auf die Menschen abgesehen, für die die Ehe nichts anderes als der Aufruf zur Untreue war. Schließlich hatte solch ein Mensch seinen Bruder das Leben gekostet. Wäre diese Schlampe ihrem Mann treu geblieben, dann hätte es nie dieses tödliche Verhältnis gegeben. Dieser Abschaum gab sich vor Gott das Jawort, um steuerliche Vorteile zu genießen. Diese Leute versprachen sich im Angesicht des Herrn ewige Treue, während der oder die Geliebte schon ungeduldig wartete. Sie setzten Kinder in die Welt und überließen diese sich selbst. Der Fernseher oder der Computer wurden zum Ersatz für Liebe und Zuwendung durch die Eltern, Probleme wurden totgeschwiegen, oder es wurde geprügelt. Fast immer waren unschuldige Kinder die Leidtragenden. Wenn sich die Eltern schließlich trennten, dann wurden die Kinder zwischen den Fronten egoistischer Eltern zerrieben.
All diese für ihn unverständlichen Auswüchse menschlichen Moralverständnisses trieben Deacons Wut auf den Höhepunkt.

Nachdem er seinen Bruder beerdigt hatte, nahm er Kontakt zu einem Bekannten aus der Army auf.
Dieser war natürlich von Deacons Vorhaben überrascht. Aber der Reverend wusste einiges von ihm, was nicht an die Öffentlichkeit gelangen durfte. In seiner Zeit bei der

Army hatten sie so manches linke Ding zusammen gedreht. So organisierte Deacons ehemaliger Kamerad die Kontaktaufnahme über die Zeitungen und informierte die passenden Stellen in der Unterwelt. Über einen dieser Kontakte stieß Deacon auf Luther Sikes, der ihm ab dann die Waffen besorgte. Deacon war immer sehr vorsichtig gewesen. Er achtete streng darauf, dass nur sein früherer Gefährte von seiner Identität wusste. Als die Sache dann rund lief und die Jobs jede Menge Geld brachten, wollte Deacons Mitwisser plötzlich einen Anteil haben. Deacon besuchte seinen Bekannten und überbrachte ihm den Lohn persönlich. Der Mann wurde nie gefunden.

Als er seinen ersten Auftrag bekam, einen Politiker zu beseitigen, der seine Frau betrog, zweifelte er kurz an seinem Vorhaben. Dann aber dachte er wieder an seinen Bruder, und der Zorn stieg in ihm auf.

Er leistete saubere Arbeit, beging aber einen verhängnisvollen Fehler. Deacon versteckte das Geld und den Umschlag mit dem Foto, dem Namen und der Adresse des Opfers unter seinem Bett.

Als Deacon ein paar Tage später von einem Krankenbesuch nach Hause kam, saßen seine Eltern im Wohnzimmer, vor ihnen auf dem Tisch die verräterischen Utensilien.

Seine Mutter Karen hatte sie beim Putzen gefunden.

Der Mord an dem Politiker bestimmte tagelang die Schlagzeilen der Presse sowie der Nachrichten. Selbstverständlich wussten Deacons Eltern davon und hatten sich ihren Reim auf die gefundenen Sachen gemacht.

»Du bist ein Schwein«, sagte Harry Deacon.

Gabriel Deacon versuchte erst gar nicht, irgendetwas zu leugnen. Er war zu geschockt von seinem Fehler.

Seine Mutter saß schluchzend neben ihrem Mann.

»Erst die Sache mit Michael und jetzt das. Mein Sohn, der Reverend, tötet Menschen für Geld? Wie kannst du nur so etwas tun? Du bist doch ein Mann Gottes, oder willst du nur Gott spielen? Ich kann dir gar nicht sagen, wie sehr ich dich verachte. Michael hatte wenigstens Charakter, wenn doch lieber du an seiner Stelle gestorben wärst...«

Harry Deacon redete sich immer mehr in Rage.

Sein Sohn drehte sich ab und wollte wortlos den Raum verlassen. Seine Gedanken überschlugen sich.

»Entweder du stellst dich der Polizei, oder wir melden, was wir wissen. Ich gebe dir drei Tage Zeit«, rief ihm sein Vater nach. Damit hatte er einen tödlichen Fehler begangen.

Deacon erstarrte für kurze Zeit, dann verließ er das Haus, setzte sich in seinen Wagen und fuhr ziellos durch die Gegend.

Was soll ich nur tun?

Er stellte sich diese Frage wieder und wieder. Dann kam ihm der rettende Gedanke.

Es musste einfach sein.

Er wollte seine Mission erfüllen und durfte sich durch nichts und niemanden aufhalten lassen.

5.

Turner war überrascht von Davids ungestümem Eintreten.
»Wir haben wen?«, fragte er.
»Deacon, wen sonst? Das Foto.«
David berichtete, was er von Carver erfahren hatte. Turner und Melissa sowie die Kollegen waren gleichermaßen erfreut.
»Okay«, rief Turner aus, »Melissa, besorgen Sie uns drei Plätze in der nächsten Maschine von Pittsfield nach Boston. Ich werde mich mit der Polizei von Scituate in Verbindung setzen und um Unterstützung bitten. Hoffentlich spielen die mit, denn eigentlich haben wir dort nichts zu suchen. Aber ich will diesen verdammten Schweinehund eigenhändig fassen, und wenn es das Letzte ist, was ich in meinem Leben mache. Wo ist eigentlich Brooks?«
»Der ist in Albany wegen Deacons Wagen«, antwortete David. »Ich denke, er wäre gerne dabei, wenn wir Deacon fassen.«
»Nichts zu machen«, sagte Turner und schickte beide aus dem Raum, während er zum Telefon griff.

6.

In seiner Tätigkeit als Seelsorger betreute Deacon auch ältere, kranke Gemeindemitglieder in deren Wohnungen. Er besuchte Menschen, die selbst nicht mehr in die Kirche kommen konnten und spendete Trost; manchmal hörte er den Leuten, die selbst von ihren engsten Verwandten im Stich gelassen wurden, auch nur stundenlang zu.
Eine Frau, die er regelmäßig aufsuchte, musste seit einiger Zeit ein starkes Beruhigungsmittel einnehmen.
Deacon wendete und fuhr nach Brookfield zurück.

Er hatte seine Eltern schon lange gehasst. Immer war Michael der Mittelpunkt, der liebe und gute Sohn, während er, Gabriel, als Sündenbock für alles herhalten durfte. Er hatte seinen Bruder zwar sehr geliebt, aber dieses ewige Michael hier und Michael da nagte an ihm und zehrte ihn mit der Zeit auf.

Nun war es an der Zeit, in seiner Familie einiges zurechtzurücken.

Deacon grinste diabolisch. In diesem Moment hätte niemand auch nur vermutet, dass Deacon Pfarrer war.

7.

Sie hatten Glück.

Gegen 14 Uhr ging ein Flug nach Boston, den sie gerade noch erreichten. Eine Stunde später landeten sie in Boston, besorgten einen Mietwagen und legten die ungefähr 40 Kilometer nach Scituate in Rekordzeit zurück.

Auf dem kleinen örtlichen Polizeirevier waren nur drei Polizisten anwesend. Der Chef der Station, Dan Banner, hatte mit Turner am Telefon gesprochen. Er begrüßte seine Kollegen und informierte sie, dass die angeforderte Verstärkung aus Boston noch nicht eingetroffen sei.

»Wir dürfen keine Zeit verlieren«, sagte Turner, »wir wollen nicht, dass Deacon durch irgendeinen dummen Zufall gewarnt wird.«

Banner stimmte zu, als Turner vorschlug, nicht mehr zu warten, sondern sofort zu Peters Studio zu fahren.

Der Besitzer des Studios, Peter Carver, war ein etwa 45-jähriger Motorradfan, dem man sein ausschweifendes Leben sofort ansah. Die Lederkluft, die der massige Mann trug, schien mindestens 30 Jahre alt zu sein. Auf dem Rücken der ärmellosen Jacke war das verbleichte Emblem einer Gruppe, die sich 'Explorers' nannte.

Peter Carver selbst hatte mindestens 100 Pfund Übergewicht. Der lange, fast weiße Bart, anscheinend eine Unterkunft für zahlreiche Kleintiere, verlieh ihm ein verwegenes Aussehen.

Die vier Polizisten betraten das Studio, in dem es im Gegensatz zu seinem Besitzer, recht ordentlich und aufgeräumt aussah. David stellte sich vor und zeigte seinen Ausweis.

»Hi, Mr. Soames«, wurde er von Carver begrüßt, »ich habe schon auf Sie gewartet. Wissen Sie, ich habe noch einen wichtigen Termin bei meinen Freunden.«

Der Blick, mit dem er Melissa taxierte, verursachte bei ihr ein ungutes Gefühl. Es sah aus, als wollte er sie mit seinen Blicken entkleiden. Außerdem stank Carver, als hätte er sich eine billige Flasche Fusel über den Kopf geschüttet.

Die Blicke, mit denen sich Turner und Melissa anschauten, sprachen Bände.

Doch dann wurden sie urplötzlich in die Wirklichkeit gerissen.

»Was hat denn dieser Kevin Shaney angestellt, dass ein paar Polizisten durch das ganze Land reisen?«, fragte Carver.

8.

Sein Besuch bei Mrs. Pendelton war kurz, aber ergiebig.

Deacon hatte in einem unbeobachteten Augenblick die Tablettenschachtel aus dem Nachttischchen der alten Frau genommen. Er steckte sich schnell fünf der Tabletten in die Jacke und legte die Schachtel zurück.

Dann verabschiedete er sich, so schnell es ging und fuhr nach Hause.

Sein Vater würdigte ihn keines Blickes, während seine Mutter fortwährend auf ihn einsprach. Deacon beachtete sie nicht und zog sich auf sein Zimmer zurück.

Er wusste, dass seine Eltern am nächsten Tag in das Gebiet um den Mt. Kinley fahren würden, um dort spazieren zu gehen. Das taten sie jeden Samstag und der nächste Tag war ein Samstag.

Deacon legte sich auf sein Bett, stellte den Wecker und schlief über seinen Gedanken ein.

Am nächsten Tag stand er früh auf und machte seinen Eltern, wie immer, das Frühstück.

Er brühte ihnen einen Kaffee, wie sie noch nie einen bekommen hatten.

9.

»Wer?«

Die drei Brookfielder Polizisten waren gleichermaßen fassungslos.

David zog das alte Foto Deacons aus der Tasche und fragte Carver, ob dieser Mann der gewisse Shaney sein könnte.

Carver zögerte.

»Hören Sie«, begann er wieder, »ich habe den Mann nur ein- oder zweimal gesehen. Er könnte es sein oder auch nicht. Was hat er denn angestellt? Gibt es eine Belohnung?«

»Lesen Sie eigentlich keine Zeitung oder schauen Sie kein Fernsehen?«, fragte Turner.

Carver lachte, wobei den Polizisten eine grausame Wolke Alkohols entgegenschlug.

»Hier gibt es zwar einen Fernseher, aber auf dem laufen nur die neuesten Videos. Ich bin den ganzen Tag hier und abends hänge ich mit meinen Kumpels ab. Wann soll ich da noch Zeitung lesen oder Fernsehen?«

Melissa dachte sich ihren Teil. Sie bezweifelte, dass Carver überhaupt lesen konnte.

David fragte nach der Adresse 'Shaneys' und bekam sie auch, aber nicht ohne die erneute Frage nach einer Belohnung.

»Wie weit ist es bis zur Rebecca Road?«, fragte er Banner.

»Wenn Sie wollen, sind wir in fünfzehn Minuten da.«

»Worauf warten wir dann noch?«, fragte Turner und ging voran. Die anderen folgten ihm, zurück blieb ein nachdenklicher Peter Carver.

Nach kurzer Zeit griff er zum Telefon und wählte eine Nummer.

10.

Das Taxi war kurz vor seinem Ziel, dem Logan International Airport in Boston.

Deacons Gedanken kreisten um den letzten Tag im Leben seiner Eltern. Diese waren frühmorgens losgefahren. Vorher hatten sie den Kaffee getrunken, den ihnen ihr Sohn serviert hatte. Sie sprachen kein Wort mit ihm.

Er wartete fünf Minuten, dann fuhr er ihnen hinterher.

Die Straßen waren zu diesem Zeitpunkt wie ausgestorben. Eigentlich hatte Deacon vor, den Wagen seines Vaters zu verfolgen und bei geeigneter Möglichkeit von der Straße abzudrängen, sollten die Tabletten ihre Wirkung verfehlen. Soweit musste er aber nicht gehen.

Nach ein paar Minuten hatte er seine Eltern eingeholt. Er folgte ihnen mit weitem Abstand.

Plötzlich sah er, wie der Wagen seiner Eltern schlingerte und dann ungebremst von der Fahrbahn abkam und gegen einen Baum prallte.

Er stoppte, stieg aus und lief vorsichtig zum Unfallort.

Seine Eltern saßen bewusstlos auf ihren Sitzen. Harry Deacon hatte eine große Platzwunde am Kopf, während seine Frau röchelnd atmete.

Deacon blickte sich um. Nichts zu sehen.

Kein Auto war zu hören. Selbst die Vögel schienen ihren Gesang zu verweigern.

Deacon reagierte automatisch.

Langsam schraubte er den Tankdeckel vom Wagen seiner Eltern und tränkte ein Tuch, das er aus dem Kofferraum genommen hatte, mit Benzin aus dem Reservekanister. Dann schob er den Lappen halb in die Tanköffnung und zündete ihn an.

Er schaffte es gerade so, sich weit genug von dem Auto zu entfernen, bis dieses in einem großen Feuerball explodierte. Während er zu seinem Wagen lief glaubte er, Schreie zu hören. Er zwang sich, nicht darauf zu achten und verließ den Ort des Grauens.

Ich hätte das nicht tun sollen, dachte Deacon auf dem Rücksitz des Taxis, aber ich hatte doch keine andere Wahl. Ich werde mein Äußeres verändern und das Land verlassen müssen, denn irgendwann würden sie in Brookfield vielleicht doch hinter meine Geschichte kommen. Und dann würde eine erbarmungslose Jagd auf mich beginnen.

Mittlerweile hatte das Taxi den Flughafen erreicht und stoppte vor dem Hauptgebäude.

Deacon bezahlte den Fahrer großzügig und nahm ihm das Versprechen ab, niemandem von dieser Tour zu erzählen. Das war aber überflüssig, da der Fahrer auf eigene Rechnung arbeitete.

Deacon wartete, bis das Taxi weg war, dann stieg er in das nächste und ließ sich zum Square Park in der Stadt fahren.

Dort nahm er den ersten Bus in Richtung Süden. Er musste etliche Male umsteigen, bis er über Braintree nach Assinippi kam. So würde es auch immer schwerer werden, seine Spur zu verfolgen.

Er ging zu einer Garage, die er unter falschem Namen angemietet hatte, stieg in seinen Wagen und fuhr nach Scituate.

Er ahnte nicht, wie weit die Jagd auf ihn schon vorangeschritten war.

11.

Die Polizisten erreichten die Rebecca Road innerhalb von fünfzehn Minuten.

Der Wind hatte sich zum Sturm verstärkt und heulte ihnen um die Ohren. Deacons Haus war das äußerste auf einer Landzunge, die den nördlichen Teil des Scituate Harbours umschloss. Das Tosen der Brandung donnerte durch die Dunkelheit, die inzwischen hereingebrochen war.

Banner hatte den Wagen etwa 50 Meter vor Deacons Haus geparkt. Als sie ausstiegen, glaubte David für kurze Zeit das Geräusch von Motorrädern zu hören, aber dann überlagerte der Wind wieder alle Geräusche.

Vorsichtig bewegten sich die vier auf Deacons Haus zu. Die Straße war nur schwach von ein paar trüben Lampen beleuchtet.

Ideal für das Vorhaben der Polizisten.

Als sie das Haus erreicht hatten, zogen sie ihre Waffen.

Durch das große Fenster sah man das Flackern eines Kaminfeuers.

Turner wollte seine Leute gerade einweisen, da brach hinter dem Haus die Hölle los.

12.

Natürlich hatte Deacon nach seiner Ankunft die Fahndung in Rundfunk und Fernsehen verfolgt.

Sein Traum vom ruhigen Leben - alles vorbei.

Wie waren die nur so schnell auf ihn gekommen? Welchen Fehler hatte er gemacht?

Den ganzen Tag grübelte er über diesen Fragen, aber es hatte alles keinen Zweck.

Er hatte noch Glück; das Fahndungsfoto hatte kaum noch Ähnlichkeit mit ihm, und die Bullen würden ihn erstmal in Las Vegas vermuten und suchen.

Noch war nicht alles verloren.

Gegen Mittag hatte Deacon das Wichtigste in eine Tasche gepackt und diese neben die Eingangstür gestellt. Seine Konten waren im Ausland; auf die konnte er von jedem Land der Welt zugreifen. Er wollte noch bis zur Dunkelheit warten, um ungesehen von der Landzunge zu kommen.

Dann setzte er sich in seinen gemütlichen Sessel und genoss ein letztes Mal in diesem Haus das Prasseln des Kaminfeuers.

Am späten Nachmittag, die Dämmerung setzte schon ein, ergriff ihn eine seltsame Unruhe.

Die von der Brandung aufgeworfene Gischt spritzte an die Rückseite seines Hauses, das gerade mal 20 Meter vom Ufer entfernt stand.

Deacon löschte das Licht, rückte seinen Sessel neben das Fenster zur Straße und spähte in die Dunkelheit hinaus.

Nach einer Weile zuckte er zusammen.

Da war doch eine Bewegung vor seinem Haus.

Angestrengt suchte er nach weiteren Anzeichen.

Dann sah er sie.

Für einen kurzen Moment war Deacon geschockt und außer Fassung. Wie waren die so schnell hierhergekommen? Irgendjemand musste ihn erkannt und an die Bullen verraten haben.

Dann reagierte er eiskalt und berechnend.

Er sprang aus dem Sessel und lief zur Vordertür. Dort nahm er seine Tasche, griff hinein und zog eine Pistole heraus.
Er warf sich die Tasche über die Schulter und schlich zur Hintertür. Langsam öffnete er sie und spähte vorsichtig hinaus. Es war nun stockdunkel, der Wind pfiff, Gischt spritzte ihm in die Augen. Es war unmöglich, etwas zu erkennen.
Deacon schlüpfte zur Tür hinaus und verschloss sie wieder. Dann wandte er sich nach links, um sich vom Haus zu entfernen.
Er hatte nur drei Schritte gemacht, da wurde er von einer starken Taschenlampe geblendet und eine Stimme sagte: »Na so was. Wo wollen wir denn hin, Mr. Shaney? Da läuft uns die Belohnung doch glatt in die Arme.«

Deacons erste Kugel traf den Sprecher ins Herz.

13.

Die Polizisten rannten sofort los.
Vier, fünf Schüsse waren gefallen, bis sie hinter dem Haus ankamen. Schreie mischten sich in das Getöse der Brandung und das Pfeifen des Windes.
Im Schein ihrer Taschenlampen konnten die Polizisten ein paar in Leder gekleidete Gestalten ausmachen, die auf einen am Boden liegenden Mann eintraten.
»Aufhören«, schrie Turner durch den Lärm.

Durch die tosende Brandung waren die Polizisten in Sekundenschnelle durchnässt.

Anscheinend hatte niemand Turner gehört, weshalb dieser in die Luft schoss.

Die Rocker ließen von ihrem Opfer ab und blickten verwirrt in Richtung der Polizisten.

»Das Schwein hat auf uns geschossen!«, schrie einer durch den Lärm. »Ricky ist tot.«

Erst jetzt bemerkte David eine Gestalt am Boden außerhalb der Gruppe. Es schien sich um den besagten Ricky zu handeln.

Melissa, Turner und Banner hielten die Bande in Schach, während David sich über den Toten beugte. Da war nichts mehr zu machen.

Er gab Turner ein Zeichen, worauf dieser sagte: »Los, alle ins Haus.«

Banner half Deacon hoch, der nur mühsam laufen konnte. Die Tritte der Bande hatten ihm doch arg zugesetzt.

In Deacons Haus versammelten sich alle in dessen Wohnzimmer.

Melissa schaute in die Runde.

Das ist schon ein seltsames Bild, dachte sie.

Die Rocker, es waren noch vier, hatten nebeneinander auf dem großen Sofa Platz genommen.

Ausnahmslos ließen sie die Köpfe hängen, nur ab und zu blickte einer von ihnen hasserfüllt auf Deacon. Carver hatte eine Kugel in die Schulter bekommen, die anderen hatten lediglich verdammtes Glück gehabt, dass Deacon nicht mit ihnen gerechnet hatte.

Der saß in seinem Sessel und musterte die Anwesenden genau. Anscheinend lauerte er nur auf seine Chance, doch noch zu entkommen, obwohl er nur mühsam seine Schmerzen verbergen konnte. Ab und zu zuckten seine Mundwinkel, aber sein Blick blieb eiskalt.

David und Turner standen vor dem Kamin und ließen Deacon nicht aus den Augen. Sie hatten ihm zwar Handschellen angelegt, aber etwas in den Augen des Reverends warnte sie, ihn nicht zu unterschätzen. Schließlich gehörte der Mann einmal zur Elite der amerikanischen Armee. Das waren berufsmäßig ausgebildete Killer, und Deacon würde jede noch so kleine Chance nutzen.

Turner wies Banner an, seine Dienststelle zu informieren. Hier waren Kranken- und Leichenwagen, sowie die Spezialisten der Spurensicherung notwendig geworden.

David schaute Deacon ohne Unterlass in die Augen.

»Warum?«, fragte David.

Nur dieses eine Wort.

»Das verstehst du nicht«, war die Antwort.

»Erklären Sie es mir.«

»Hast du dich nicht auch schon gefragt, ob es die Menschheit überhaupt noch verdient, unter Gottes Himmel zu leben? So viel Verderbtheit, ständiges Profitdenken, Lügen und Betrügen.«

»Und Morden...«, warf David ein.

»Ach, halt doch den Mund. Du hast ja keine Ahnung. Die Ehe wird karikiert, Schwule und Lesben dürfen sich in aller Öffentlichkeit zeigen, ja, jetzt sogar heiraten. Als ob der Herr das gewollt hätte. Ehepartner belügen und betrügen sich, und die Kinder müssen darunter leiden. Und alle tun sie so, als würden sie an Gott glauben. Auch du hast ja so getan, als wäre dir die Ehe heilig. Und jetzt? Was ist mit deinem Versprechen? Nicht der Tod hat euch geschieden, nein, eine einfache Unterschrift war es. Und dein Sohn? Hin- und hergerissen zwischen den Eltern und dem Fernseher als Erzieher. Pfui Teufel.«

Deacon spuckte vor David aus.

»Ach, und Sie wollen jetzt mit Ihrem Gefasel von Moral und einem Präzisionsgewehr die Welt retten? Dann haben wir uns wohl alle in Ihnen getäuscht. Vielleicht wollen Sie auch noch einen Orden für ihre Taten.«
David konnte sich kaum noch beherrschen und redete sich in Rage. Turner räusperte sich, und David bemerkte, was mit ihm selbst geschah. Er wäre beinahe auf Deacon losgegangen. Dann antwortete der auf die Vorwürfe.

»Ich helfe zumindest dabei, die Welt etwas sauberer zu machen. Ihr habt doch alle den Tod verdient. Im 1. Korinther steht geschrieben: Wer den Herrn nicht liebt, der sei verflucht. Ich sage: Wer den Herrn nicht liebt, der hat es nicht verdient, unter dessen Himmel zu leben. Ihr werdet alle in der Hölle schmoren.«
Jetzt war Deacon in Fahrt. Geifer tropfte aus seinem Mund und seine Augen waren die eines Irren.
Die Rocker waren, genau wie die Polizisten, zutiefst von Deacons Rede betroffen.
»Und wie bringen Sie ihre göttliche Aufgabe mit dem vielen Geld, dass Sie für die Aufträge kassiert haben, in Verbindung?«, fragte David.
»Das ist nur eine Abbitte der Auftraggeber an den Herrn.«
Melissa wurde übel.
Turner ergriff das Wort.
»Wieso haben Sie Grey dermaßen verstümmelt?«
»Grey? Das hat mich selbst überrascht, dass den jemand kalt gemacht hat. Damit habe ich nichts zu tun. Vielleicht hätte ich mich auch noch um ihn gekümmert, aber da hat mir glatt jemand die Arbeit abgenommen. Geben Sie demjenigen einen Orden; er hat ihn verdient.«

Deacon hatte sich wieder gefangen und war nun die Ruhe selbst.

»Warum haben Sie Hannah Elroy getötet?«

Turner hatte endlich die Frage gestellt, die ihn am meisten beschäftigte.

»Weil sie es verdient hatte, genauso wie alle anderen.«

»Wer hat den Auftrag gegeben?«

»Niemand. Das habe ich selbst arrangiert. Ich habe gesehen, wie sie am hellen Tag in das Haus dieses Hurensohns Grey rannte. Die hat sich nicht einmal umgeschaut, ob es jemand sieht. Als ob sie nicht schnell genug zu ihm kommen konnte. Dabei ist sie gut verheiratet und hat eine süße Tochter. Die beiden kamen sogar regelmäßig zum Gottesdienst, aber Hannah hat anscheinend gar nichts verstanden. Tut so, als sei sie gottesfürchtig und fickt dann in der Gegend herum. Wahrscheinlich war ihr langweilig, weil ihr Mann selten zuhause ist.«

»Oh nein«, flüsterte Turner.

»Was?«, fragte Deacon.

»Sie haben eine Frau gesehen, aber das war nicht Hannah Elroy«, schrie Turner.

»Quatsch. Ich kenne ihr Auto«, sagte Deacon.

»Ja, ihr Auto mag es gewesen sein, aber die Frau war eine andere. Sie haben die Falsche getötet.«

»Quatsch«, wiederholte sich Deacon. Erstmals klang Unsicherheit bei ihm durch.

»Es stimmt«, sagte Melissa, »Hannah Elroy war nie bei Grey. Sie kannte ihn nicht einmal.«

Deacon wirkte einen Augenblick nachdenklich. Seine Augen flackerten, dann aber kehrte der kalte Blick zurück und er sprach nur noch einen Satz.

»Ich sage kein Wort mehr.«

14.

Banners Kollegen trafen ein, und mittlerweile war auch die Verstärkung da.

Die Polizisten führten die Rocker ab, Melissa und David brachten Deacon aus dem Haus. Sie geleiteten ihn zu dem Krankenwagen, der vor dem Haus parkte.

Der Tatort wurde großräumig abgesperrt, und die Spurensicherung nahm die Arbeit auf. Es wurde eine lange, nasse Nacht.

Auf dem Revier wurden die Rocker verhört, während Deacon unter strengster Bewachung ins nächste Krankenhaus gebracht wurde. Die Tritte schienen ihm doch innere Verletzungen beschert zu haben. Gleich zwei Polizisten wurden abgestellt, um Deacon zu bewachen, obwohl dieser nun in tiefer Narkose lag und vor dem nächsten Morgen nicht aufwachen würde.

Nachdem ihnen zugesagt wurde, dass Deacon am nächsten Morgen transportfähig wäre, gingen David, Melissa und Turner in ein Motel, das ihnen von Banner empfohlen wurde.

Sie ließen sich von einem Lieferdienst ein umfangreiches Abendessen bringen. Das erste Essen seit dem Frühstück. Langsam fiel die Spannung von ihnen ab.

Melissa hatte zuvor das Revier in Brookfield angerufen und Brooks über die Vorfälle aufgeklärt.

Der hatte sich natürlich riesig gefreut, aber Melissa spürte, dass er enttäuscht war. Zu gerne wäre er dabei gewesen, als Deacon gefasst wurde. Sie versuchte, ihn zu trösten, was ihr auch gelang.

Nach dem Essen blieben sie im Zimmer sitzen und tranken Bier. Die drei wollten sich gerade erheben, als Banner in den Raum kam.

»Also, folgendes«, begann er seinen Bericht, nachdem er Platz und einen langen Zug aus Turners Bierglas genommen hatte.

»Carver hat nach unserem Besuch seine Kumpels angerufen. Die wussten natürlich von der Fahndung, und so kamen sie schnell darauf, um wen es sich bei dem Gesuchten handelte. Sie rasten zu Deacons Haus, um die Belohnung, die mittlerweile auf Deacon ausgesetzt wurde, zu kassieren. Mit den Bikes waren sie natürlich viel schneller als wir. Dort schlichen sie um das Haus, wo sie auf Deacon trafen. Der schoss sofort, traf den einen voll und Carver in die Schulter, bevor er überwältigt wurde. Das war alles.«

»Was geschieht nun mit den Rockern? Eigentlich haben sie die Belohnung sogar verdient«, hakte Melissa nach.

»Stimmt. Wer weiß, wo Deacon jetzt wäre, hätten die Jungs nicht geholfen. Unser Chef sieht das auch so. Wir haben sie vorerst laufen lassen, da sie ja auch nicht bewaffnet waren. So haben wir nur Körperverletzung gegen die vier vorliegen, die uns aber jeder Anwalt als Notwehr auslegen wird.«

»Und die Belohnung?«

»Ach ja, sie sagten noch, dass sie ihrem Kumpel von der Belohnung eine Beerdigung arrangieren würden, wie sie die Stadt noch nie gesehen hat.«

»Das kann ich mir bildlich vorstellen«, sagte Melissa und lachte.

Ihre Kollegen stimmten ein.

»Da ist noch etwas, was mich nicht in Ruhe lässt«, sagte David.

Die anderen wurden wieder aufmerksam.

»Zum einen streitet Deacon nicht ab, dass er für viele Morde verantwortlich ist, zum anderen wehrt er sich vehement gegen die Anschuldigung, er habe auch Grey getötet. Das passt einfach nicht zusammen. Er hat doch nichts mehr zu verlieren, er wird sowieso nie mehr freikommen. Was nützt ihm dann dieses Leugnen?«

Turner und Melissa blickten sich nachdenklich an.

Dann sagte Melissa: »Vielleicht wehrt er sich so arg dagegen, weil er Grey wirklich nicht umgebracht hat. Haben wir einen zweiten Täter?«

9. Kapitel

Freitag

1.

Auf dem Ersatzrevier in Brookfield herrschte die helle Freude. David, Melissa und der Chief wurden mit stehenden Ovationen empfangen. Immer wieder mussten sie erzählen, was sich in Scituate ereignet hatte.

Am frühen Morgen waren die drei zusammen mit Banner zum Krankenhaus gefahren. Deacon hatte sich zwei gebrochene Rippen durch die Tritte zugezogen, war aber durchaus transportfähig.

Turner bedankte sich bei Banner für die Unterstützung und bat ihn, die Berichte von Spurensicherung und Ballistik an ihn weiterzugeben. Ein weiterer Mord, den er Deacon anlasten konnte.

Banner war außerdem bereit, ihnen den Mörder ohne weiteren Papierkram zu überlassen. So konnten sie ihn gleich nach Brookfield überführen.

Sie brachten Deacon zu einem kleinen Flughafen außerhalb Bostons, wo Banner einen privaten Flug für sie arrangiert hatte. Man wollte das Risiko vermeiden, einen Serienmörder zusammen mit normalen Passagieren in einer Linienmaschine zu transportieren. Wahrscheinlich hätte die betreffende Gesellschaft dies ohnehin nicht erlaubt.

Gegen 9 Uhr landeten sie zusammen mit ihrer gefährlichen Fracht auf dem Flughafen in Springfield.

Von dort aus ging es mit dem Wagen nach Brookfield.

Deacon hatte den ganzen Morgen kein Wort gesprochen. Ab und zu schaute er seine Begleiter hasserfüllt an. Seine

Augen blickten immer wieder hellwach in die Runde, immer nach einer Möglichkeit suchend, doch noch zu entkommen.

Den Polizisten war natürlich klar, dass Deacon die kleinste Chance nutzen würde, um es zu versuchen. Sie waren doppelt wachsam.

In Brookfield wurde Deacon sofort in den Vernehmungsraum gebracht, wo ihn zwei Beamte streng bewachten.

Nachdem sich die Euphorie der Kollegen gelegt hatte, begannen Turner und Brooks mit dem Verhör.

Jetzt erwies es sich erstmals als Nachteil, dass die gewohnten Räume nicht mehr zur Verfügung standen. Als Raum für die Verhöre war ein alter Abstellraum gesäubert und ausgeräumt worden. Ein Tisch und drei alte Stühle waren die ganze Einrichtung in dem ungefähr zehn Quadratmeter kleinen Raum. Noch gab es keine Kamera, die ein Verhör aufzeichnen konnte, und ein halb durchlässiger Spiegel, wie er überall Standard war, war hier ein Wunschtraum. So konnte eine Vernehmung nur durch ein Diktiergerät dokumentiert werden. Niemand konnte von außerhalb des Zimmers das Geschehen verfolgen.

Ein Diktiergerät lief auch mit, als die beiden zahlreiche Fragen auf Deacon abschossen.

Fragen nach seinen Motiven, nach seinen Auftraggebern, nach den Tatorten und der Anzahl seiner Morde. Deacon schwieg eisern und verzog keine Miene. Nur ein einziges Mal reagierte er auf eine Frage.

Als Turner fragte, warum er ausgerechnet den Namen 'Kevin Shaney' angenommen hatte, lächelte er geheimnisvoll.

2.

Während Turner und Brooks mit Deacon beschäftigt waren, fuhr David kurz nach Hause, um zu duschen und seine Kleidung, die von der Nässe des gestrigen Abends muffig roch, zu wechseln.

Cliff saß beim Frühstück und fragte seinen Vater, ob der auch etwas essen wolle.

David fiel sofort auf, dass mit seinem Sohn etwas nicht in Ordnung war.

»Was ist los mit dir?«, fragte er.

»Ach, Daddy, mir ist langweilig. So habe ich mir die Ferien nicht vorgestellt. Ich weiß nicht, was ich hier noch soll. Micky ist immer noch mit seinen Eltern weg, und du bist ja auch nie da. Ich habe mit Mom telefoniert. Bist du mir böse, wenn ich morgen nach Hause fahre?«

David war sprachlos.

Mein Gott, dachte er, Shelley wird mir wieder einmal die Hölle heiß machen. Und dieses Mal wird sie mir wahrscheinlich die Besuchserlaubnis entziehen lassen.

»Cliff, es tut mir leid«, versuchte er kleinlaut das Unheil noch abzuwenden.

»Ich weiß, Dad«, unterbrach ihn sein Sohn, »du musst die Verbrecher jagen. Das verstehe ich ja, aber ich weiß wirklich nicht, was ich noch machen soll. Ich habe hier sonst niemanden. Bitte sei mir nicht böse, weil ich nach Hause will. Es ist ja auch nur ein Tag früher.«

»Keine Angst, Cliff, ich bin dir nicht böse«, sagte David, während er über die Folgen von Cliffs Wunsch nachdachte. Natürlich hatte er bemerkt, dass Cliff nur von 'zu Hause' sprach, wenn er das Haus seiner Mutter meinte. Das machte David große Sorgen. Sein Sohn drohte ihm zu entgleiten.

»Habt Ihr den Reverend schon gefangen?«, riss ihn Cliff aus seinen Gedanken.

»Aber natürlich. Dank deiner Hilfe konnten wir ihn gestern festnehmen.«

Stolz kehrte in den Blick des Jungen zurück. Dann wurde er sehr nachdenklich.

»Warum hat er das gemacht? Warum hat er die Frau und all die anderen erschossen?«

»Woher weißt du denn das alles?«, fragte David verblüfft.

»Na, aus dem Fernseher. Es lief doch den ganzen Tag nichts anderes.«

»Ach so. Wir wissen noch nicht, warum er das getan hat. Vielleicht ist der Reverend ein kranker Mann. Um das herauszufinden, muss ich auch gleich wieder ins Revier.«

David war froh, dass er eine passende Erklärung dafür hatte, dass er seinen Sohn gleich wieder allein lassen musste.

Er versprach Cliff, dass er ihn am nächsten Morgen zu Shelley fahren würde. Es graute ihm schon vor dem unvermeidlichen Gespräch mit seiner Ex-Frau. Es würde garantiert wieder in einem Streit enden.

David duschte, zog sich an und fuhr ins Revier zurück.

3.

Auch Melissa war aus denselben Gründen wie David kurz zu Hause gewesen, wo sie ihren Vater traf.

»Habt Ihr schon etwas von ihm erfahren?«, wollte der sofort wissen.

»Bis jetzt wissen wir nur, dass Deacon tatsächlich ein bezahlter Killer ist. Nur den Mord an Grey streitet er seltsamerweise ab. Und seit heute Morgen redet er überhaupt nicht mehr. Er will nicht einmal einen Anwalt.«

»Seltsam«, murmelte Shaney nachdenklich, »passt ja auf ihn auf. Dem traue ich alles zu.«

Als Melissa zurück aufs Revier kam, waren Turner und Brooks immer noch bei Deacon.

Sie setzte sich an ihren Schreibtisch und nahm sich noch einmal die Berichte zum Tatort Grey vor. Irgendetwas mussten sie übersehen haben. Irgendwo musste doch ein Hinweis auf den Täter sein. Jeder hinterließ Spuren.

Gerade als David eintraf, kamen Turner und Brooks genervt aus dem Verhörraum.

Beide holten sich einen Kaffee und setzten sich zu David und Melissa.

»Scheiße«, sagte Brooks, »der Kerl ist eiskalt. Von dem erfahren wir gar nichts. Ich denke, wir haben noch verdammt viel Arbeit.«

»Lasst mich fünf Minuten mit ihm allein, und ich garantiere euch, dass er alles sagt, was wir wollen«, schlug David vor.

»Das will ich nicht gehört haben«, wies Turner seinen Detective scharf zurecht.

»Du kannst ihn dir zusammen mit Melissa vornehmen. Aber rühr ihn nicht an.«

»Okay, probieren wir unser Glück«, sagte David zu Melissa und versprach Turner, dass er sich beherrschen würde.

Als die beiden zu Deacon in den Raum kamen, blickte der sie uninteressiert an. Seine Haltung war die eines pubertierenden Flegels. Man hatte ihm die Handschellen abgenommen, da ja immer mindestens zwei Polizisten auf ihn aufpassten. Deacon hatte die Füße auf den Tisch gelegt und schaukelte mit dem Stuhl. Schlamm hatte sich im Profil der Sohlen festgesetzt, war getrocknet und bröckelte nun auf den Tisch.

Melissa forderte ihn auf, die Füße herunterzunehmen. Tatsächlich folgte er ihrer Anweisung. Jetzt lehnte er sich mit dem Oberkörper halb über den Tisch und gähnte.

»Ich bin müde und habe Hunger.«

Es waren die ersten Worte von Deacon, seit er am Vorabend das Sprechen eingestellt hatte.

»Sie bekommen sofort etwas, wenn Sie unsere Fragen beantworten«, sagte David.

»Leck mich…«, war die Antwort.

David spürte die Wut erneut in sich hochsteigen.

Dann stellten sie Deacon dieselben Fragen, mit denen schon Brooks und Turner auf Granit gebissen hatten. Mit demselben Ergebnis.

Gerade wollten die beiden aufgeben, da sprach Deacon zu Melissa.

»Du bist doch das Töchterchen von Shaney?«

»Und wenn?«, fragte Melissa verblüfft.

»Ich will deinen Alten sprechen.«

»Aha, haben wir unsere Sprache wiedergefunden?«, fragte David zynisch.

Deacon schenkte David keinerlei Beachtung, was diesen weiter innerlich kochen ließ.

»Hol deinen Alten her. Nur mit ihm werde ich reden«, forderte er Melissa ein weiteres Mal auf.

»Was wollen Sie denn von ihm? Sie werden ihn noch oft genug sehen; er wird nämlich die Anklage gegen Sie führen.«

Deacon lachte laut auf.

»Kindchen, Kindchen, du hast keine Ahnung. Es wird keine Anklage geben.«

»Und ob es die geben wird«, fuhr David den ehemaligen Pfarrer an.

»Nur schade, dass es in Massachusetts die Todesstrafe nicht mehr gibt.«

David konnte sich kaum noch beherrschen.

»Jaja. Die wurde ja schon 1984 abgeschafft. Schade, dass 1947 hier die Letzten hingerichtet wurden, nicht wahr? Ich glaube, das waren Gertson und Belino, oder?«, hetzte Deacon weiter. Er triefte förmlich vor Überheblichkeit.

»Sie sind ja verdammt gut informiert«, warf Melissa ein.

»Gehört zu meinem Job. Genug jetzt. Hol deinen Alten her.«

»Ich schwöre Ihnen«, hakte David wieder nach, »wenn wir Ihnen einen Mord zum Beispiel in Texas nachweisen können, dann werde ich Sie persönlich ausliefern. Dort freut man sich geradezu darauf, solche Schweine wie Sie hinzurichten. Wie gefällt Ihnen das?«

Deacon wirkte plötzlich erschrocken, was David wiederum erfreute.

Dann verließen die beiden Polizisten den Raum und berichteten Turner von Deacons Forderung.

»Was kann er von Shaney wollen?«, fragte David.

»Ist doch klar«, sagte Turner, »er will etwas für sich herausholen. Eine mildere Strafe, irgendeinen Kuhhandel.«

»Bei der Beweislage? Das wird ihm nicht gelingen.«

»Warten wir es ab. Ich informiere Shaney«, sagte Turner und griff zum Telefon.

4.

Shaney kam sofort.

Als hätte er nur auf diesen Anruf gewartet.

Es war ihm anzumerken, dass er seine alte Arroganz wiedererlangt hatte. Wie ein Gockel stolzierte er in das Büro des Chiefs.

»Ihr habt Probleme?«, ließ er Turner gleich seine Überheblichkeit spüren.

»Gehen Sie zu ihm, er erwartet Sie schon«, antwortete der knapp.

»Gut, dann werden wir den Vogel mal zum Singen bringen.«

Shaney ging den anderen voran in den Verhörraum.

Inzwischen drängten sich sieben Beamte in dem kleinen Zimmer, weshalb Turner die beiden Officer, die Deacon bisher bewacht hatten, nach draußen schickte.

Melissa schaltete den Recorder wieder ein.

»Na, dann lassen Sie mal hören«, begann Shaney, arroganter als je zuvor.

Deacon blickte alle der Reihe nach an. Dann sprach er.

»Ich rede. Aber nur mit dir allein.«

»Sie haben mich mit 'Sie' anzusprechen«, polterte Shaney los.

»Jetzt hör mal gut zu«, sagte Deacon mit leiser Stimme. »Du schickst die anderen alle raus. Sofort!«

Turner konnte ob der Dreistigkeit Deacons nur den Kopf schütteln. Am wenigsten Verständnis hatte er aber für Shaney, der offenbar plötzlich bereit war, Deacons Forderung zu erfüllen.

»Los, gehen Sie alle nach draußen.«

Die Polizisten waren zwar verwundert, aber sie wandten sich um und gingen.

»Ach, Mädchen«, rief Deacon Melissa nach, die als Letzte den Raum verlassen wollte, »schalte den Recorder ab. Keine Aufzeichnung.«

»So geht das nicht. Das Band muss laufen«, erwiderte sie zornig.

»Mel, tu was er sagt.«

Irgendetwas in der Stimme ihres Vaters ließ sie misstrauisch werden. Sie hantierte an dem Recorder und sagte dann zu ihrem Vater: »Ich hoffe, du weißt, was du machst. Ich werde ihm lieber wieder die Handschellen anlegen, bevor ich dich mit ihm allein lasse. Du hast selbst gesagt, wir sollen besonders vorsichtig sein.«

»Nein. Das ist nicht nötig. Ihr seid doch alle hier. Was soll er denn versuchen, wenn es draußen nur so vor Polizisten wimmelt?«

Melissa verließ den Raum. Nachdenklich blieb sie vor der Tür stehen.

Ihr Vater hatte sie im Dienst geduzt. Das kam eigentlich nie vor; zu sehr achtete er sonst darauf, seine Autorität zu wahren. Etwas musste ihn dermaßen abgelenkt haben, dass er seine eigenen Prinzipien vernachlässigte.

Melissa hatte ein sehr ungutes Gefühl.

5.

Shaney setzte sich Deacon gegenüber.

»So, jetzt sind wir allein. Also, was wollen Sie von mir?«

Deacon musterte Shaney wortlos.

Nach einer Weile wurde es diesem zu viel.

»Also, verarschen kann ich mich selbst, da brauche ich keinen Massenmörder dazu«, sagte Shaney verärgert und erhob sich.

»Wenn Sie glauben, Sie kommen damit weiter, dann täuschen Sie sich aber gewaltig.«

Shaney wollte mit diesen Worten den Raum verlassen, aber dann sagte Deacon: »Du wirst keine Anklage erheben. Du wirst mich hier rausholen.«

Shaney blieb stehen und lachte.

»Warum sollte ich? Ich freue mich riesig auf die Verhandlung gegen Sie. Einen einfacheren Fall hatte ich in meiner ganzen Laufbahn noch nicht.«

»Jaja, deine Laufbahn.« Deacons Stimme klang leise und gefährlich.

»Überleg mal, wie deine Laufbahn begonnen hat.«

Shaney versteifte sich.

»Was soll das?«

»Jetzt hörst du mir genau zu. Du wirst einen Formfehler oder so was begehen. Passiert euch dämlichen Anwälten doch dauernd. Es wird nie zu einer Verhandlung kommen.«

Shaney wurde nun aufmerksamer. Er ahnte Schlimmes.

»Wie kommen Sie auf so etwas? Wieso sollte ich so etwas tun und so einem Schwein wie Ihnen damit zu einem Freispruch verhelfen? Nennen Sie mir einen Grund.«

»Denk mal an deinen Vorgänger.«

»Ach so. Mein Vorgänger, Ed Miller, wurde ermordet. Soll das heißen, Sie drohen mir mit Mord? Wie wollen Sie denn das anstellen?«

Shaney hatte seine Fassung wiedererlangt. Wollte ihm dieser Scheißer doch drohen!

»Gott, bist du so blöde oder tust du nur so? Ich will dich nicht töten, lebend bist du doch viel mehr für mich wert. Kapierst du immer noch nicht? Wenn gegen mich Anklage erhoben wird, dann rede ich. Und das wird dich den Kopf kosten.«

6.

Turner bat seine Detectives in sein Büro.

Nachdem sie von Shaney und gewissermaßen auch von Deacon aus dem Verhörraum geworfen wurden, waren alle stinksauer.

»Jetzt würde ich gerne Mäuschen da drinnen spielen«, sagte Brooks.

»Ich bin sicher, dass würden wir alle zu gerne«, erwiderte Turner, »aber wir können ja später das Band abhören, da entgeht uns ja nichts.«

»Das wird wohl nichts«, sagte Melissa, »ich musste es abschalten. Deacon wollte es so.«

»WAS?«

Turner fuhr aus seinem Stuhl hoch.

»Seit wann bestimmt ein Verdächtiger, was aufgezeichnet wird? Das ist sowieso nicht legal. Alles, was Deacon jetzt sagt, können wir später nicht gegen ihn verwenden. Wie kann Shaney so etwas zulassen?«

»Ich weiß es auch nicht«, versuchte Melissa den Chief zu beruhigen.

Sie erklärte, dass Deacon sonst nicht geredet hätte.

»Was zum Teufel hat Deacon vor?«, fragte Turner mehr ins Leere, als dass er einen seinen Mitarbeiter angesprochen hätte.

Es hatte sowieso niemand eine passende Antwort.

Während Shaney mit Deacon redete und Turner mit seinen Mitarbeitern das weitere Vorgehen besprach, liefen die Ermittlungen auf Hochtouren.

Listen und Termine wurden abgeglichen, Hunderte von Daten miteinander verglichen und alle ungeklärten Mordfälle der letzten 15 Jahre aufgelistet.

Einer der Polizeianwärter, die zur Unterstützung der Beamten ins Revier geholt wurden, machte eine wichtige Entdeckung. Er nahm seine Unterlagen und ging schnellen Schrittes in Turners Büro.

»Sir, ich habe hier etwas gefunden.«

Turner fragte ihn, was denn so wichtig sei.

»Es ist wegen Deacon, der Mord an Grey. Grey wurde doch zwischen 20 und 22 Uhr getötet?«

»Ja«, antwortete David, »das steht fest.«

»Dann kann Deacon nicht der Täter sein. Er hat genau in dieser Zeit einen Spieleabend für Hausfrauen geleitet. Sie wissen schon, Bingo und solche Sachen. Er muss den ganzen Abend beschäftigt gewesen sein.«

Jetzt war definitiv klar, dass es einen zweiten Täter geben musste.

Im Fall Grey standen sie plötzlich wieder ganz am Anfang. Turner schickte alle aus seinem Büro und wies sie an, sämtliche Unterlagen, Zeugenaussagen und Obduktionsergebnisse wieder und wieder durchzugehen. Auch die Nachbarn mussten ein drittes Mal befragt werden. Es konnte doch nicht sein, dass niemand etwas bemerkt hatte. Die geringste Kleinigkeit konnte jetzt entscheidend sein.

»So ein Mist«, fluchte Brooks vor sich hin. »Ich dachte schon, jetzt würde der Job wieder ruhiger werden.«

Die anderen stimmten ihm zu.

Etwa zu diesem Zeitpunkt betrat ein Mann das alte Schulgebäude.

Er ging zu dem Polizisten am Empfang, legte einen in ein Tuch gewickelten Gegenstand vor ihm hin und sagte: »Ich will ein Geständnis ablegen. Ich habe zwei Menschen getötet.«

Erschrocken blickte Dan Brewer, so hieß der Cop, den Mann an.

»Was haben Sie? Ich kenne Sie doch. Sie sind doch...«

Weiter kam er nicht.

In diesem Augenblick überschlugen sich die Ereignisse.

Lautes Geschrei drang aus dem Verhörraum, die Tür öffnete sich einen kleinen Spalt.

Dann fiel ein Schuss.

7.

Als Billy Lockhart an diesem Morgen aufwachte, befand sich Kelly schon im Badezimmer.

Lockhart wunderte sich, normalerweise stand seine Frau immer später auf als er.

Nachdem er Kelly aus der Untersuchungshaft geholt hatte, redeten sie lange miteinander.

Kelly gestand ihm ihr Verhältnis mit Elroy. Natürlich war Lockhart zutiefst getroffen. Aber er wollte seine Frau nicht verlieren. So flehte er sie an, bei ihm zu bleiben. Er war sogar damit einverstanden, dass sich Kelly ab und zu von Elroy das holte, was er selbst ihr nicht mehr bieten konnte.

Sie willigte ein und versprach, die Sache so diskret wie möglich zu handhaben, wobei Diskretion in dieser Sache mittlerweile nicht mehr möglich war.

Für die Öffentlichkeit wollten Billy und Kelly weiter das glückliche Ehepaar spielen. Dass sie sich selbst damit am meisten belogen, störte ihn nicht.

Fast die ganze Stadt wusste sowieso Bescheid, aber Lockhart ignorierte diese Tatsache.

Und heute war Kelly früher wach als er.

Lockhart ging in Richtung Bad und stolperte dabei fast über einen Koffer. Er sah sich daraufhin genau um und entdeckte in der Diele etliche gepackte Koffer und Taschen.

Wütend riss er die Tür zum Bad auf und rief: »Was soll denn das? Willst du dich einfach so aus dem Haus schleichen? Haben wir eine Abmachung oder nicht?«

Kelly sah ihren Mann erschrocken an. So wütend hatte sie ihn noch nie erlebt. Die Adern an Lockharts Hals waren extrem angeschwollen. Sein Kopf war knallrot.

»Billy, beruhige dich doch. Ich wollte sowieso noch mit dir reden.«

»Oh ja, hatten wir das nicht schon? Es war doch schon alles geklärt.«

»Bitte warte in der Küche auf mich, ich komme gleich.«

Lockhart stimmte widerwillig zu und ging in die Küche. Er war vollkommen durcheinander, aber er hatte sich so weit im Griff, dass er sogar eine Kanne Kaffee kochte.

Kelly kam kurz darauf. Lockhart bot ihr einen Kaffee an und setzte sich dann ihr gegenüber an den Tisch.

Eine Zeit lang saßen sie sich schweigend gegenüber und tranken ihren Kaffee. Dann wurde es Lockhart zu viel.

»Also, du wolltest reden. Jetzt fang schon an. Was ist mit dir los?«

»Billy, ich habe nochmal nachgedacht«, begann Kelly zögernd. »So geht es nicht mehr weiter. Ich kann so nicht leben. Ich liebe Albert und er liebt mich. Ich möchte mich scheiden lassen, Albert will mich heiraten.«

»Bist du denn jetzt ganz verrückt geworden?«, schrie Lockhart los. »Was ist mit unserem Deal? Und was soll aus Jenny werden? Sie hat dich als Mutter akzeptiert. Das kannst du ihr nicht antun.«

Lockhart redete sich in Rage. Er konnte nicht begreifen, dass Kelly ihn verlassen wollte.

»Es tut mir leid um Jenny. Aber sie kann mich jederzeit besuchen.«

»Ach ja? Und ich? Tut es dir auch leid um mich?«

Verzweiflung klang aus Lockharts Stimme. Langsam begriff er, dass er nichts mehr ausrichten konnte.

»Aber ja doch, Billy«, versuchte Kelly ihren Mann zu beruhigen. »Wir hatten doch eine schöne Zeit. Halten wir die Erinnerung daran wach und gehen als Freunde auseinander – bitte…«

Lockhart schwieg.

Das konnte einfach nicht sein.

Das durfte nicht sein.

Plötzlich dachte er über das Gerede der anderen nach. Wie würden sie sich das Maul über ihn zerreißen! Sie würden alle über ihn herfallen, vor allem die, die ihn immer vor dieser Frau gewarnt hatten, die immer gesagt hatten, das würde nicht gutgehen.

Lockhart konnte keinen klaren Gedanken mehr fassen. Er startete einen letzten Versuch, bei dem er sogar vor Kelly auf die Knie ging.

Er flehte sie an.

»Bitte, Kelly. Ich bitte dich, bleib bei mir. Du kannst doch alles haben. Du kannst zu Elroy gehen, wann du willst, du kannst sogar den Urlaub mit ihm verbringen. Aber bitte, verlass mich nicht. Bleibe bei Jenny und mir. Ich kann ohne dich nicht leben.«

Lockharts Stimme überschlug sich, Tränen liefen ihm über das Gesicht. Es war ihm in diesem Moment egal, wie lächerlich er gerade wirkte.

»Mach dich doch nicht zum Idioten, Billy. Du müsstest dich jetzt mal sehen. Kapier doch endlich, es ist vorbei.«

Kellys Stimme klang jetzt hart. Sie stand auf und griff zum Telefon.

Jetzt wird sie sich ein Taxi rufen oder diesen Elroy bitten, sie abzuholen, dachte Lockhart. Er begriff, dass all sein Flehen und Betteln keinen Erfolg gebracht hatte.

Es war vorbei.

8.

Nach dem Schuss herrschte auf dem Revier die absolute Panik.

Alle rannten durcheinander. Die meisten wussten nicht, woher der Schuss gekommen war.

David und Melissa waren als Erste an der Tür zum Verhörraum. Sie hatten ihre Waffen gezogen, und David öffnete vorsichtig die nur angelehnte Tür.

Es bestand keine Gefahr mehr.

Shaney stand am Tisch. Vor ihm auf dem Tisch lag eine Waffe.

»Er hat mich angegriffen«, stammelte er und zeigte auf Deacon, der neben dem Tisch auf dem Boden lag.

Deacons Augen starrten weit aufgerissen an die Decke. Aus seiner linken Brust quoll ein feiner Blutfaden.

David sah auf den ersten Blick, dass Deacon tot war. Er tastete trotzdem nach Deacons Puls. Nichts.

»Scheiße!«, rief er aus.

Inzwischen waren auch Turner, Brooks und Melissa in dem Raum. Turner wies die Kollegen an, einen Krankenwagen zu rufen und draußen zu bleiben.

»Wo kommt die Waffe her?«, fragte David.

»Ich hatte sie dabei«, antwortete Shaney kleinlaut.

»Sind Sie so verblödet?«, schrie Turner Shaney an. »Wie können Sie hier eine Waffe mit reinbringen? Das kostet Sie den Kopf.«

»Ich - ich hatte die Waffe ganz vergessen«, stammelte Shaney, »er hat mich angegriffen. Es war Notwehr. Er muss die Waffe gesehen haben. Er hat versucht, sie an sich zu bringen, wir haben darum gekämpft. Haben Sie denn meine Rufe nicht gehört? Es gelang mir sogar noch, die Tür einen Spalt zu öffnen. Dann hat sich der Schuss gelöst. Es war ein Unfall. Sie müssen mir glauben.«

Shaney redete jetzt wie ein Wasserfall.

»Das wird Konsequenzen für Sie haben«, sagte Turner.

»Mein Gott. Ich wollte das doch nicht…«

Melissa stand geschockt im Raum und starrte ihren Vater an.

»Sie wissen genau, dass Sie während eines Verhörs keine Waffe tragen dürfen«, redete Turner weiter auf Shaney ein. »Da können Sie sich nicht herausreden. Und Sie wissen, dass Sie das Band nicht hätten ausschalten dürfen. Wieso haben Sie es abgeschaltet? Sind Sie denn ganz von Sinnen gewesen? Sie haben Fehler gemacht wie ein dummer Schuljunge; ich hoffe, dass wird Sie ihren Job kosten, Sie arrogantes Arschloch.«

Turner drehte sich um und verließ wütend den Raum.

»Aber ich musste das Band doch abschalten«, rief Shaney ihm hinterher. »Er hätte doch sonst nicht geredet. Melissa, sag es ihm, du warst doch dabei. Du kannst das doch bezeugen.«

»Ja«, murmelte Melissa vor sich hin.

»Was wollte er eigentlich von Ihnen?«, fragte David.

»Ich weiß es nicht. Er hat irgendwelche Andeutungen gemacht, die aber nichts zu bedeuten hatten. Im Grunde hat er nur um eine Straferleichterung gebettelt. Ich hatte den Eindruck, dass er am Ende war und alles gesagt hätte, um eine mildere Strafe zu bekommen.«

»Okay, das werden wir jetzt wohl nie mehr erfahren, was er wollte«, sagte David. »wir verlassen jetzt alle das Zimmer. Niemand rührt etwas an. Todd, informiere bitte Ryan, es gibt Arbeit für ihn und seine Truppe.«

Dann verließen alle den Raum.

David ging voran, ihm folgten Shaney und Brooks. Melissa blieb stehen, bis die anderen draußen waren. Als sie sicher war, dass ihr niemand mehr Beachtung schenkte, ging sie zum Tisch und nahm die kleine Kassette aus dem Recorder heraus. Sie schob sie in die Jackentasche und verließ ebenfalls das Zimmer.

Draußen wies sie einen Beamten an, niemanden in den Raum zu lassen, bevor Ryan kam.

Deacon, dessen Blick immer noch zur Decke starrte, blieb einsam und allein zurück.

9.

Die Ereignisse im Revier verbreiteten sich wie ein Lauffeuer.
Nur zehn Minuten nach dem Schuss waren die ersten Reporter, knapp darauf die ersten Kamerateams vor Ort. Die Beamten hatten alle Mühe, die Meute aus dem alten Schulgebäude zu drängen. Erst als Turner eine Pressekonfe-

renz zusagte, ließen sich die Aasgeier, wie Turner sie nannte, beruhigen.

Die Ermittlungen in Sachen Deacon waren jetzt zur Nebensache geworden. Es wurde diskutiert und spekuliert, was das Zeug hielt. Turner hatte verschiedene Telefonate geführt. Man hatte ihm zugesagt, dass die Staatsanwältin Carol Aderman aus Springfield nach Brookfield kommen und die Untersuchung gegen Shaney leiten würde.

Turner wies zwei Officer an, Shaney durch den Seitenflügel aus dem Haus zu schleusen und ihn nach Hause zu fahren. Er verzichtete vorerst auf eine Festnahme Shaneys. Die Cops sollten sich vor dem Haus des Staatsanwalts postieren und die Presseleute davon abhalten, die Familie zu belästigen.

Shaney stand ab sofort unter Hausarrest.

So langsam beruhigte sich die Lage.

David fragte Turner, was sie denn jetzt unternehmen sollten. Turner überlegte und sagte dann: »Wir konzentrieren uns jetzt erst mal auf den Fall Grey. Immerhin haben wir da überhaupt keine Hinweise auf einen möglichen Täter. Die Sache mit Shaney überlassen wir der Staatsanwaltschaft; die werden ihn hoffentlich für immer aus dem Verkehr ziehen. Ich kann den Kerl nicht mehr sehen.«

David stimmte ihm zu, da trat Melissa zu den beiden und sprach Turner an.

»Chief, würden Sie mir den Nachmittag frei geben? Ich bin fix und fertig.«

Turner blickte zur Uhr. Mein Gott, dachte er, erst zehn Minuten vor zwölf. Aufgrund der Ereignisse und der langen Nacht in Scituate war es ihm vorgekommen, als wäre er schon wieder über zehn Stunden auf der Arbeit.

»Okay, Melissa, fahren Sie nach Hause und ruhen sich aus. Vielleicht können Sie ja mit Ihrem Vater reden. Mir will einfach nicht in den Kopf, dass er die Waffe vergessen haben will.«

Melissa bedankte sich bei Turner, nickte David zu und verließ das Revier.

Vor dem Gebäude stand eine Bank, auf der ein Mann saß. Er hielt einen in ein Tuch gewickelten Gegenstand in seinen Händen.

Melissa bemerkte ihn nicht, als sie zu ihrem Auto ging.

10.

Es wurde eine sehr kurze Pressekonferenz.

Turner informierte die anwesenden Journalisten nur, dass Deacon bei einem Fluchtversuch erschossen worden war.

Weitere Fragen beantwortete er nicht, was den Reportern natürlich Raum für wilde Spekulationen ließ.

David unterstützte Ryans Team bei der Spurensuche im Verhörraum. Er schilderte Ryan, was Shaney ausgesagt hatte.

Auch Ryan fragte sich, wie ein so erfahrener Mann wie Shaney eine Waffe mit zum Verhör mit einem gefährlichen Verbrecher nehmen konnte.

»Auf den ersten Blick kann ich die geschilderten Vorgänge nur bestätigen. Deacon muss die Waffe gesehen haben. Er erhob sich und griff danach. Shaney könnte zurückgewichen sein und dabei die Tür einen Spalt geöffnet haben. Deacon ist ihm nachgegangen und dann haben sie um die Waffe gerungen, wobei sich der Schuss löste. Durch die Schmauchspuren auf Deacons Hemd sieht man, dass der Schuss aus nächster Nähe abgefeuert wurde. Fast aufgesetzt. So wie Deacon daliegt, klingt alles logisch. Alles passt genau.«

David wirkte nachdenklich.

»Vielleicht passt alles zu genau.«

»Was willst du damit sagen? Meinst du, an der Sache ist etwas faul?«

»Ich weiß nicht. Vielleicht ist es auch nur meine Abneigung gegen Shaney.«

»Jaja, wer hat die nicht? Aber gerade deswegen müssen wir die Sache nüchtern betrachten und analysieren. Wir werden sehr genau hinschauen.«

David verließ nachdenklich den Raum.

Vor der Tür kam ihm Officer Brewer aufgeregt entgegen.

»Detective Soames«, rief er schon aus der Entfernung.

David fühlte sich in seinen Überlegungen gestört.

»Ja? Was gibt es?«, fuhr er den Beamten an.

»Detective Soames, vorhin, ich meine bevor der Schuss fiel, Sie wissen schon…«

»Jetzt beruhigen Sie sich erst mal«, sagte David, der bemerkt hatte, wie unwirsch er den jungen Kollegen angefahren hatte.

»Ja, Sir, ich hätte das beinahe vergessen. Also, bevor der Schuss fiel, kam ein Mann ins Revier und sagte, er hätte zwei Menschen getötet.«

David blickte Brewer erstaunt an.

»Und wo ist er? Wie sah er aus? Wen will er denn getötet haben? Ist das wieder einer dieser Spinner, die alle Verbrechen auf sich nehmen, nur um in die Schlagzeilen zu kommen, oder wirkte er glaubwürdig?«

»Nein, Sir, entschuldigen Sie, aber das glaube ich nicht. Dieser Mann braucht keine Schlagzeilen. Er macht sie selbst.«

Und dann gab Brewer David eine genaue Beschreibung von Billy Lockhart.

11.

Lockhart hatte, nachdem der Schuss gefallen war und auf dem Revier alles drunter und drüber ging, die Räume verlassen und sich auf eine Bank vor dem Gebäude gesetzt. Das Wetter lud nicht gerade zum Verweilen im Freien ein, aber wenigstens regnete es nicht. Nur wenige Menschen waren unterwegs, aber Lockhart hätte sowieso niemanden zur Kenntnis genommen.

Er ließ seine Gedanken kreisen.

Was sollte nun aus Jenny werden? Er musste dafür sorgen, dass sie in gute Hände kam.

Lockhart erhob sich, nahm den eingewickelten Gegenstand und ging die Straße in Richtung Stadtmitte zum nächsten Telefon. Dort machte er einen Anruf.

Die Aufregung im Revier hatte ihm Zeit gegeben, sich zu beruhigen. Der nüchtern und kühl denkende Geschäftsmann in ihm bekam so langsam wieder die Oberhand. So rief er jetzt einen ihm gut bekannten Anwalt an. Connor Huggins war über die Staatsgrenzen hinaus bekannt als einer der besten Anwälte der USA. Er sagte sofort zu, Lockhart zu verteidigen und wies diesen an, keine Aussage zu machen, bevor er nicht mit ihm gesprochen hatte.

Lockhart legte zufrieden auf. Huggins wollte in spätestens zwanzig Minuten bei ihm sein. Bis dahin würde sich hoffentlich auch die Aufregung im Revier gelegt haben. Was genau vorgefallen war, interessierte Lockhart im Moment überhaupt nicht. Ausgerechnet ihn, der sein ganzes Leben lang jeder Schlagzeile hinterhergerannt war. Als er zur Bank zurücklief, sah er die Meute der Reporter, die das Gebäude stürmten und dachte nur, dass die ausgerechnet jetzt hier herumrennen müssen. Das war gar nicht gut für ihn.

Er setzte sich wieder hin und wartete.

Kurz darauf verließ Melissa das Revier. Lockhart wollte sie gerade ansprechen, da kam Huggins um die Ecke herum auf ihn zu gelaufen.

Der Anwalt war ein stattlicher Mann um die 70 Jahre. Er überragte Lockhart um einen Kopf und trug einen Anzug aus dunkelblauer Seide der gut und gerne 5.000 Dollar gekostet haben musste.

»Hallo, Billy«, rief er Lockhart zu.

»Hallo, Connor. Können wir jetzt reingehen?«

»Langsam, langsam«, riet Huggins seinem Mandanten. »Erst will ich mal wissen, was genau vorgefallen ist. Dann werden wir entscheiden, was zu tun ist.«

Lockhart stimmte zu und erzählte Huggins in groben Zügen, warum er hier war.

Als er fertig war, schwiegen die beiden Männer für kurze Zeit und überlegten.

»Du willst also unbedingt reinen Tisch machen?«, fragte Huggins.

Lockhart nickte.

»Okay, das ist vielleicht auch das Beste in diesem Fall. Ich denke, da kann ich einiges für dich herausholen.«

Die beiden erhoben sich und gingen auf das Gebäude zu. Gerade als sie Tür öffnen wollten, kamen ihnen David und Brewer entgegengestürmt. Brewer hatte schon befürchtet, dass Lockhart den Trubel genutzt hatte und verschwunden sein könnte. Erleichtert sah er, dass das nicht der Fall war.

»Mr. Lockhart«, sagte David, »ich habe gehört, Sie wollen uns etwas sagen? Kommen Sie bitte mit.«

Lockhart stellte seinen Anwalt vor, dann ging er zusammen mit David und Huggins in Turners Büro.

Turner war schon von der Pressekonferenz zurück und wurde nun, wie alle anderen auch, erneut von der Entwicklung überrascht.

David schloss die Tür und bereitete ein Bandgerät für die Aussage Lockharts vor. Er besprach den Anfang des Bandes mit Datum und Uhrzeit und nannte die Namen der anwesenden Personen.

Dann gab er Lockhart das Zeichen zum Reden.

12.

Melissa fuhr sofort nach Hause.

Ihr Vater saß im Wohnzimmer und ließ sich von seiner Frau trösten. Melissa ging an dem Zimmer vorbei, ohne ihm Beachtung zu schenken und verschwand in ihrem Zimmer.

Dort kramte sie in ihren alten Sachen und holte einen Recorder hervor. Sie legte die Kassette aus dem Verhörraum ein und spulte sie zurück.

Dann hörte sie sich das Band an - und bekam den nächsten Schock.

Melissa konnte hören, wie sie und ihre Kollegen den Raum verließen. Ein Stuhl wurde gerückt, dann sagte ihr Vater: »So, jetzt sind wir allein. Also, was wollen Sie von mir?«

Stille.

Dann folgte das Geplänkel bis Deacon sagte: »Überleg mal, wie deine Laufbahn begonnen hat.«

Melissa war plötzlich hellwach.

Danach folgte die Aufforderung, Shaney solle einen Formfehler begehen und der Satz, der schon eher eine Drohung darstellte: »Denk mal an deinen Vorgänger.«

Melissa bekam Angst.

Was hatten diese Andeutungen zu bedeuten?

Und nun drohte Deacon ihrem Vater sogar damit, dass er auspacken würde.

Um Gottes willen, dachte Melissa, was weiß der Kerl, dass er so mit meinem Vater reden kann?

Melissa stellte das Band ab und dachte nach.

Natürlich hatte sie vor fünf oder sechs Jahren mitbekommen, dass Ed Miller, der damalige Staatsanwalt, ermordet wurde. Sie hatte ihn allerdings kaum gekannt und freute sich riesig, als ihr Vater dessen Job bekam. Aber was würde sie jetzt erfahren? Zitternd bewegte sich ihre Hand zum Recorder. Sie traute sich kaum, das Band wieder einzuschalten.

Will ich das wirklich wissen?

Ist es nicht ein Vertrauensbruch gegenüber Dad, wenn ich jetzt weiterhöre?

Doch die Neugier und ihr Ehrgeiz ließen es nicht zu, jetzt abzuschalten. Sie würde dann nie mehr ruhig schlafen; die Gedanken, was passiert sein könnte, würden sie ewig quälen.

Dann drückte sie entschlossen auf den Schalter.

Sie hörte ihren Vater leise reden.

»Ich habe es geahnt. Schon, als ich hörte, wie die Aufträge zustande kamen, habe ich es geahnt.«

»Bist ja ein schlaues Bürschchen,« erwiderte Deacon in seiner bekannten Überheblichkeit.

Melissa fröstelte. Innerlich war ihr heiß, ihr Herz schlug bis zum Hals.

Sie musste lauschen, so leise sprach ihr Vater den nächsten Satz.

»Woher weißt du, dass ich den Auftrag, Miller zu beseitigen, gegeben habe?«

Melissa hielt den Atem an.

Was sie eben gehört hatte, konnte sie nicht glauben.

»Ich kenne alle Auftraggeber,« prahlte Deacon, »und dich habe ich mir besonders gut gemerkt. Du hättest mir ja mal nützlich sein können. Das ist jetzt der Fall. Wird Zeit, dass du auch etwas für mich tust.«

Tränen schossen Melissa in die Augen.

Ihr Vater hatte tatsächlich seinen Chef töten lassen. Er hatte es eindeutig zugegeben. Es gab für Melissa keine Zweifel mehr.

»Du glaubst wirklich, du kannst mich erpressen?«

Der Ton in Shaneys Stimme ließ Melissa wieder aufmerksamer werden.

»Was denkst du eigentlich, wem man mehr glaubt? Einem Monster wie dir, oder mir, dem untadeligen Staatsanwalt?«

Shaney klang jetzt wieder sehr selbstsicher.

Aber auch Deacon legte nach.

»Das spielt doch gar keine Rolle. Schon der Verdacht wird dir das Genick brechen, mein Junge. Im Übrigen habe ich natürlich vorgesorgt. Du wirst mich nicht aufhalten.«

Melissa konnte einfach nicht fassen, was sich da abspielte.

Sie hörte Geräusche.

Ein Stuhl fiel zu Boden.

Deacon fragte: »Was soll denn das?«

»Ich habe auch vorgesorgt,« antwortete Shaney.

Schritte.

Dann rief Shaney: »He, was soll denn das?«

Deacon rief: »Was tust du da?« Entsetzen klang in seiner Stimme durch.

»Was soll die Waffe? Lass mich los!«

Die Angst in Deacons Stimme schlug in Panik um.

Geräusche, als würden zwei Männer miteinander kämpfen.

Dann schrie Deacon: »Nein!«

Ein Schuss peitschte auf.

Melissa hörte geistesabwesend, wie sie kurz darauf mit David in den Verhörraum trat.

»Er hat mich angegriffen,« stammelte Shaney.

Kurze Zeit später rief David in seiner gewohnten Art und Weise: »Scheiße.«

Melissa konnte keinen klaren Gedanken mehr fassen.

Es gab keinen Zweifel: Was sie da gehört hatte, war unge-
heuerlich.

13.

Lockhart wickelte den Gegenstand, den er mitgebracht
hatte, aus dem Tuch.
Ein blutverschmiertes, rundes Stück Stahlrohr von etwa 40
Zentimetern Länge kam zum Vorschein.
»Damit habe ich Grey und meine Frau getötet.«
»Sie haben ihre Frau getötet?«
Turner hatte als Erster die Fassung wiedererlangt.
»Wieso? Und wo ist sie?«
»Sie liegt zu Hause.«
Turner schickte Brooks aus seinem Büro. Er wies ihn an, zu
Lockharts Haus zu fahren und dessen Angaben zu überprü-
fen.
»Erzählen Sie weiter, Mr. Lockhart. Was ist passiert?«
»Ich wusste schon lange, dass Kelly mich betrog. Ich wusste
nur nicht, mit wem. Ich habe versucht, das zu ignorieren,
denn ich habe sie abgöttisch geliebt. Dann fehlte plötzlich
immer wieder Geld. Das war zu viel. Dass sie einen Liebhaber hatte, damit konnte ich leben. Solange alles diskret ab-
lief und niemand in der Stadt davon wusste. Aber dass sie
diesem Kerl auch noch tausende Dollars in den Rachen
schmeißt, das wollte ich nicht tolerieren. Kann ich bitte ein
Glas Wasser haben?«
David verließ den Raum und brachte Lockhart das Gewünschte.
Währenddessen redete Huggins wieder auf seinen Mandanten ein, nicht alles so offen zu sagen. Doch der wischte
die Bedenken seines Anwalts zur Seite.

Nachdem er einen großen Schluck aus dem Glas genommen hatte, redete Lockhart weiter. Man merkte, dass ihm das Sprechen schwerfiel.

»Letzte Woche sagte Kelly, dass sie mal wieder ihre alte Freundin in New York besuchen wolle. Drei Tage lang. Ich wusste, dass sie die drei Tage woanders verbringen würde. Nachdem sie das Haus verlassen hatte, bin ich ihr gefolgt. Sie ist direkt zu diesem Grey gefahren und hineingerannt. So eilig hatte sie es anscheinend, zu diesem Saukerl zu kommen. Ich habe mich an das Haus geschlichen und durch das Fenster geschaut. Sie können mir glauben, ich bin mir vorgekommen wie ein Idiot.«

Lockhart nahm wieder einen Schluck aus dem Glas. Die anderen schauten ihn ungeduldig an.

»Also, ich wusste natürlich, welchen Ruf dieser Grey in der Stadt genoss. Da war mir klar, dass diese Liaison irgendwann an die Öffentlichkeit kommen würde. Können Sie sich diesen Skandal vorstellen? Ich sah, wie Kelly diesem Grey einen Umschlag gab. Als der hineinblickte konnte ich erkennen, dass in dem Umschlag eine Menge Geld war. Ich weiß nicht, das heißt, ich wusste bis dahin nicht, woher sie das Geld hatte. Dann hatten die beiden plötzlich Streit. Ich konnte verstehen, dass Kelly die Beziehung beendet hatte und dass Grey sie anscheinend erpresste. Sie glauben nicht, wie glücklich ich in diesem Moment war. Ich würde Kelly zurückbekommen. Aber dann...«

Lockhart trank wieder einen Schluck.

»Weshalb haben Sie ihn getötet?«, fragte David.

»Aber das wollte ich doch gar nicht«, beteuerte Lockhart. »Nachdem Kelly gegangen war, wollte ich auch gehen. Aber dann habe ich nachgedacht. Auch wenn Kelly mit ihm Schluss gemacht hatte, würde Grey nicht aufhören, sie zu erpressen. Ich wollte mit ihm reden, ihm sagen, dass ich alles weiß und es kein Geld mehr für ihn gibt. Also bin ich zu ihm ins Haus gegangen. Kelly hatte die Tür nicht geschlossen, so konnte ich einfach reingehen. Grey war zuerst überrascht, als ich plötzlich vor ihm stand. Ich habe ihm gesagt, dass er keinen Grund mehr für die Erpressung hat. Wissen Sie, was der gemacht hat? Der hat mich einfach ausgelacht. Das muss man sich einmal vorstellen.«

14.

Melissa ging zu ihren Eltern ins Wohnzimmer. Sie ging sehr langsam und wirkte geistesabwesend.

An der Tür blieb sie stehen und schaute ihren Vater an.

Ihre Eltern bemerkten sie eine ganze Weile nicht, doch dann blickte ihre Mutter zufällig auf und sah Melissa.

»Kind«, rief sie bestürzt, »was ist denn mit dir los? Du bist ja ganz blass.«

Jetzt war auch ihr Vater auf sie aufmerksam geworden.

»Mein Gott, Melissa. Du gehörst ins Bett.«

Zu seiner Frau bemerkte Shaney, dass die ganze Sache doch zu viel für Melissa gewesen sei. Sie stünde anscheinend immer noch unter Schock.

»Peggy, ruf unseren Arzt an, ich kümmere mich um Melissa«, sagte er zu seiner Frau.

»Wir müssen reden«, sagte Melissa plötzlich. Ihre Stimme war leise und kalt.

Shaney blickte seine Tochter irritiert an. Der seltsame Ton kam ihm sonderbar vor.

»Was ist? Worüber willst du reden? Über die Sache mit Deacon?«

Melissa schwieg und starrte ihren Vater an.

Der ging zum Angriff über.

»Was willst du denn noch? Ich habe doch schon alles gesagt. Es tut mir auch leid und es macht mir sehr zu schaffen;

frag deine Mutter, die kann dir bestätigen, wie schlecht es mir geht.«

»Du bist so eiskalt. Du hast nur gelogen.«

Peggy Shaney starrte ihre Tochter mit offenem Mund an. Nie hätte sie gedacht, dass Melissa jemals so mit ihrem Vater sprechen würde.

»Wie kannst du so etwas zu deinem Vater sagen? Entschuldige dich sofort bei ihm«, forderte sie.

»Nein, das werde ich nicht.«

Kevin Shaney ging auf seine Tochter zu, packte sie am Arm und zog sie aus dem Zimmer.

»Was soll das? Musst du deine Mutter so quälen? Siehst du nicht, wie sie sich aufregt?«

Melissa riss sich aus seinem Griff los und schrie ihren Vater an.

»Das Aufnahmegerät!«

»Was ist damit? Es war abgeschaltet. Du selbst hast es abgestellt. Schon vergessen? Mir wäre es auch lieber, es wäre mitgelaufen, dann könnte ich die ganze Sache beweisen. Ich lüge nicht. Und jetzt ist es das Beste, du gehst. Komm erst wieder, wenn du über dein Verhalten nachgedacht hast und du dich bei deiner Mutter und mir entschuldigen willst.«

»Du hättest gerne Beweise? Die kannst du haben. Ich habe das Band nicht abgeschaltet.«

Shaney erstarrte. Es lief ihm heiß und kalt den Rücken hinunter.

»Nein«, stammelte er leise vor sich hin.

»Du brauchst keine Angst zu haben«, sagte Melissa. »Ich habe es bisher niemandem gesagt. Aber ich verlange von dir eine Erklärung. Und ich verlange, dass du dich stellst.«

»Du hast es niemandem gesagt?«

»Mach dir keine Hoffnungen. Ich habe es noch niemandem gesagt, aber entweder du redest jetzt mit mir, oder ich gebe das Band meinen Kollegen.«

Shaney sah sich um. Seine Frau saß auf dem Sofa und weinte. Sie hatte von dem Gespräch nichts verstanden.

»Gut, gehen wir in mein Arbeitszimmer.«

Shaneys Stimme klang plötzlich wieder entschlossen.

15.

Lockhart fragte, ob er eine Zigarette haben könne. Turner gab ihm eine und zündete sie ihm an.

»Damit habe ich eigentlich vor 30 Jahren aufgehört. Aber jetzt ist sowieso alles egal.«

Lockhart redete jetzt wieder weiter. Man hätte denken können, er erzählte die Geschichte eines anderen, so flüssig kam alles über seine Lippen.

»Also, das Schwein hat mich ausgelacht und gesagt, dann müsste jetzt eben ich bezahlen. Sonst würde er sein Verhältnis mit Kelly in der ganzen Stadt öffentlich machen. Der hat eiskalt reagiert und mich damit genau an der falschen Stelle erwischt. Ich habe mich wahnsinnig aufgeregt.«

Auch jetzt zitterten Lockharts Hände, als würde er alles noch einmal erleben.

»Dann hat er mich einfach stehenlassen und ist lachend aus dem Zimmer gegangen. Ich bin ihm gefolgt und habe ihm gesagt, dass er so etwas nicht mit mir machen könne. Der hat nur weitergelacht. Er ist dann in seine Waschküche gegangen und ich bin hinterher. Dieses Lachen - es hat mich so provoziert. Dann ist es passiert. Ich wollte das nicht.«

»Was ist passiert?«, fragte Turner.

»Irgendwo lag dieses Rohr. Ich habe es genommen und Grey damit erschlagen.«

Lockhart begann hemmungslos zu weinen.

Turner ließ ihm eine kurze Pause und ging mit David aus dem Raum.

»Hättest du ihm das zugetraut?«, fragte David.

»Man kann eben nicht in die Menschen hineinschauen. Lockhart ist als harter Hund bekannt, er galt aber immer als korrekt und fair. Aber heutzutage muss man jedem alles zutrauen.«

Zehn Minuten später hatte Lockhart sich wieder im Griff und wollte weiterreden.

»Moment«, unterbrach ihn Turner. »Bevor Sie weitererzählen, möchte ich noch ein paar Dinge geklärt haben. Was haben Sie mit dem Geld gemacht, das Grey von Ihrer Frau erhalten hat? Und warum, um Himmels willen, haben Sie ihn so verstümmelt? Weil er mit Ihrer Frau geschlafen hat?«

»Das war ich nicht. Nachdem er auf dem Boden lag, habe ich erst begriffen, was passiert war. Ich bin sofort aus dem Haus geschlichen und nach Hause gefahren. Ich dachte, dass Kelly die drei Tage irgendwo anders verbringen würde und dann wieder nach Hause kommt. Als dann das mit Hannah Elroy passiert ist, dachte ich, dass Kelly wegen des Schocks ins Krankenhaus musste. Aber als sie da wieder rauskam, hat sie mir gesagt, dass sie ein Verhältnis mit Elroy hat. Ich habe es ihr schweren Herzens erlaubt, es sollte nur diskret bleiben. Sie müssen wissen, bei mir, nun - es funktioniert bei mir nicht mehr so im Bett. Und Kelly brauchte das. Und dann habe ich noch Krebs. Prostata. Nichts zu machen, ich werde auch nicht mehr lange leben.«

»Wusste Kelly davon?«

»Nein, ich wollte eigentlich nicht, dass sie aus Mitleid bei mir bleibt.«

»Was ist mit Grey passiert?«

»Wenn ich das nur wüsste. Bitte, glauben Sie mir, ich war selbst am meisten überrascht, als ich davon erfuhr. Wer tut so etwas mit einem Toten?«

David und Turner blickten sich an.

»Was haben Sie mit dem Geld gemacht?«, fragte David.

»Nichts. Ich habe es nicht angerührt. Ich sagte Ihnen doch schon, ich bin gleich gegangen. An das Geld habe ich überhaupt nicht mehr gedacht. Alles, was ich mitgenommen habe, ist dieses Rohr. Heute weiß ich nicht einmal, warum.«

»Okay, lassen wir es vorerst dabei. Sie sagten, Sie haben auch ihre Frau getötet. Warum denn das, wenn Sie doch damit einverstanden waren?«

»Kelly wollte sich nicht an unseren Deal halten. Sie wollte mich heute Morgen verlassen. Ich habe sie angefleht, ich bin vor ihr im Dreck gekrochen, aber sie - sie ist hart geblieben. Sie wollte gehen, aber ich habe sie noch einmal zurückgehalten. Ich habe ihr die Sache mit Grey gebeichtet. Ich wollte ihr zeigen, was ich alles für sie getan habe und dass ich auch weiterhin alles für sie tun würde. Wenn sie nur bei mir geblieben wäre.«

»Aber Kelly wollte nicht mehr?«, fragte Turner.

»Nein. Sie hat gesagt, sie würde alles der Polizei erzählen. Sie hat gesagt, ich sei nur ein dahergelaufener, eifersüchtiger Trottel, der nicht mehr wüsste, was er tut. Dann wollte sie gehen. Ich konnte sie doch nicht einfach gehen lassen. Meinen Sie nicht auch? Das konnte ich doch Jenny nicht antun. Oder?«

Um Zustimmung flehend sah Lockhart zu Turner.

»Und jetzt? Glauben Sie, dass jetzt für Jenny alles besser ist?«, legte Turner nach.

Da brach Lockhart zusammen.

In diesem Moment wurde die Tür zu Turners Büro aufgerissen.

»Was ist denn jetzt los? Wenn Sie schon hier sind, dann rufen Sie einen Arzt!« Turner schrie den jungen Officer förmlich an.

»Chief« rief dieser atemlos und blickte fragend auf den am Boden liegenden Lockhart, »Chief, ein Funkspruch. In Mr. Shaneys Haus ist geschossen worden.«

10. Kapitel

1.

Peggy Shaney saß bewegungslos auf dem Sofa.
Was war da eben vorgefallen? Sie versuchte, ihre Gedanken zu sammeln.
Melissa hatte die Unverfrorenheit besessen und Kevin einen Lügner genannt.
Peggy überlegte - wie konnte meine Tochter so etwas tun? Natürlich habe ich bemerkt, dass die beiden in letzter Zeit nicht gerade das beste Verhältnis hatten. Aber sollte mich das wundern?
Kevin ist nun mal ein Machtmensch. Einer von denen, die immer recht haben wollen. Er fährt auch schon mal in der Familie die Ellenbogen aus, wenn er Probleme hat, seinen Standpunkt zu vertreten. Und ich? Ich habe natürlich immer Verständnis dafür. Schließlich bin ich so unheimlich stolz auf Kevin, auf all das, was er erreicht hat. Kein Mann war in solch jungen Jahren so weit gekommen wie Kevin. Und das rechtfertigt natürlich so manche Maßnahme, für die Melissa anscheinend kein Verständnis aufbringen kann. Sie ist Kevin kein bisschen ähnlich, aber das darf mich nicht wundern.
Jetzt schweiften Peggys Gedanken in die Vergangenheit ab.
Sie dachte an den Tag, an dem Kevin sie das erste Mal geschlagen hatte. Es war ein Sonntagabend gewesen und er hatte sich schon zur Abreise bereit gemacht. Damals arbeitete ihr Mann noch in Boston. Er flog dann spät nach Boston, widmete sich dort intensiv die ganze Woche seiner Karriere und flog freitags wieder nach Hause.
Wegen einer Kleinigkeit war er ausgerastet. Peggy konnte sich partout nicht mehr erinnern, was der Anlass gewesen war. Vermutlich hatte sie etwas vergessen einzupacken

263

oder zu besorgen. Das reichte aus, um den bis dahin größten Streit ihrer Ehe vom Zaun zu brechen. Eigentlich war es gar kein richtiger Streit, der Einzige, der schrie und um sich schlug, das war Kevin.

Nachdem er sich an ihr abreagiert hatte, verließ er das Haus.

Peggy saß in der Küche auf dem Boden, zu geschockt, um zu weinen.

Der Sohn ihrer Nachbarin, Steve Majnor, der sich ab und zu um ihren Rasen kümmerte, musste den Streit gehört haben. Nachdem Kevin das Haus verlassen hatte, kam Steve zu Peggy herüber. Er trat durch die offene Terrassentür in die Küche und sah Peggy auf dem Boden sitzen.

»Mrs. Shaney, kann ich Ihnen helfen?« fragte er besorgt.

In diesem Moment löste sich der Schock und Peggy fing hemmungslos an zu weinen.

Steve ging zu ihr und nahm sie ungefragt in die Arme. Er tröstete sie den ganzen Abend und die folgende Nacht.

In dieser Nacht wurde Melissa gezeugt.

Peggy Shaney hatte dieses Geheimnis bis zum heutigen Tag bewahrt, und sie würde es auch weiterhin niemals irgendjemandem erzählen.

Sie war 26 Jahre alt gewesen und zwei Jahre mit Kevin verheiratet. Damals schon hatte sie viel Verständnis für Kevin, der seiner Karriere den Vorzug vor seiner Frau gab.

Er hatte ihr immer wieder versprochen, wenn er erreicht hatte, was er wollte, dann würde er mehr Zeit für seine Familie haben.

Und sie glaubte ihm und hielt zu ihm.

Auch nach diesem Abend mit Steve. Natürlich hatte sie ein schlechtes Gewissen, aber es war ein einmaliger Ausrutscher. Sie wusste natürlich, wenn Kevin von diesem Abend erfahren würde, dann wäre alles aus.

Kevin Shaney hatte sich nie Gedanken gemacht, ob er überhaupt der Vater von Melissa sein konnte. Wenn er jetzt die Wahrheit erfahren würde, dann würde er Melissa verstoßen. Und die hatte es schon schwer genug.

Aufgewachsen war Melissa in einem Internat, weit von zu Hause entfernt. Nur Peggy besuchte Melissa zweimal im Monat und in den Ferien durfte sie nach Hause. So war es nicht zu ändern, dass sie ihren Vater äußerst selten sah.

Umso mehr wunderte sich Peggy, dass ihre Tochter den Beruf ihres Vaters ergreifen wollte. Sie ahnte, dass Melissa mit dieser Entscheidung ihrem Vater näher sein, ihm vielleicht sogar gefallen wollte. Aber der ignorierte dies und maßregelte Melissa bei jeder Gelegenheit. Er hatte immer die Einstellung gehabt, dass eine Frau für diesen Job nichts taugte, einfach zu weich war.

Schade, dachte Peggy, aber vielleicht liegt es wirklich daran, dass Melissa nicht Kevins Tochter ist.

Dieser Gedanke führte Peggy wieder zu diesem einen Abend zurück.

Natürlich wollte Steve sie von da an öfter treffen.

Peggy hatte ihm schnell und eindringlich klar gemacht, was passieren würde, sollte Kevin jemals etwas von ihrer Liaison erfahren. Eine Zeit lang befürchtete sie, dass der Junge nicht von ihr ablassen würde. Aber Steve war noch jung genug, um großen Respekt vor Kevin zu haben.

Er fügte sich der Bitte Peggys, aber immer wieder sah sie seine Blicke, die er ihr zuwarf, wenn er den Rasen rund um das Haus mähte.

Zwei Monate später hatte Steve eine Freundin und kam immer seltener um zu helfen. Bald darauf sah Peggy ihn nur noch, wenn er gerade mal zufällig wieder seine Mutter besuchte.

War schon ein toller Junge, dachte Peggy und lächelte vor sich hin. War schon ein toller Junge, mit seinen jungen sechzehn Jahren.

2.

Todd Brooks fuhr zum Berkshire-Drive, zweifelnd, ob er überhaupt sehen wollte, was ihn erwartete. Er wusste, dass Lockhart eine Tochter hatte.

Mein Gott, dachte er plötzlich, hoffentlich ist das Mädchen jetzt nicht zu Hause. Wenn das alles der Wahrheit entspricht, und die Kleine findet die Tote...

Brooks beeilte sich nun umso mehr, doch seine Sorgen waren unbegründet. Lockharts Tochter war ja über die Ferien nicht zu Hause.

Brooks erreichte das Haus und ging ohne Umwege zur Eingangstür.

Er sah sofort, dass diese nicht verschlossen und nur angelehnt war. Brooks trat ein und sah als erstes Kelly La Manga etwa zwei Meter von der Tür entfernt auf dem Boden liegen. Eine große Blutlache hatte sich rund um ihren Kopf ausgebreitet.

Es roch nach Tod. Ein metallischer Geschmack legte sich auf Brooks Zunge.

Obwohl er noch nicht allzu viele Tote gesehen hatte, wusste Brooks sofort, dass hier jede Hilfe zu spät kam.

Er suchte das Telefon und rief Chief Turner an. Nach dem kurzen Gespräch legte er auf und sah sich genauer in der Wohnung um.

Ein großer Wohnraum bildete das Zentrum im Erdgeschoss des Hauses. Gediegenes Mobiliar wechselte sich mit modernster Einrichtung ab. Was manche Leute sich alles in die Wohnung stellen, wenn sie nur genügend Geld dafür haben, dachte Brooks und schüttelte verständnislos den Kopf.

An den Wohnraum grenzten verschiedene Räume.

Da war die Küche, die blitzsauber und aufgeräumt war. Zwei benutzte Kaffeetassen standen auf dem Tisch, die Kanne mit etwas Kaffee daneben. Brooks ging zum Tisch und berührte die Glaskanne - kalt.

Er schaute sich noch einmal kurz um und ging zu der massiven Mahagonitür, die neben dem obligatorischen offenen Kamin aus dem Wohnraum führte. Brooks dachte sich schon, dass dahinter ein Büro verborgen war.

Was er dann erblickte, raubte ihm den Atem. Hier stank es förmlich nach Geld.

Allein der schwere, riesige Schreibtisch dürfte mehr als ein Jahresgehalt eines Polizisten gekostet haben. Die Wände waren von schweren Holzregalen fast völlig verdeckt. Hunderte, zum großen Teil antiquarische Bücher standen in den Regalen. Gerahmte Urkunden, die den Verleger und seine Zeitung ehrten, hingen an den einzigen freien Flecken der Wand.

Die Regale hinter dem Schreibtisch waren gefüllt mit Waffen aller Art. Auch hier wechselten sich antike Gegenstände mit den modernsten technischen Raffinessen ab.

Brooks pfiff anerkennend durch die Zähne. Als Polizist war es schon fast Pflicht, sich in allen Arten von Waffen auszukennen. Er ging zu dem Regal und sah sich die Sammlung genauer an.

Antike Steinschlossgewehre lagen zwischen modernsten Hightech-Waffen. Pistolen aller Art und eine Armbrust komplettierten die Sammlung der Schusswaffen.

Ein weiteres Sammelgebiet Lockharts schienen Hieb- und Stichwaffen zu sein.

Degen, Dolche und sogar ein Zweihandschwert aus dem Mittelalter lagen sauber ausgerichtet auf rotem Samt. Brooks hatte keinerlei Zweifel daran, dass alle Waffen echt waren.

Nun erregte ein kleines, flaches Schränkchen mit einer Abdeckung aus Glas seine Aufmerksamkeit.

Darin hingen, auch auf rotem Samt, etwa 20 moderne Jagdmesser. Sein Blick fiel auf ein Messer mit einer 15 Zentimeter langen Klinge, dessen Griff aus Holz eine schöne Schnitzerei prägte. Er öffnete das Schränkchen und nahm das Messer, einen sogenannten Hirschfänger, heraus. Die perfekt geschliffene Klinge glänzte im Licht. Anerkennend fuhr Brooks mit dem Daumen über die Klinge.

»Mist.«

Er hatte sich doch glatt in den Finger geschnitten. Dabei war er doch besonders vorsichtig gewesen, da er wusste, wie scharf diese Art von Messern war.

Nachdenklich starrte Brooks auf den Blutstropfen, der langsam aus dem feinen, kaum sichtbaren Schnitt rann.

Irgendetwas war da noch. Brooks dachte nach. Was war da? Gedanken schossen ihm durch den Kopf. Plötzlich ahnte er, dass er der Lösung ganz nah war. Aber der letzte, zündende Gedanke, der kam einfach nicht.

»Hallo!?«

Brooks wurde jäh aus seinen Überlegungen gerissen.

Ryan stand an der offenen Tür des Büros und sagte: »Geht das schon wieder los? Zwei Tote an einem Tag.«

»Jaja«, sagte Brooks, »cool down. Seid doch froh, diese Woche habt ihr endlich auch mal richtig Arbeit.«

»Wenn das nur alles wäre. Heute scheint es sogar einen Rekord zu geben.«

»Wieso das denn?«, fragte Brooks.

»Naja, als wir in der alten Schule fertig waren und nach draußen gingen, kam die Meldung, dass in Shaneys Haus geschossen wurde. Da werden wir gleich hinfahren, wenn wir mit dieser Sauerei hier fertig sind.«

Todd Brooks ließ wortlos das Messer fallen und rannte an dem verdutzten Chef der Spurensicherung vorbei aus dem Haus.

3.

»Wer bist du?«
Melissa schrie ihrem Vater diese Worte förmlich ins Gesicht.
Es waren die ersten Worte, die sie sprach, seit sie mit ihm in seinem Arbeitszimmer war.
Der große Raum war gediegen und geschmackvoll eingerichtet. Die perfekte Arbeit eines sehr teuren Raumausstatters.
Kevin hatte sich in seinen schweren Ledersessel gesetzt und Melissa einen Platz vor dem schweren, polierten Schreibtisch zugewiesen. Doch die blieb lieber stehen.
»Was bist du nur für ein Mensch?«
»Jetzt aber mal langsam!«
Kevin Shaney schien sich wieder im Griff zu haben. Nichts war mehr von seiner Verunsicherung, die er zuvor im Wohnzimmer gezeigt hatte, zu spüren.
»Wenn du wirklich weißt, was in dem Verhörraum vorgefallen ist, dann weißt du auch, dass Deacon uns ruinieren wollte. Überleg doch mal; ich konnte überhaupt nicht anders handeln.«
Melissa starrte ihren Vater an.
»Du bist doch krank.«
»Oh nein, ich habe meine Familie beschützt. Das war Notwehr.«
»Ach ja? War es auch Notwehr, als du Ed Miller hast umbringen lassen? War er auch eine Gefahr für deine Familie?«
Kevin sah ihr fest in die Augen.

Als er wieder sprach, lief Melissa ein kalter Schauer über den Rücken.

»Er war im Weg. Ich wäre bei ihm nie Staatsanwalt geworden. Dieses Schwein wollte mich sogar feuern.«

Melissa war außer sich vor Wut.

»Du hast einen Menschen ermorden lassen für einen Job?«, schrie sie ihn wieder an.

»Na und?«, schrie Kevin jetzt zurück und erhob sich. Dabei schlug er mit der Faust auf den Schreibtisch, dass dieser erzitterte.

»Wo wären wir denn, wenn ich nicht gehandelt hätte? Keiner von uns wäre das, was er jetzt ist.«

»Das wäre auch besser so.«

»Jetzt hör mir mal genau zu.« Kevin Shaneys Stimme war gefährlich leise und ruhig geworden. Er beugte sich über den Tisch und war damit Melissas Gesicht sehr nahe.

»Was glaubst du denn, wer du bist? Glaubst du wirklich, dir stünde ein Urteil über mich zu? Ich habe jahrelang geschuftet, um euch durchzufüttern. Glaubst du, deine Ausbildung, die schönen Klamotten und der Schmuck deiner Mutter, die nie gearbeitet hat, hätten sich von selbst bezahlt? Das Haus war auf Pump gekauft, und mit meinem mageren Gehalt von damals war die Pleite abzusehen. Also habe ich gehandelt.«

»Du gehörst ins Gefängnis. Du bist keinen Deut besser als dieser Deacon. Ich werde Turner das Band geben, dann bist du erledigt und ich werde wieder ruhig schlafen können.«

»Das wirst du nicht.«

»Wer sollte mich daran hindern? Willst du mich etwa auch noch umbringen? Auf eine Tote mehr oder weniger kommt es dir wohl nicht an, oder?«

Shaney grinste seine Tochter jetzt an.

»Du.«

»Was, ich?«

»Du wirst dich selbst daran hindern. Du bist doch so clever, dann denk doch einmal etwas weiter. Du gibst das Band ab, und was passiert? Okay, ich wandere für den Rest meines Lebens in den Bau; das dürfte dich sehr befriedigen. Aber was passiert mit euch, mit dir und Peggy? Ich sage es dir. Die Leute auf der Straße werden euch anspucken. Keiner will mehr etwas mit euch zu tun haben. Du wirst deinen Job verlieren, denn wie willst du erklären, dass du das Band hast? Kein Mensch wird dich mehr einstellen. Zumindest nicht in einem öffentlichen Amt. Vielleicht findest du ja irgendwo einen Job als Kellnerin. Vielleicht solltest du dich mal fragen, ob das Geld dann für euch beide reicht. Überhaupt, was glaubst du, wie deine Mutter das verkraftet? Sie ist nicht gerade die Stärkste, meinst du nicht auch? Mich würde nicht wundern, wenn sie ihrem Leben ein Ende setzen würde. Bei so einer Tochter. Willst du daran schuld sein? Kannst du damit leben?«

Das war zu viel für Melissa. Sie konnte sich nicht mehr beherrschen.

Mit der ganzen Kraft ihrer Wut holte sie aus und schlug ihren Vater mit der Faust ins Gesicht.

Der fiel, vollkommen überrascht von der Wucht des Schlages, rückwärts in seinen Sessel. Ein dünner Blutfaden rann ihm aus dem Mundwinkel.

Er wischte sich mit dem Handrücken über den Mund und starrte dann verblüfft zuerst seine Hand, dann Melissa an.

Die war aber noch lange nicht fertig mit ihm.

»Du bist ein solches Schwein! Du bist für mich gestorben, ich wollte, du wärst nicht mein Vater. Ich werde sofort ausziehen und ich werde Mom mitnehmen. Die hat anscheinend die ganzen Jahre nichts von deinen Machenschaften bemerkt.«

»Dann verschwindet doch«, knurrte Shaney, der sich langsam wieder gefangen hatte. »Aber die Kassette bleibt hier.«

»Du hast es immer noch nicht kapiert«, schrie Melissa wieder, »ich werde das Band abgeben. Meinetwegen kannst du in der Hölle schmoren, hoffentlich lassen sie dich nie mehr raus.«

Shaney sah Melissa in die Augen und erkannte, dass es ihr vollkommen ernst war.

Er sank tiefer in seinen Sessel und schien zu resignieren.

»Melissa«, sagte er fast weinerlich, »bitte...«

Doch die schenkte ihm keine Beachtung mehr und verließ das Büro.

Auf direktem Weg ging sie in ihr Zimmer und packte eilig das Nötigste zusammen. Dann ging sie hinunter zu ihrer Mutter.

Peggy Shaney saß immer noch regungslos auf dem Sofa.

»Was ist denn los?«, fragte sie ihre Tochter, als sie diese, mit einem Koffer bepackt, ins Wohnzimmer kommen sah.

»Wir müssen weg hier.«

»Wir?«, fragte Peggy verwirrt, »wieso müssen wir weg? Was ist denn los? Wo ist dein Daddy? Kommt er mit?«

Zu viele Fragen, um sie jetzt zu beantworten.

»Ich erkläre dir alles, aber jetzt packe bitte ein paar Sachen zusammen und beeile dich.«

»Nein.«

Peggy Shaney hatte plötzlich einen sehr harten Ton in ihrer Stimme.

»Mom, bitte. Es ist jetzt keine Zeit für lange Erklärungen, wir müssen jetzt gehen.«

»Nein«, wiederholte Peggy. »Warum sollte ich mit dir gehen, wenn du dich mit deinem Vater gestritten hast? Nur weil du nicht hierbleiben willst, muss ich doch nicht auch noch gehen. Meinst du nicht, dass du ein bisschen voreilig handelst? Wegen eines kleinen Streits muss man nicht gleich davonlaufen. Ich will jetzt wissen, was da oben vorgefallen ist.«

Melissa gab seufzend nach.

»Gut, Mom. Es wird dir allerdings überhaupt nicht gefallen, was ich dir jetzt sagen werde. Setzen wir uns, es wird eine längere Geschichte.«

Melissa setzte sich neben ihre Mutter.

Sie suchte noch nach den richtigen Worten, als ein Schuss fiel.

4.

David und Turner fuhren, so schnell es ihnen möglich war, zu Shaneys Haus.

Als sie dort eintrafen, herrschte das blanke Chaos. Ein Krankenwagen stand vor dem Haus, und einer der beiden Officer, die Shaney nach Hause gebracht hatten und das Ausgehverbot gegen ihn durchsetzen sollten, kam den beiden entgegengelaufen. Er war kreidebleich.

»Was ist passiert?«, fragte Turner schon aus der Entfernung.

»Ich - wir konnten nichts tun«, brachte der Officer nur heraus.

David war währenddessen an ihm vorbeigerannt und stürmte durch die Eingangstür in das Haus.

»Melissa«, rief er laut, »wo bist du?«

Er war in großer Sorge um seine junge Kollegin. Plötzlich war ihm klar, wie viel sie ihm bedeutete. Eigentlich wollte er sich erst mal keine feste Freundin mehr zulegen. Zu viel Stress und Ärger brachten ihm die Frauen. Aber er konnte nicht gegen seine Natur an.

»Melissa«, rief er nochmal.

Melissa lief auf ihn zu. Sie war total aufgelöst und ihr Gesicht verweint.

David nahm sie in seine Arme und drückte sie ganz fest an sich. Sie zitterte am ganzen Körper, während David eine Zentnerlast vom Herzen zu fallen schien.

Er sah über Melissa hinweg in das Wohnzimmer. Dort saß Peggy Shaney mit starrem Blick auf dem Sofa. Ein Sanitäter kümmerte sich um sie und gab ihr gerade eine Beruhigungsspritze.

»Was ist denn passiert?«, fragte jetzt auch David.

Melissa gab keine Antwort, sondern schluchzte nur noch heftiger.

Währenddessen war Turner die Treppe hinaufgegangen. Der zweite Officer stand vor Shaneys Büro. Er war genauso blass wie sein Kollege vor dem Haus, aber er wirkte sehr gefasst.

»Chief«, sagte er leise zu Turner, »gehen Sie da lieber nicht hinein. Shaney hat sich mit einer Schrotflinte den Kopf weggeschossen.«

Dieser Rat war natürlich nutzlos. Turner musste sich das anschauen, schließlich war er der Chief. Was sollten seine Polizisten von ihm denken, wenn er selbst kneifen würde?

Er klopfte dem Officer väterlich auf die Schulter und ging an ihm vorbei durch die Tür.

Natürlich hatte er sich schon ausmalen können, was ihn hier erwartete. Aber es war noch schlimmer als alles, was er bis jetzt gesehen hatte.

Die Wand hinter Shaneys Schreibtisch war fast gänzlich von Blut, Gehirn und Knochensplittern bedeckt.

Mein Gott, dachte Turner, was musste diese Waffe für eine Wucht haben.

Er ließ den Anblick eine Weile auf sich wirken und ging dann zu dem Schreibtisch. Hinter diesem ragten Shaneys Füße hervor. Turner bemerkte, dass die Füße nackt waren.

Kurze Zeit irritierte ihn diese Tatsache. Warum zog jemand Schuhe und Socken aus, wenn er sich umbringen wollte?
Turner ging langsam um den Schreibtisch herum.
Er hatte angesichts der Wand hier einen schlimmeren Anblick erwartet. Shaney hatte sich in seinem schweren Sessel erschossen. Die Wucht des Schusses hatte ihn nach hinten geschleudert und er war mitsamt dem Sessel umgestürzt. Er 'saß' immer noch in dem Sessel. Shaney musste sich in den geöffneten Mund geschossen haben. Sein Gesicht, das nach oben schaute, wies keine Verletzungen auf.
Wenn nur der Hinterkopf nicht so flach gewesen wäre ...
Shaney hatte den Lauf der Waffe noch in der Hand. Seine Schuhe standen sauber ausgerichtet neben ihm auf dem Boden.
Jetzt wurde Turner klar, warum Shaney Schuhe und Socken ausgezogen hatte. Die Waffe war viel zu lang, um sich selbst zu erschießen. Er wäre nie mit dem Finger an den Abzug gekommen. So hatte er den Lauf mit den Händen gehalten und den Abzug mit den Zehen betätigt.
Turner dachte nach.
Er sah sich den Schreibtisch näher an und suchte nach einem Abschiedsbrief. Wer seine Schuhe so ordentlich hinstellte, bevor er sich den Schädel durchlöcherte, der hat sich bestimmt nicht aus dieser Welt gepustet, ohne einige Zeilen für die Nachwelt zu hinterlassen.
Turner fand nichts. Er rief den Officer vor der Tür zu sich und fragte ihn, ob er oder sein Kollege etwas gefunden hatten. Der sagte Turner, dass sie beide nichts in dem Raum berührt hatten.
Turner dachte nach. Er machte sich Vorwürfe, weil er die Polizisten, die Shaney nach Hause gebracht hatten, nicht angewiesen hatte, das Haus nach Waffen zu durchsuchen. Er hätte wissen müssen, dass Shaney noch andere Waffen besaß. Aber er hatte keine Notwendigkeit darin gesehen,

nach den anderen Waffen suchen zu lassen. Jetzt war ihm mindestens ein Disziplinarverfahren sicher.

Aber, um Himmels willen, wer brachte sich denn gleich um, wenn er beste Chancen hatte, aus der Sache straffrei wieder herauszukommen? Schließlich hatte Shaney von Anfang an auf Notwehr plädiert. Wahrscheinlich wäre das Verfahren eingestellt worden, Shaney hätte eine Rüge wegen der Waffe erhalten und einen kleinen Betrag an eine gemeinnützige Organisation spenden müssen. Damit wäre die Sache aus der Welt gewesen.

Keiner hätte das besser wissen müssen als Shaney selbst. Und er hatte eine starke Persönlichkeit, die nichts so leicht erschüttern konnte.

Turner grübelte. Da musste noch etwas anderes sein.

Warum hatte Shaney sich erschossen?

Langsam verließ er das Büro und ging die Treppe wieder hinunter.

Dort bot sich ihm immer noch dasselbe Bild. Peggy Shaney saß starr auf dem Sofa, und David stand, Melissa umarmend, in der Mitte des Zimmers.

David und Turner blickten sich fragend an. Beide wussten, was der andere wissen wollte.

David schüttelte wortlos den Kopf, was bedeutete, dass Melissa noch nichts gesagt hatte.

»Nichts zu machen«, sagte Turner dann. »Es war eindeutig Selbstmord.«

»Mein Mann hat sich nicht umgebracht.«

Verblüfft blickten alle Anwesenden zu Peggy Shaney hin.

Die war urplötzlich aufgesprungen und schrie Turner die nächsten Sätze förmlich ins Gesicht.

»Melissa war es. Sie hat ihren Vater getötet!«

5.

Todd Brooks holte alles aus dem alten Streifenwagen heraus, den er für die Fahrt zu Lockharts Haus benutzt hatte. Der altersschwache Motor röhrte und klapperte, dass Brooks befürchtete, er würde es nicht mehr bis zu Shaneys Haus schaffen.

Was war wohl jetzt wieder passiert?

Die Ereignisse in Brookfield überschlugen sich die letzten Tage förmlich. Was war das doch für ein ruhiges Städtchen gewesen, als er hier anfing. Todd hätte nie gedacht, dass hier einmal ein solches Chaos herrschen könnte.

Hoffentlich war Melissa nichts passiert. Brooks machte sich große Gedanken um seine Kollegin. Er hatte sie in der kurzen Zeit liebgewonnen, und es hatte ihm schon einen Stich versetzt, als er begriff, dass David die besseren Karten bei ihr hatte.

Trotzdem, er würde alles für sie tun. Und darum hatte er auch den Gedanken wieder verworfen, bald wieder die Arbeitsstelle zu wechseln.

Er brauchte keine fünf Minuten für die Fahrt zu Shaneys Haus.

Brooks lief an dem Krankenwagen und wartenden Polizisten vorbei ins Haus. Er machte sich nicht die Mühe, irgendjemanden zu fragen, was geschehen war.

Gerade als er das Haus betrat, hörte er Peggy Shaney laut rufen.

»Melissa war es, sie hat ihren Vater getötet!«

Der Vorwurf hatte alle Anwesenden geschockt.

Für kurze Zeit, die allen wie eine kleine Ewigkeit vorkam, war es totenstill.

Dann rief Melissa: »Mama! Wie kannst du so etwas sagen?«

In diesem Moment betrat Brooks das Zimmer. Geschockt blickte er auf Melissa, die plötzlich noch kleiner und zerbrechlicher als sonst wirkte. Sie hatte sich aus Davids Umarmung gelöst und war dicht vor ihre Mutter getreten.

»Was ist denn hier los?«, fragte Brooks. Keiner hatte bemerkt, dass er hereingekommen war. David drehte sich erschrocken zu ihm um.

»Todd, jetzt nicht«, sagte er leise zu seinem Kollegen. David schickte ihn zu den Kollegen vor dem Haus, um sich von diesen die nötigen Informationen zu holen. Aber Todd blieb stehen. Zu sehr interessierte ihn, was hier noch geschehen würde.

»Wenn du nicht wärst, dann würde Kevin noch leben.«

Dieser Vorwurf an Melissa war noch schärfer ausgestoßen als der vorherige. Peggy Shaney schien außer sich zu sein. Sie stand jetzt vor Melissa, und es schien nur eine Frage der Zeit, wann sie ihre Tochter körperlich angreifen würde. Doch bevor dies passieren konnte, trat David vor und zog Melissa sanft von ihrer Mutter weg. Schluchzend fiel diese wieder in seine Arme. Der verbale Angriff ihrer Mutter hatte sie völlig überrascht.

Peggy Shaney setzte sich wieder und starrte reglos in eine Ecke des Zimmers.

»Melissa, was ist passiert?« Turner versuchte jetzt doch, etwas von ihr zu erfahren. Doch er bekam keine Antwort. David führte seine Kollegin in die Küche und drückte sie sanft auf einen Stuhl. Dann bat er einen der Sanitäter, die bisher nur herumgestanden und die Szenerie staunend verfolgt hatten, sich um Melissa zu kümmern. Dann ging er zu Turner und unterhielt sich leise mit ihm.

»Mike, ich glaube, es ist das Beste, wenn ich Melissa mit zu mir nach Hause nehme.«

Turner ließ sich Davids Vorschlag kurz durch den Kopf gehen und stimmte dann zu.

»Okay, David. Aber wenn sie fähig ist, eine Aussage zu machen, dann kommst du sofort mit ihr aufs Revier.«

David ging wieder zu Melissa, die gerade von einem Sanitäter eine Beruhigungsspritze bekam. Er half ihr vom Stuhl hoch und brachte sie zu seinem Wagen. Dann fuhr er mit ihr nach Hause.

Währenddessen hatte sich Brooks informiert und unterstützte nun seine Kollegen bei der Arbeit vor Ort.

6.

Als David mit Melissa zu Hause war, brachte er sie sofort zu Bett.

Die Wirkung der Spritze hatte längst eingesetzt, und er musste die schon schlafende Kollegin ins Haus tragen. Nachdem er sie ins Bett gelegt und zugedeckt hatte, wollte er das Zimmer verlassen. Er drehte sich noch einmal zu ihr um, sah sie an und ging zum Bett zurück. Leise beugte er sich über sie und küsste sie sanft auf die Stirn. Wie klein und zerbrechlich sie doch aussah. David dachte, dass eine solch zierliche Person eigentlich nie zur Polizei hätte gehen dürfen. Hätte sie doch einen anderen Beruf ergriffen, vielleicht wäre ihr vieles erspart geblieben. Dann ging er aus dem Zimmer und schloss vorsichtig die Tür.

Cliff war nicht zu Hause. Wahrscheinlich war er irgendwo mit seinem Fahrrad unterwegs, gefrustet, dass niemand sich um ihn kümmerte.

David dachte kurz an seinen Sohn und daran, dass er sich ja vorgenommen hatte, sich mehr um ihn zu kümmern. Wie aber sollte er das anstellen? Bei diesem Job war das vollkommen unmöglich.

Er machte sich etwas zu essen und setzte sich dann in sein Wohnzimmer. Dort hing er seinen Gedanken nach.

Mein Gott, was für eine Woche.

Er ließ sich die letzten Tage noch einmal durch den Kopf gehen. Das Beste an diesen Tagen schien die Tatsache zu sein, dass alle Fälle aufgeklärt waren.

Aber waren sie das wirklich? Hatten sie nicht doch etwas übersehen? Tatsachen falsch gedeutet?

David konnte einfach nicht abschalten. Zweifel nagten plötzlich wieder an ihm. Es gab noch sehr viele lose Enden, die Gedanken daran ließen ihn nicht zur Ruhe kommen.

Er stand auf und holte sich einen großen Schreibblock aus Cliffs Zimmer.

Mit einem Stift schrieb er nun die Namen Grey und Elroy jeweils in eine der oberen Ecken des Blattes. Das waren die Opfer.

Danach schrieb er die bekannten Zusammenhänge zu den jeweiligen Opfern. Fakten, Namen und Abläufe füllten schnell das große Blatt.

Als er damit fertig war, lehnte er sich zurück und ließ seine Blicke über das Blatt schweifen. Nachdenklich nippte er an dem Whisky, den er sich in der Zwischenzeit eingeschenkt hatte.

Was war mit Grey passiert, nachdem Lockhart das Haus verlassen hatte?

Wo war das Geld geblieben, dass Kelly ihm angeblich gegeben hatte?

David glaubte Lockharts Aussage. Seiner Erfahrung nach wusste er genau, wann jemand reinen Tisch machen wollte. Dann verschwieg dieser nicht noch irgendwelche Einzelheiten oder stritt sie sogar noch ab. Dann musste einfach alles raus.

David nahm ein neues Blatt.

Dieses Mal hießen die Namen in den oberen Ecken Deacon und Shaney.

Zu Deacon konnte David sehr viel notieren, aber zu Shaney? Da hatte er wahrlich nicht viele Informationen. Er malte unter den Namen ein großes Fragezeichen.

»Bei diesem Namen kann ich dir helfen.«

David erschrak fürchterlich.

Er war so in seinen Gedanken versunken, dass er nicht bemerkte, wie Melissa leise hinter ihn trat und ihm über die Schulter blickte.

Als sie seine Notizen sah, entschloss sie sich, ihm alles zu erzählen.

»Melissa«, rief David aus. »Wieso bist du schon wach?«

Er schaute zur Uhr und sah, dass er schon über drei Stunden zu Hause war. Die Zeit war rasend schnell vergangen.

»Wie geht es dir?«, fragte er sie.

»Es geht so. Du brauchst dir keine Sorgen zu machen, ich bin okay. Ich bin nur noch sehr müde.«

»Dann leg dich wieder ins Bett. Es kann nur gut für dich sein, wenn du jetzt noch etwas schläfst. Turner will später noch deine Aussage.«

»Ich möchte mich nicht mehr hinlegen«, sagte Melissa. »Ich will dir erzählen, was passiert ist. Hast du einen Kassettenrecorder?«

David bejahte und fragte sie, wozu sie denn diesen brauche, aber er bekam keine Antwort.

Nachdem er das Gerät aus Cliffs Zimmer geholt hatte, zog Melissa das Band aus ihrer Tasche und legte es ein.

»David, ich möchte dich um etwas bitten. Was du jetzt hörst, muss unter uns bleiben. Du darfst niemandem etwas davon erzählen.«

Melissa schaute ihn abwartend an. David war verblüfft ob der schon etwas ungewöhnlichen Forderung. Er war allerdings zu neugierig, um es ihr nicht zu versprechen.

Melissa schaute ihm lange in die Augen und schaltete dann das Gerät ein.

Sie setzte sich neben David und kuschelte sich an ihn. Er legte den Arm um sie und spürte, dass sie immer noch zitterte. Dann hörte er die Stimmen, die aus dem Lautsprecher erklangen und erstarrte.

7.

Heute war das, was man allgemein einen Scheißtag nannte.

Den Beamten des Reviers Brookfield West blieb keine ruhige Minute. Die Leiche Deacons war in die Pathologie gebracht worden und der Tatort wurde versiegelt.

Zu allem Überfluss kamen ausgerechnet jetzt die Techniker, um die neue Computeranlage zu installieren. Die Spezialisten wuselten mit ihren Geräten und Kabeln zwischen den hektischen Beamten hin und her. Alle mussten aufpassen, damit sie nicht über ein Kabel oder einen der Techniker stolperten.

Turner hatte sich mit der Staatsanwältin in sein Büro zurückgezogen.

Carol Aderman war eine attraktive Frau um die 55 Jahre. Eine zierliche Person, der man die harte Anklägerin, der ihr Ruf vorauseilte, nicht ansah. Sie war Turner auf Anhieb sympathisch.

Das Gespräch mit ihr, bei dem Turner alles erzählte, was sich in den letzten Tagen seit Sonntag zugetragen hatte, dauerte mehrere Stunden. Schon bald bemerkte Turner, dass diese Frau die Sache ganz anders anging, als dies Shaney getan hatte. Hier spürte man Professionalität.

Brooks half währenddessen Ryan und seinen Leuten bei der Spurensicherung in Shaneys Haus. Selten hatte diese Abteilung so viel Arbeit an einem Tag. Normalerweise gab es solchen Aufwand nicht einmal in einem Monat. Peggy Shaney hatte man in eine Klinik gebracht, wo sie fachkundig behandelt wurde. Die Frau war verwirrt und sprach nun kein Wort mehr.

Brooks war so mit seiner Arbeit beschäftigt, dass er seine Überlegungen, denen er in Lockharts Haus freien Lauf ließ, längst vergessen hatte.
Er sollte sich erst wieder am nächsten Morgen daran erinnern.

11. Kapitel

Samstag

1.

Die Aufregung in der alten Schule hatte sich nicht im Geringsten gelegt.

Anstatt der Wochenendbesetzung waren fast alle Beamten anwesend.

Carol Aderman hatte darum gebeten. Sie wollte im Laufe des Tages alle mit dem Fall irgendwie befassten Polizisten befragen. Dementsprechend schlecht war die Laune der Kollegen, die jetzt gelangweilt herumsaßen und darauf warteten, dass sie aufgerufen würden. Wieder ein freies Wochenende versaut.

Auch Brooks war schon früh anwesend. Während er darauf wartete, dass die neue Dame des Hauses ihn zum Verhör holte, blätterte er gelangweilt in den Akten zum Mordfall Grey.

Alles geklärt, dachte Brooks.

Aber warum hatte Shaney sich erschossen?

Nicht, dass es ihm leidgetan hätte, doch, für Melissa schon, aber man musste doch nicht gleich sein gesamtes Wissen und Denken im Haus verstreuen.

Und selbst wenn Shaney angeschlagen aus dem Verfahren wegen Notwehr herauskommen würde, dann hätte er immer noch als Strafverteidiger arbeiten können. Die machen doch sowieso viel mehr Geld als die staatlich angestellten Anwälte.

Brooks lutschte nachdenklich an seinem Finger. Die Wunde, die er sich am Vortag mit dem Messer in Lockharts Haus beigebracht hatte, schmerzte höllisch.

Wieso tun eigentlich immer die kleinsten Wunden am meisten weh?

Nachdenklich sah er sich den feinen, kaum sichtbaren Schnitt an. Dann setzte die Erinnerung schlagartig ein.

»Verflucht.«

Brooks hatte das Wort kaum hörbar vor sich hingesagt. Er griff zum Telefon und ließ sich mit der Gerichtsmedizin verbinden.

Als er die gewünschte Information hatte, nahm er seine Dienstmarke und seine Waffe aus dem Schreibtisch und verließ hastig das Revier.

2.

David erwachte gegen halb 8 Uhr morgens.

Sanft befreite er sich aus der Umarmung Melissas und achtete darauf, sie nicht zu wecken.

Leise ging er ins Badezimmer, wo er auf Cliff traf.

»Na, Dad, eine gute Nacht gehabt?«, fragte dieser, frech schmunzelnd.

»Hey, ich wüsste nicht, was dich das angeht«, antwortete David lachend. Wenn er den letzten Tag Revue passieren ließ, dann war ihm überhaupt nicht zum Lachen zumute.

Cliff war am Vortag nach Hause gekommen, als David und Melissa sich zum wiederholten Male das Band angehört hatten. David hatte das Gerät sofort abgeschaltet, als er Cliff bemerkte. Nachdem der Junge im Bett war, hatten die beiden das Band wieder laufen lassen und bis tief in die Nacht hinein miteinander gestritten und diskutiert. Schließlich waren beide erschöpft und fielen todmüde ins Bett.

Nach kurzer Zeit drehte sich Melissa im Schlaf zu ihm und nahm ihn in ihre Arme.

David ließ es zu.

Er bemerkte erst jetzt wieder, wie gut es ihm tat, eine Frau neben sich im Bett zu haben. Er wollte Melissa, nicht nur für diese eine Nacht. Lächelnd schlief er schließlich auch ein.

»Soll ich dich wirklich schon heute zu deiner Mutter fahren?«, fragte David, der immer noch Hoffnung hatte, dass Cliff es sich noch einmal anders überlegen würde.

Doch der bestand darauf.

»Weißt du, heute Mittag ist bei uns in der Straße ein großes Fest, da würde ich gerne hingehen«, erklärte Cliff zaghaft.

»Ach, schau mal an. Davon hast du mir bis jetzt gar nichts gesagt. Weiß deine Mom davon?«

Bevor Cliff eine Antwort geben konnte, trat Melissa aus Davids Schlafzimmer. Sie trug ein leichtes Hemd von David, das ihr bis zu den Knien ging.

»Ich hoffe, es macht dir nichts aus, dass ich mir ein Hemd geborgt habe«, sagte sie zu David. »Meine eigenen Sachen stinken nach Tod.«

»Aber nein, du siehst großartig darin aus.«

Kaum hatte David das Kompliment ausgesprochen, bemerkte er, wie unpassend es zu diesem Zeitpunkt war. Melissa hatte dick angeschwollene Augen, sie musste sogar im Schlaf geweint haben. Selbst Cliff bemerkte, dass etwas mit Melissa nicht stimmte und sah seinen Vater mit einem vorwurfsvollen Blick an.

»Entschuldige bitte«, bat David, »aber ich…«

»Du brauchst dich doch nicht zu entschuldigen. Du bist der Erste, der sich bei mir für ein Kompliment entschuldigt. Seh ich etwa nicht gut darin aus?«

Jetzt brachte Melissa sogar ein leichtes Lächeln zustande. David wusste genau, wie schwer es ihr fiel. Sie beherrschte sich anscheinend nur, um Cliff nicht weiter zu verunsichern.

»Doch, natürlich«, sagte David und wurde von Cliff unterbrochen.

»Ich mache uns Frühstück«, sagte der und verschwand in der Küche.

»Wollen wir noch zusammen frühstücken?«, fragte David Melissa.
»Ja, klar. Schließlich haben wir zusammen in einem Bett geschlafen. Da gehört das doch dazu.«
Melissa wollte anscheinend wirklich die Stimmung auflockern, aber David konnte einfach keine klaren Gedanken fassen. Der Abend und das Gehörte gingen ihm nicht aus dem Kopf. Auch sein Versprechen Melissa gegenüber ließ ihn nicht zur Ruhe kommen.
Während Cliff den Tisch deckte, Kaffee aufsetzte und Orangen auspresste, gingen die beiden ins Wohnzimmer.
Sie setzten sich schweigend nebeneinander. Die Anspannung war ihnen deutlich anzumerken. Schließlich wurde es David zu viel.
»Melissa, wie willst du Turner und dieser neuen Staatsanwältin die Sache erklären, ohne das Band zu erwähnen?«
Die Antwort ließ nicht lange auf sich warten. Melissa hatte sich ihr Vorgehen schon genau zurechtgelegt.
»Also,« begann sie, »ich werde ihnen sagen, dass die ganze Geschichte meinen Vater sehr mitgenommen hat. Jeder weiß doch, welch ein Karrieremensch er war. Daher dürfte es auch plausibel sein, dass es für ihn das Schlimmste sein musste, dass diese Karriere nun geschädigt war. Und zwar unwiderruflich. Und ich werde ihnen sagen, dass auch ich Schuld daran hatte, da ich kurz vor seinem Selbstmord noch einen heftigen Streit mit ihm hatte.«
»Könnte funktionieren. Was aber, wenn sie dich fragen, worum der Streit ging?«
»Auch das wäre logisch. Ich habe mit ihm wegen der Waffe, die er bei sich hatte, gestritten. Und ich habe ihm Vorwürfe gemacht, weil er das Band abschalten ließ.«

»Klingt plausibel. Vielleicht kommst du damit durch. Aber was, wenn nicht?«

Nach einem Moment des Nachdenkens fuhr David plötzlich hoch.

»Wir haben etwas übersehen.«

»Was denn noch?«, fragte Melissa erschrocken.

»Das Band. Sie werden irgendwann bemerken, dass das Band fehlt. Als wir beide Deacon verhört haben, da lief das Band noch. Die Staatsanwältin wird es sich anhören wollen.«

Melissa wurde blass.

»Das habe ich vergessen. Was jetzt?«

David überlegte fieberhaft.

Wenn die Sache auffliegen sollte, dann waren sie beide geliefert.

»Ich werde versuchen, eine leere Kassette in das Gerät zu schmuggeln. Ich weiß, dass es fast unmöglich ist, aber es ist unsere einzige Chance. Dann können wir immer noch sagen, das Gerät hätte nicht aufgenommen. Das kann bei diesen alten Kästen ja mal passieren.«

»Hoffentlich hat noch keiner bemerkt, dass das Band fehlt,« sagte Melissa leise auf Davids Vorschlag hin.

»Ja, hoffentlich«, sagte David. »Wenn doch, dann haben wir ein großes Problem.«

Mittlerweile war es 8 Uhr geworden, Cliff steckte den Kopf zur Tür herein und rief die beiden zum Frühstück.

Nachdem sie ausgiebig, aber sehr schweigsam gegessen hatten, wurde es Zeit, aufzubrechen.

»Begleitest du uns?«, fragte David Melissa.

»Oh ja, bitte fahr mit,« bettelte Cliff. »Dann kann Mom auch sehen, was für eine hübsche Freundin Dad hat.«

»Das lassen wir wohl besser bleiben«, sagte Melissa lachend. Sie gab David zu verstehen, dass sie zum Revier fahren wollte und selbst versuchen würde, die Kassette im Gerät zu deponieren.

Cliff war enttäuscht. Er war wohl doch noch nicht erwachsen genug, um die Folgen seines in der kindlichen Begeisterung gemachten Vorschlags abzusehen. Er ging mit hängendem Kopf in sein Zimmer, um seine Tasche zu holen. Da klingelte das Telefon.

David hob ab und meldete sich. Er lauschte kurz und legte dann auf.

Nachdenklich und besorgt schaute er Melissa an. Cliff kam mit der gepackten Tasche über der Schulter aus seinem Zimmer. Melissa blickte fragend zu David, doch der schüttelte fast unmerklich den Kopf.

»Cliff - es tut mir leid, aber ...«

Weiter kam David nicht, als Cliff ihn unterbrach.

»Jaja, du musst wieder zur Arbeit, nicht wahr? War der Anruf vom Revier? Wieder ein neuer Mord?«

David konnte immer wieder nur staunen, wie schnell Cliff die Lage erkannte. Vielleicht war es aber auch schon Gewohnheit, dachte er, und das ließ ihn noch nachdenklicher werden.

»Ja, Cliff. Ich gebe dir Geld für ein Taxi. Wir müssen schnell weg.«

Er gab ihm das Geld und nahm ihn fest in die Arme.

»Du passt mir aber gut auf dich auf, ja? Ich freu mich schon auf das nächste Wochenende mit dir. Da werde ich auch sicher mehr Zeit für dich haben. Schließlich habe ich noch etwas gutzumachen.«

»Okay, Dad«, sagte Cliff, und die Enttäuschung war ihm deutlich anzuhören. Dann wand er sich aus Davids Armen und sagte zu ihm: »Du brauchst mich nicht so fest zu drücken. Ich bin doch kein Mädchen.«

David und Melissa mussten lachen, und David drückte seinem Sohn einen dicken Kuss auf die Stirn.

»Bääh.« Cliff wischte sich mit dem Ärmel über die Stirn. »Jetzt reichts aber. Nun geht mal eure Verbrecher fangen. Ich komme schon zurecht.«

Melissa sah den beiden nachdenklich zu. Doch dann wurde sie sich wieder bewusst, dass es anscheinend neue Probleme gab. Wieder schaute sie David fragend an. Doch der war immer noch mit Cliff beschäftigt. Er gab ihm die Nummer der Taxizentrale und wies ihn noch einmal an, was er zu tun hatte. Dann stiegen er und Melissa in sein Auto und fuhren los.

Im Rückspiegel sah David seinen Sohn, wie er ihnen hinterherwinkte.

»Kann ich endlich mal erfahren, um was es geht?«, fragte Melissa etwas ungehalten.

»Es wurden Schüsse aus der Maple Street gemeldet. Ein Polizist soll in die Schießerei verwickelt sein. Die Kollegen sind schon auf dem Weg.«

»Maple Street? Das ist doch dort, wo Grey gewohnt hat«, sagte Melissa.

»Genau. Und wenn wir uns beeilen, dann sind wir als Erste da, wir haben den kürzeren Weg.«

David trat das Gaspedal bis zum Anschlag durch und der Wagen beschleunigte rasch.

3.

Nachdem Brooks das alte Schulgebäude verlassen hatte, fuhr er zu Conroys Best Cars, einem Händler für exklusive Autos.

Dort verlangte er, den Geschäftsführer zu sprechen und bat ihn um eine Auskunft. Brooks war froh, dass er das Gewünschte bekam, ohne dass er irgendwelchen Druck ausüben musste. Es kam aber auch nicht oft vor, dass ein Wagen für 30.000 Dollar bar bezahlt wurde, und so etwas war auch dem windigsten Autohändler suspekt.

»Ist denn etwas mit dem Geld nicht in Ordnung?«, fragte der Geschäftsführer besorgt.

»Doch doch, alles klar«, sagte Brooks und rannte zu seinem Wagen. Dann jagte er mit pfeifenden Reifen davon.

Der Geschäftsführer sah ihm mit offenem Mund hinterher.

So schnell er konnte, fuhr Brooks in die Maple Street.

Als er sein Ziel erreicht hatte, parkte er seinen Wagen drei Häuser weiter. Das gesuchte Auto stand in der Einfahrt. Der Mann, wegen dem er hier war, musste im Haus sein.

»So, Bürschchen, jetzt bist du dran«, murmelte er vor sich hin.

Während er seine Waffe überprüfte, überlegte er, ob es nicht besser wäre, die Kollegen zu informieren und abzuwarten.

Dann aber dachte er, dass er mit einem Mann auch allein fertig werden könnte.

Er ahnte nicht, dass er damit einem schweren Irrtum aufgesessen war.

4.

Nachdem Cliff seinem Vater und Melissa so lange hinterhergewinkt hatte, bis er das Auto nicht mehr sehen konnte, ging er ins Haus zurück.

Langsam bekam er Zweifel an seinem Tun. Ob er doch noch nicht nach Hause zu Mom fahren sollte? Eigentlich ist es bei Dad doch gar nicht so schlecht, dachte er. Hier kann ich doch tun und lassen, was ich will. Bei Mom ist das anders, da heißt es dauernd: »Tu dies nicht, lass das«, und ständig war sie schlecht gelaunt. Bei seiner Mutter hatte er zwar auch sein eigenes Zimmer, aber das musste er immer aufräumen. Welcher seiner Freunde hatte schon so einen

Dad, der auch jedes Mal spannende Geschichten auf Lager hatte? Keiner. Und überhaupt, sein bester Freund lebte hier in Brookfield. In Greenfield hatte er bisher nur Probleme mit den anderen Kindern. Die waren eine verschworene Gemeinschaft und gingen immer gemeinsam gegen ihn vor. Dort war er der typische Außenseiter. Bisher wusste seine Mutter auch nicht, dass er heute schon heimkommen wollte.

Natürlich hatte Cliff die Enttäuschung in der Stimme seines Vaters bemerkt, als er ihm sagte, dass er schon heute nach Greenfield zurückwollte. Sein Dad hatte richtig schlucken müssen.

Das alles ließ ihn wieder einmal nachdenklich werden. Auch wenn sein Dad selten für ihn da war, so liebte er ihn doch abgöttisch. Zu seiner Mutter hatte er diese enge Beziehung nie gehabt. Er würde bald seinen Dad fragen, ob er nicht für immer bei ihm bleiben könnte.

Cliff wusste nicht, dass er bei dieser Entscheidung keine Stimme hatte, obwohl es eigentlich nur um ihn und sein Wohl ging.

Er seufzte und ging zum Telefon. Jetzt musste er seinen voreiligen Wunsch auch beibehalten, obwohl er eigentlich gar nicht mehr nach Greenfield wollte. Er wählte die Nummer, die ihm sein Vater gegeben hatte.

Während er das Freizeichen hörte, dachte er weiter nach. Ob ihn seine Mom noch einmal zu seinem Dad gehen ließ? Da er jetzt sogar früher nach Hause kam, hatte sie wieder ein Argument, seinem Vater das Besuchsrecht abzusprechen. Warum konnten sich seine Eltern nicht einfach vertragen? Bei Mickys Eltern ging das doch auch.

Die Frau in der Taxizentrale sagte schon zum dritten Mal «Hallo«, bevor Cliff aus seinen Gedanken aufschreckte und sich meldete. Er bestellte sich ein Taxi für die Fahrt nach

Greenfield. Dann legte er auf, nahm seine Tasche und ging aus dem Haus.

Keine fünf Minuten später kam das Taxi. Es war keines dieser gelben Taxis, die man in den amerikanischen Großstädten so oft sieht. Dies war eine ganz normale, graue Ford Limousine, und nur das mit einem Magneten auf dem Dach angebrachte Schild identifizierte das Fahrzeug als Taxi.

»Hallo, junger Mann«, sagte der Fahrer zu Cliff. »Wo sind denn deine Eltern?«

»Ich bin allein.«

»Oh«, sagte der Fahrer, »so ein kleiner Mann schon alleine auf großer Tour?«

Cliff ärgerte sich über die herablassende Art des Fahrers. Und wie der Kerl aussah. Er war ein hagerer, großer Mann, bestimmt schon so alt wie Cliffs Großvater gewesen war, als der starb. Der Mann war ungepflegt, die langen, grauen Haare fielen ihm fettig auf die Schultern. Jetzt roch Cliff auch diesen starken Geruch nach Knoblauch. Der Mann schien ihn durch alle Poren auszudünsten.

»Ich bin nicht klein«, entrüstete sich der Junge. »Ich bin fast neun Jahre alt und kann schon gut auf mich aufpassen.«

»Na, dann ist das ja etwas anderes«, meinte der Fahrer und entblößte mit einem Grinsen eine Reihe fauliger Zahnstummel. »Dann leg mal deine Tasche in den Kofferraum und setz dich nach hinten. Wo soll´s denn hingehen?«

»Wissen Sie das nicht?«, fragte Cliff. »Ich habe es doch der Frau am Telefon gesagt.«

Der Mann ignorierte die Frage und sagte etwas ungehalten: »Wo willst du jetzt hin? Hast du überhaupt Geld?«

Cliff nannte ihm seinen Wohnort und zeigte ihm auch das Geld. Damit schien sich der Fahrer zufriedenzugeben.

Cliff ging nach hinten und legte seine Tasche in den Kofferraum. Der Fahrer kam ihm jetzt richtig unheimlich vor. Er

verschloss den Kofferraum und wollte sich auf die Rückbank setzen, da sagte der Fahrer: »Willst du vorne sitzen?«
Wow, dachte Cliff. Bei meinem Dad darf ich nie vorne sitzen. Dann aber stieg ihm wieder der starke Knoblauchge-
ruch in die Nase, und er hätte fast das Angebot ausge-
schlagen, aber die Aussicht, vorne zu sitzen, siegte dann
doch, und er setzte sich auf den Beifahrersitz.
»So, du musst dich aber noch anschnallen, und dann
geht's los. Übrigens, ich bin Richard, aber du kannst Dick zu
mir sagen.«
Der Mann wurde Cliff sympathischer. Jetzt will er sogar,
dass ich ihn beim Vornamen nenne, dachte Cliff.
»Okay, Dick«, sagte er ganz stolz. »Und ich bin Clifford, aber
du kannst Cliff zu mir sagen.«
Richard alias Dick musste über die Schlagfertigkeit des Jungen lachen. Dann fuhr er los.
Cliff warf einen Blick nach hinten durch die Heckscheibe.
Schon bald war das Haus seines Vaters nicht mehr zu sehen.

Gleichzeitig mit der Abfahrt begann es leicht zu regnen. Es
war verdammt kalt geworden.

5.

Brooks ging langsam an dem Geländewagen vorbei und
warf wieder einen Blick in das Innere des Autos.
Heute lagen keine Waffen auf dem Sitz.
Dann klopfte er an der Haustür. Es blieb alles ruhig. Nur ein
einzelner Vogel sang irgendwo in der Nähe ein trauriges
Lied. Bei diesem Wetter hatte Brooks volles Verständnis für
den Vogel. Er blickte zum Himmel. Dicke, graue Wolken
schienen mit ihren diesigen Schwaden fast den Boden zu
berühren. Es sah aus, als sollte bald der erste Schnee fallen.

Brooks fröstelte und klopfte erneut an die Tür, diesmal nicht mehr so zaghaft wie das erste Mal.

Es blieb weiterhin ruhig.

Pascoe schien nicht zu Hause zu sein.

Vielleicht ist er ja mit einem seiner Kumpels auf Tour, dachte Brooks. Er wollte sich schon abwenden, als ihm ein neuer Gedanke durch den Kopf ging. Eigentlich war die Gelegenheit günstig, sich einmal in dem Haus umzusehen. Er schaute zur Straße und über die Vorgärten der anderen Häuser. Niemand war zu sehen. Zu ungemütlich schien den Menschen das Wetter zu sein. Sie blieben lieber in ihren warmen vier Wänden und warteten ab, ob sich die Sonne nicht doch noch ihren mühsamen Weg durch die dichten Wolken bahnen würde.

Brooks fasste einen Entschluss. Er ergriff den Türknauf und drehte ihn vorsichtig. Die Tür war nicht verschlossen. Kein Wunder, dachte Brooks, wer will schon in ein so verkommenes Haus einbrechen. Jeder halbwegs intelligente Mensch musste denken, dass es hier nichts zu holen gab.

Nachdem er sich vergewissert hatte, dass ihn niemand beobachtete, stieß Brooks die Tür vollends auf und huschte schnell ins Haus. Sofort schloss er die Tür hinter sich.

»Mr. Pascoe?«

Brooks rief vorsichtshalber den Namen des Hausbesitzers. Es konnte ja auch sein, dass der Gesuchte noch schlief und vielleicht jetzt erwachte. Dann konnte sich Brooks immer noch mit der unverschlossenen Tür herausreden.

Aber er bekam keine Antwort.

Langsam gewöhnten sich seine Augen an die Dunkelheit, die in der Diele herrschte. Er sah sich um und orientierte sich. Von dem Flur gingen vier Türen ab, wovon zwei offenstanden. Die erste Tür links führte in die Küche. Brooks spähte vorsichtig hinein und fragte sich im nächsten Augenblick, wie jemand in einem solchen Dreck leben konnte. Er war sich sicher, dass er in diesem Raum nie im Leben einen Bissen hätte essen können. Es stank. Die Spüle lief fast über vor schmutzigem Geschirr, auf dessen untersten Stücken sich schon der Schimmel breitgemacht hatte. Halb geleerte Dosen standen auf einer Anrichte, an deren Front eine undefinierbare Brühe eingetrocknet war. Auf dem großen Tisch, der den meisten Raum der Küche einnahm, sah es aus wie nach einem Weißblech-Massaker. Der Tisch war bedeckt von geleerten und zerdrückten Bierdosen, nur ein blitzblanker Aschenbecher unterbrach die Harmonie des Mülls.

Da muss Pascoe in einem Moment geistiger Umnachtung tatsächlich einmal zum Lappen gegriffen haben, dachte Brooks und musste urplötzlich über seinen Sarkasmus lachen. Vergessen war das Würgen, das ihn fast überkommen hätte. Nur ein Gedanke blieb noch hängen - Gott sei Dank haben wir bei unserem ersten Besuch in diesem Haus auf die angebotenen Getränke verzichtet.

Er unterließ es, die Küche näher zu untersuchen. Nur wenn es unbedingt sein musste, würde er diesen Raum betreten.

Die zweite offene Tür führte rechts in das Wohnzimmer, indem er und Melissa gesessen haben. Brooks ging zu der nächsten Tür und öffnete sie. Es war Pascoes Schlafzimmer. Der Zustand dieses Zimmers war vergleichbar mit dem der Küche. Nur stanken hier keine Lebensmittelreste; es war die Schmutzwäsche, die einen penetranten, scharfen Geruch absonderte. Im Zimmer sah es aus, als hätte eine Bombe eingeschlagen. Anscheinend hatte es Pascoe nie für nötig befunden, seine Wäsche in dem Kleiderschrank unterzubringen. Selbst die eine Hälfte des Doppelbetts war von achtlos hingeworfener Wäsche bedeckt. Die Hälfte, in der Pascoe zu schlafen schien, wies eine alte, fleckige Decke und ein zerknautschtes Kissen auf.

Brooks schloss die Tür und wandte sich der letzten Tür zu. Diese führte in das Badezimmer, und es überraschte Brooks keineswegs, dass sich das Bad in einem mit den anderen Räumen vergleichbaren Zustand befand. Auch hier war das Fenster geschlossen, und der Gestank übertraf den der vorher besichtigten Räume.

Brooks schaute nur kurz in das Bad. Sein Blick streifte die Badewanne mit dem vergammelten, zugezogenen Dusch-vorhang, die schmuddelige Toilette und das vor Dreck starrende Waschbecken. Schnell zog er die Tür zu. Etwas ratlos stand er in dem Gang.

Was suche ich hier überhaupt?

Er überlegte, ob er gehen und später nochmal wieder-kommen sollte. Doch dann siegte der Polizist in ihm und er wandte sich dem Wohnzimmer zu. Es war der einzige Raum, in dem man sich, ohne einen Ohnmachtsanfall zu bekommen, aufhalten konnte.

Was ich hier mache, ist illegal. Wenn ich hier Beweise finde, dann wird man die niemals in einem Prozess verwenden können. Brooks war sich plötzlich bewusst, welcher Ärger auf ihn zukommen würde, wenn diese Sache bekannt wur-de. Die Vernunft schien zu siegen, und gerade, als er sich umdrehte und das Haus verlassen wollte, fiel sein Blick auf den dick gepackten Rucksack, der auf einem Beistelltisch neben der Tür stand.

Ein Schultergurt war anscheinend abgerissen und durch ein Stück Seil ersetzt worden.

Brooks stutzte. Hatte Grey nicht an genau so einem Seil ge-hangen? Natürlich.

Jetzt wusste Brooks, dass er mit seinen Überlegungen der letzten Stunden genau ins Schwarze getroffen hatte.

Er ließ jede Vorsicht außer Acht und widmete seine ganze Aufmerksamkeit dem Rucksack.

Der war wie alles in der Wohnung - alt, schmutzig, und Brooks hatte das Bedürfnis nach Handschuhen, damit er ihn nicht mit bloßen Händen anfassen musste. Vorsichtig öffnete er die Schnallen am Hauptfach. Er nahm zwei Hemden heraus, die einfach hineingestopft waren. Dann lag auch schon ein Umschlag vor ihm, prall gefüllt. Brooks schaute hinein und pfiff durch die Zähne.

»Hab' ich dich!«, entfuhr es ihm. Der Umschlag war gefüllt mit Dollarnoten. Brooks brauchte das Geld nicht zu zählen. Er wusste auch so, dass sich ziemlich genau 50.000 Dollar in dem Umschlag befanden.

Plötzlich hörte er ein Geräusch hinter sich und wirbelte herum. Instinktiv zog er dabei seine Waffe, aber es war zu spät. Im gleichen Moment, als er den Schuss hörte, spürte er den höllischen Schlag, mit dem die Kugel seinen Kopf traf. Es dauerte nur Bruchteile einer Sekunde, bis es ihm schwarz vor Augen wurde und er zu Boden stürzte, doch ihm kam es viel länger vor. Er hatte sogar noch Zeit, einen klaren Gedanken zu fassen, bevor er in ein tiefes, schwarzes Loch fiel.

So ist es also, wenn man stirbt.

6.

David trat das Gaspedal bis zum Bodenblech durch.

In Rekordzeit waren sie in der Maple Street, und trotzdem hatten sie genug Zeit, sich Gedanken darüber zu machen, was sie erwarten würde.

Als er den Wagen vor Pascoes Haus mit einer Vollbremsung zum Stehen brachte, bemerkte Melissa, dass Pascoes Auto nicht in der Einfahrt stand. Dafür sahen sie den Streifenwagen, der drei Häuser weiter am Straßenrand parkte.

»Der muss unserem Kollegen gehören, von dem die Rede war«, sagte Melissa.

Die beiden konnten sich immer noch keinen Reim auf das machen, was hier passiert sein sollte.

Als sie ausstiegen, kam eine Frau aus dem gegenüberliegenden Haus auf sie zu gerannt. Melissa erkannte sie sofort.

»Mrs. Hart. Haben Sie angerufen? Was ist passiert?«

Melissa schrie der Frau ihre Fragen förmlich entgegen.

»Dieser Pascoe - Ihr Kollege, also - der Schuss, ich habe den Schuss gehört und - wissen Sie…«

»Jetzt beruhigen Sie sich erstmal«, mahnte Melissa. Sie wusste, dass sie auf diese Art nichts aus der Frau herausbekommen würden.

Im selben Moment hielten zwei Streifenwagen mit quietschenden Reifen direkt hinter Davids Auto. Die Polizisten sprangen heraus und schauten David fragend an.

»Wir gehen rein.«

David übernahm die Führung und rannte vor seinen Kollegen zur Eingangstür. Irgendwie wusste er, dass ihnen im Moment keine Gefahr drohte.

Ein schreckliches Gefühl breitete sich in seinem Magen aus.

Melissa blieb währenddessen bei der aufgeregten Frau und versuchte, ihr doch noch eine brauchbare Information zu entlocken. Zu gerne wäre sie auch in das Haus gestürmt, aber sie wusste natürlich, dass es jetzt vielleicht auf jede Minute und jede Information ankam.

»Nun erzählen Sie mal in aller Ruhe, was passiert ist, Mrs. Hart«, versuchte Melissa so beherrscht wie möglich die Frau wieder zu beruhigen.

»Also, ich habe gesehen, wie Ihr junger Kollege, mit dem Sie diese Woche schon einmal hier waren, in das Haus gegangen ist.«

Als Melissa begriff, wen die Frau meinte, dachte sie, dass ihr jemand den Boden unter den Füßen wegziehen würde. Sie verdrängte das ohnmächtige Gefühl und hörte der Frau angespannt zu.

»Wie ich schon sagte, ich habe dann kurz darauf einen Schuss gehört. Ich wusste natürlich zuerst nicht, dass es ein Schuss war, es war so gedämpft, so leise. Es hätte ja auch eine Fehlzündung an einem Auto sein können. Wenn ich sicher gewesen wäre, dann hätte ich natürlich sofort angerufen. Aber als dann Pascoe Ihren toten Kollegen in sein Auto schleifte, da war ich mir doch sicher.«

Melissa wurde übel. Tot? Todd Brooks tot? Das konnte, nein, das durfte einfach nicht sein.

»Wie kommen Sie darauf, dass er tot war?«

Melissa hatte die Frau jetzt an beiden Schultern gepackt, und ihr Gesicht befand sich keinen Zentimeter mehr vor dem Gesicht von Mrs. Hart. Die versuchte erschrocken, zurückzuweichen. Aber Melissas Griff lockerte sich nicht.

»Da war doch so unheimlich viel Blut. Sein ganzer Kopf war doch blutig. Man sieht es doch jetzt noch.«

Mit diesen Worten deutete die Frau zu Pascoes Einfahrt. Melissas Blick folgte dem ausgestreckten Arm, und jetzt sah sie es auch. Der Boden vor dem Haus wies große, dunkle Flecken auf. Das war ihr bis jetzt vollkommen entgangen.

David und die Männer kamen aus dem Haus.

»Nichts«, sagte er, »es ist keiner da. Aber in der ganzen Wohnung ist Blut.«

Melissa wandte sich wieder der Frau zu.

»Was ist dann passiert?«

»Pascoe hat den jungen Mann auf die Rückbank gelegt und ist dann fortgefahren.«

»Wissen Sie, wohin?«

»Wie soll ich das wissen?«

Melissa sah ein, dass die Frau das einfach nicht wissen konnte und wandte sich David zu. Sie erzählte ihm und den Kollegen alles, was sie von Mrs. Hart erfahren hatte.

»Mein Gott«, entfuhr es David. »Was wollte Todd hier? Er muss auf irgendetwas gestoßen sein. Warum hat er uns nicht informiert?«

Fragen über Fragen, auf die es keine vernünftigen Antworten gab.

Es kam den beiden vor, als wären sie aus einem Albtraum in den nächsten geschlittert.

»Hören denn diese Katastrophen nie mehr auf?«

David hatte mit diesem Satz wohl den Nagel auf den Kopf getroffen.

7.

Tot.

Ich bin tot.

Warum, verdammt noch mal, muss man im Tod auch noch Schmerzen haben?

Warum tut mir mein Kopf so verdammt weh?

Ist es das, was nach dem Leben kommt?

Ein Sein im Dunkeln, mit den letzten Empfindungen, die man im Leben hatte?

Geräusche.

Ein Brummen.

Hört man auch noch im Jenseits?
Jetzt schlägt mir auch noch jemand gegen den Kopf.
Gedanken, die Todd Brooks durch den Kopf gingen, bevor er versuchte, die Augen zu öffnen. Das rechte Auge öffnete sich, das linke wollte einfach nicht gehorchen. Es dauerte eine Weile, bis er feststellte, dass sein Augenlid verklebt war. Blut war ihm über das Auge gelaufen und eingetrocknet. Brooks schloss das rechte Auge wieder und versuchte, nachzudenken.
Irgendwie gelang ihm das nicht. Die Schläge wurden häufiger und stärker. Er wollte protestieren, aber sein Körper gehorchte nicht. So versuchte er wieder, sein Auge zu öffnen, was ihm auch halbwegs gelang. Das Brummen hatte sich jetzt verstärkt, oder hörte er jetzt nur besser als vor wenigen Minuten? Er sah etwas Graues vor sich und überlegte fieberhaft, was es sein konnte. Dann schoss es ihm schlagartig durch den Kopf.
Eine Decke. Was er sah, war eine Decke.
Er ahnte, wo er sich befand. Er lag auf dem Boden vor der Rückbank von Pascoes Geländewagen, und die Schläge gegen seinen Kopf waren nichts anderes als die Folgen einer Autofahrt über unebenen Boden. Pascoe musste ihm die Decke übergeworfen haben, damit ihn niemand zufällig sehen konnte.

Ein so teures Auto und eine solch schlechte Federung. Brooks hätte fast laut losgelacht, aber dazu tat ihm der

Kopf zu weh. Er überlegte, was genau passiert war. Er wusste, dass er in Pascoes Auto liegen musste. Da kam aber nichts. Dort, wo normalerweise die Erinnerung war, dehnte sich nur ein tiefes, schwarzes Loch aus, lediglich von kleinen Erinnerungsfragmenten durchbrochen.

Plötzlich hörten das Brummen und die Schläge gegen den Kopf auf. Der Wagen hatte angehalten. Dann wurde die Decke über Brooks weggerissen, und verschwommen sah er Pascoes grinsendes Gesicht über sich.

«Na, sind wir wieder wach? Was schnüffelst du Arschloch auch in meinem Haus herum?«

Brooks wollte sich erheben und etwas erwidern, aber in diesem Moment wurde alles wieder schwarz, und er versank erneut in einer tiefen Ohnmacht.

8.

Sämtliche Polizeibeamte der Stadt waren auf den Beinen. In Pascoes Haus lieferten sich Ryans Leute einen Wettkampf im Spurensuchen. Jeder arbeitete fieberhaft daran, den vermissten Kollegen zu suchen oder wenigstens zu ermitteln, was genau passiert war. Jeder noch so kleine Anhaltspunkt wurde ernst genommen und ausgewertet. Turner hatte Straßensperren an allen möglichen Punkten angeordnet, die Polizeistationen der benachbarten Bundesstaaten waren informiert und um Hilfe gebeten worden. Flugplätze, Bahnhöfe und Taxifahrer waren eingeschaltet worden. Jeder hielt nach Pascoes Geländewagen Ausschau.

David und Melissa sahen sich Pascoes Papiere an.

»Was hat Todd nur bewogen, hierherzukommen? Noch dazu, ohne jemanden zu informieren«, fragte Melissa leise. Sie erwartete keine Antwort und bekam doch eine.

»Er muss etwas entdeckt haben«, antwortete David geistesabwesend. »Wir müssen etwas Wichtiges übersehen haben. Hast du schon etwas gefunden, das uns weiterhelfen könnte?«

Melissa hatte gerade einen Stapel Rechnungen durchgesehen.

»Nichts. Fast alles Rechnungen: Wasser, Gas, Strom, Telefon, alles unbezahlt. Pascoe muss ziemlich klamm sein.«

»Moment mal.« David suchte nach einem Zettel in dem Stapel, den er schon durchgearbeitet hatte. Er fand das Blatt und hielt es Melissa hin, während er sagte: »Wenn Pascoe bankrott war, wie konnte er dann sein neues Auto mit 30.000 Dollar in bar bezahlen? Das ist die Quittung des Händlers.«

»Was?«

»Hier, vor kurzem hat sich Pascoe das Auto gekauft. Für 29.796 Dollar.«

Plötzlich wussten beide, was Brooks entdeckt hatte.

»Die 30.000 auf Greys Liste«, rief Melissa.

»Genau.«, bestätigte David. »Grey hat Pascoe nicht erpresst. Er hat ihm das Geld geliehen. Deswegen auch die andere Farbe in der Liste.«

Beide überlegten.

»Es ist mir trotzdem ein Rätsel.«

»Was ist ein Rätsel?«, fragte Melissa.

»Überlege doch mal. Pascoe hat sich von Grey Geld geliehen. Na und? Wenn Todd das herausgefunden und damit Pascoe konfrontiert hat - Pascoe hätte ihn höchstens ausgelacht. Damit wäre er doch aus allem raus gewesen. Ich verstehe nicht, was hier passiert ist. Es muss noch viel mehr hinter der Sache stecken als das geliehene Geld.«

»Du hast recht. Pascoe hätte überhaupt keinen Grund gehabt, Todd anzugreifen.«

Ryan kam auf die beiden zu, eine kleine durchsichtige Tüte in der Hand.

»Wir haben in der Wand ein Geschoss gefunden«, sagte er zu ihnen und reichte David den Beutel. Der sah sich die Kugel an.

»Das ist eine .357er Magnum. Das ist keine Kugel aus einer Polizeiwaffe, sondern aus einem Revolver, möglicherweise Marke Colt Python.«

Melissa und David schauten sich an. Sie brauchten nichts zu sagen. Auch so wussten beide, dass dies keine gute Nachricht war.

»Schaut euch das mal an.«

Turner kam aus der Küche in das Wohnzimmer gelaufen und reichte David einen Zettel.

»Das ist ein Pachtvertrag für eine Jagdhütte am Mount Greylock. Vielleicht sind die beiden dort.«

David und Melissa sahen sich den Zettel an.

»Der Eigentümer ist ein Herbert Krane aus New York«, sagte Turner. »David, besorg dir seine Telefonnummer und frag nach, wo die Hütte ist. Melissa, du stellst ein Team zusammen; sobald wir wissen, wo die Hütte ist, brechen wir auf. Ich werde versuchen, einen Hubschrauber zu bekommen. Ach, Melissa, ich nehme Sie mit, da es um einen Kollegen geht, aber wir haben später noch einiges zu bereden. Ich will wissen, was gestern passiert ist.«

Nach Turners Ansprache rannten die drei gemeinsam aus Pascoes Haus. Es war keine Zeit mehr zu verlieren.

Oder war es sowieso schon zu spät?

Was war mit Todd Brooks geschehen?

9.

Langsam kam Todd Brooks wieder zu sich.

Sein Schädel fühlte sich an, als wäre eine Herde Elefanten durchmarschiert. Alles drehte sich und Übelkeit stieg in ihm hoch. Er würgte, aber mehr als ein Mund voller bitterer Flüssigkeit kam nicht hoch. Brooks spuckte aus und versuchte langsam, das rechte Auge zu öffnen.

Schemenhaft konnte er die ersten Gegenstände erkennen. Da er nicht mehr durchgeschüttelt wurde, vermutete er, dass er nicht mehr in einem fahrenden Auto lag. Seine Vermutung bestätigte sich, als er vor sich eine Bewegung wahrnahm. Irgendjemand lief vor ihm durch einen Raum. Er konnte aber immer noch nur schemenhafte Bewegungen wahrnehmen.

Ich muss die Ruhe bewahren, dachte er. Er schloss sein Auge wieder und holte leise tief Luft. Sein Entführer brauchte nicht zu wissen, dass er schon wieder bei Bewusstsein war. Brooks dachte angestrengt nach. Was war eigentlich passiert? Wo bin ich?

Langsam kam die Erinnerung wieder.

Das Messer. Dieses unheimlich scharfe Jagdmesser, mit dem ich mich in Lockharts Haus geschnitten habe. Das hatte den entscheidenden Hinweis gegeben. Mir war eingefallen, dass der Gerichtsmediziner gesagt hatte, Grey seien die Genitalien mit einem Skalpell oder einem extrem scharfen Messer abgeschnitten worden. Dann ergab ein Gedanke den nächsten, und plötzlich war alles so klar. Die Summe von 30.000 Dollar, der nagelneue Geländewagen, der vor Pascoes Haus stand, das verschwundene Geld, das Kelly La Manga Grey übergeben hatte, alles passte plötzlich zusammen.

Ein erneuter Schwächeanfall ließ Brooks erneut tief durchatmen. Er befürchtete, wieder in ein schwarzes Loch zu versinken. Als er sich wieder etwas erholt hatte, dachte er weiter nach.

Heute Morgen war ich bei diesem windigen Autohändler, und der hat mir bestätigt, dass Pascoe den Geländewagen bar bezahlt hatte. Eine äußerst ungewöhnliche Tatsache. Und dann?

Brooks sah sich plötzlich in Pascoes Haus wieder.

Natürlich! Jetzt war die Erinnerung mit einem Schlag wieder da.

Er hatte das Haus durchsucht und das Geld gefunden. Das Geld, das Kelly auf den Tisch von Grey gelegt hatte. Damit war auch der letzte Zweifel für Brooks ausgeräumt. Aber was war dann passiert?

Hier fehlte ihm immer noch ein Stück.

Er hörte ein Geräusch und machte den nächsten Versuch, beide Augen zu öffnen. Das verkrustete Blut löste sich, und sein linkes Lid ließ sich nun auch wieder öffnen.

Wie viel Zeit war seitdem vergangen?

Er versuchte, das Geräusch zu lokalisieren. Sein Blick wurde immer klarer, und er sah, dass ein Mann, der ihm den Rücken zuwandte, mit irgendetwas auf einem Tisch beschäftigt war. An einem Stuhl, der neben dem Tisch stand, lehnte ein Gewehr.

Verdammt nochmal, wo bin ich hier?

Brooks bewegte vorsichtig den Kopf und sah sich um. Die Wände waren aus groben Holzstämmen, der Boden aus Brettern. Er selbst saß auf diesem Boden, mit dem Rücken an eine gemauerte Wand gelehnt. Kälte kroch langsam in ihm hoch. Er wusste jetzt, dass er sich in einer Jagdhütte befand. Die kalten Steine in seinem Rücken mussten ein Kamin sein. Er versuchte vorsichtig, seine Hände, die seltsam gefühllos waren, hinter seinem Rücken hervorzuziehen. Zwecklos.

Jetzt erst wurde ihm klar, dass er gefesselt war.

Wieder wurde ihm übel und erneut musste er würgen.

»Na, ausgeschlafen?«

Die Worte Pascoes hallten wie Donnerschläge in Brooks Kopf.

»Du bist ja ein ganz zäher Hund.«

»Leck mich«, schrie Brooks ihn an, aber in Wirklichkeit war es nicht mehr als ein leises Krächzen, das über seine Lippen kam. Pascoe kam zu ihm und hielt ihm eine Flasche an den Mund. Brooks trank gierig. Das kalte Wasser rann ihm wie Feuer den Hals hinab und tat weh. Wieder musste er würgen, und die schwarze Nacht wollte ihn wieder in ihren Schoss nehmen. Aber Pascoe ließ nicht zu, dass er wieder ohnmächtig wurde. Er spritzte ihm Wasser ins Gesicht.

»Hey, wach bleiben. Du hast genug geschlafen. Ich will jetzt ein paar Informationen von dir.«

In diesem Moment fiel Brooks wieder ein, was in Pascoes Haus passiert war, nachdem er das Geld gefunden hatte. Er fragte sich, warum Pascoe ihn mit hierhergebracht hatte. Hätte er ihn in seinem Haus zurückgelassen, könnte er schon über alle Berge sein.

10.

Wieder lief die Fahndungsmaschinerie auf Hochtouren.

Nur - dieses Mal blieb keine Zeit. Die Uhr tickte gegen Todd Brooks´ Leben.

David und Melissa wählten sich die Finger wund, um den Besitzer der Jagdhütte zu finden. Es gab im New Yorker Telefonbuch über 300 Einträge auf den Namen Krane, 27 davon hießen Herbert, weitere 16 Mal war ein oder eine H. Krane eingetragen, und bei über 80 Einträgen stand nur der Nachname. Keiner der bisher angerufenen Männer war allerdings der Gesuchte.

Es war zum Verzweifeln.

»Das ist doch völlig sinnlos«, sagte Melissa. »So finden wir ihn nie.«

David reagierte nicht und wählte völlig verbissen eine weitere Nummer.

»Wenn wenigstens die Computer schon angeschlossen wären«, versuchte Melissa, ein weiteres Mal ein Gespräch zu beginnen.

Turner betrat den Raum und sprach die beiden an.

»Wie heißt eigentlich der Jagdaufseher, mit dem Brooks letzten Sonntag wegen des gestohlenen Wagens gesprochen hat?«

Wie von der Tarantel gestochen, sprangen beide auf.

»Mensch, was sind wir blöde«, rief David aus.

»Wenn einer weiß, wo die Hütte ist, dann dieser Mann. Wo sind die Unterlagen? Die Ermittlungsakten von Brooks?«

Er war zu Brooks´ Schreibtisch gerannt und durchwühlte sämtliche Papiere. Melissa und Turner halfen ihm. Aber sie fanden die Akte nicht.

»Hat nicht die neue Staatsanwältin die Akten mitgenommen?«, fragte Melissa plötzlich.

»Natürlich«, rief Turner aus. Heute waren wohl alle geistig nicht so auf der Höhe.

Turner nahm den Hörer von Brooks´ Telefon ab und wählte. Er erreichte Carol Aderman sofort und bat sie, die Akten durchzusehen.

Die anderen Kollegen im Raum hatten mittlerweile natürlich bemerkt, dass etwas vor sich ging und warteten gespannt auf Turners weitere Worte. Der legte auf und sagte zu David: »Okay, der Mann heißt Kent Walbright und wohnt in White Oaks. Wir brauchen seine Nummer.«

David rief sofort die Auskunft an und ließ sich beides geben. Und dieses Mal hatte er Glück.

Walbright war zu Hause und wusste auch, wo die Hütte war. Nachdem David ihn aufgeklärt hatte, dass sie möglichst schnell dorthin mussten, ließ Walbright sofort durchblicken, dass er den Weg dorthin unmöglich genau beschreiben könne. Zu viele Abzweigungen gab es in dem unwegsamen Gelände. David bat ihn, ihnen den Weg zu zeigen, und Walbright sagte sofort zu.

»Wir holen Walbright zu Hause ab«, sagte David zu den anderen.

Zehn Minuten später wunderte sich der Jagdaufseher darüber, dass er gleich mit sechs Wagen von der Polizei abgeholt wurde.

»Was ist denn eigentlich passiert?«, wollte er wissen, nachdem er zu David, Turner und einem jungen Polizisten in den ersten Wagen gestiegen war.

Während der junge Kollege mit pfeifenden Reifen losfuhr, klärte Turner den Mann auf.

»Pascoe? Ich weiß, dass er die Hütte gepachtet hat, und ich habe ihn schon lange in Verdacht, dass er in meinem Revier zur Schonzeit wildert. Ich konnte ihm nur bisher nichts nachweisen. Die Gegend dort ist sehr unwegsam. Es wäre sowieso besser, sie hätten nur Geländewagen oder gleich einen Hubschrauber, um da raufzukommen.«

»Dafür ist einfach keine Zeit, das würde noch länger dauern«, erwiderte Turner. »Jede Sekunde zählt jetzt. Wer weiß, wie es unserem Kollegen geht.«

11.

Brooks durchlebte einen Albtraum.

Immer wieder hatte Pascoe ihn gefragt, wie er ihm auf die Spur gekommen war. Brooks hatte ihm bereitwillig Auskunft gegeben, aber Pascoe war mit den Antworten nicht zufrieden. Er konnte sich einfach nicht vorstellen, dass es so einfach gewesen sei.

Irgendwann ließ Pascoe, der ihn immer wieder geschlagen hatte, von ihm ab. Er hatte wohl bemerkt, dass Brooks diese Tortur nicht mehr lange aushalten würde. Brooks hatte schon in Pascoes Haus sehr viel Blut verloren, und durch die Schläge war die Wunde am Kopf wieder aufgebrochen.

Brooks beobachtete Pascoe. Der schien mit seiner Arbeit am Tisch fertig zu sein und fing an, seine Sachen aus der Hütte zu tragen. Dann kam er mit einem Benzinkanister zurück.

Panik erfasste Brooks.

»Was haben Sie vor?«

»Das siehst du doch«, knurrte Pascoe. »Du hättest deine Nase eben nicht zu tief in die Sache stecken dürfen. Das, was jetzt kommt, hast du dir selbst zuzuschreiben. Manch ein Schnüffler hat sich seine Nase schon verbrannt, und du bist der nächste.«

Pascoe lachte schallend, wohl in der Annahme, dass ihm ein besonders guter Witz gelungen war.

Brooks war dagegen gar nicht zum Lachen zumute.

»Mensch, Pascoe. Machen Sie sich doch nicht unglücklich. Das bisschen Geld ist es doch nicht wert, einen Mord zu begehen. Was kann man Ihnen denn anhängen? Dass Sie Grey nicht getötet haben, das wissen wir doch.«

Brooks redete um sein Leben.

Pascoe ließ ein bitteres Lachen hören.

»Oh ja, jetzt kommt dieses Gerede. Gleich sagst du, dass ich dich gehen lassen soll und alles unter uns bleibt, nicht wahr? Und wenn du dann bei deinen Bullenfreunden bist, dann weißt du natürlich nichts mehr von deinem Versprechen. Dann bin ich nicht nur wegen Diebstahls und Verstümmeln eines Arschlochs dran, dann kommen auch noch Entführung eines Bullen und Körperverletzung dazu. Bei meinen Vorstrafen darf ich dann den Rest meines Lebens im Knast verbringen. Aber nicht mit mir! Ich gehe nie mehr in den Bau.«

Pascoe öffnete den Verschluss des Kanisters. Brooks überlegte fieberhaft, soweit es sein brummender Schädel zuließ. Was hatten Sie ihm bei der Schulung beigebracht?

Was soll man in solch einer Situation tun? Reden - mit dem Geiselnehmer reden, sein Vertrauen erlangen, Zeit gewinnen. Seine Kollegen waren Pascoe sicher schon auf der Spur, hoffentlich.

»Was ist eigentlich an diesem Abend bei Grey passiert?«, fragte Brooks Pascoe, der gerade das Benzin in der Hütte ausschütten wollte.

»Was interessiert dich das noch? Du solltest lieber anfangen zu beten.«

»Ich bin eben Bulle, und wenn ich sowieso nicht mehr lange zu leben habe, dann möchte ich wenigstens wissen, was passiert ist. Hat nicht jeder einen letzten Wunsch frei?«

Pascoe überlegte kurz. Dann stellte er den Kanister auf den Boden.

»Okay. Grey war ein Schwein. Er hatte den Tod mehr verdient als jeder andere. Er hat mir zwar Geld geliehen; schon damals musste ich lange darum betteln, aber mein Auto war kaputt und ich brauchte unbedingt ein neues. Nach langem Hin und Her hat er mir die 30.000 gegeben. Er ließ mich einen Schuldschein unterschreiben und verlangte 20 Prozent Zinsen im Monat. Das muss man sich mal vorstellen. So ein Halsabschneider.«

»Sie hätten ja nicht annehmen brauchen«, sagte Brooks und wusste im selben Augenblick, dass er einen Fehler gemacht hatte. Pascoe stürzte auf ihn zu, packte ihn am Kragen und riss ihn vom Boden hoch. Er schüttelte ihn dermaßen durch, dass Brooks fast wieder in Ohnmacht gefallen wäre.

»Was bist du doch für ein Idiot«, schrie Pascoe. »Hörst du denn nicht zu? Ich sagte, ich brauchte das Auto unbedingt.«

»Okay, okay«, stammelte Brooks. »Das war dumm von mir.«
Pascoe ließ Brooks zu Boden fallen und beruhigte sich wieder. Dann redete er weiter.

»Ich wollte Grey um einen Aufschub bitten, ich hatte das Geld einfach nicht zusammenbekommen. An dem Abend hörte ich einen Streit bei ihm. Anscheinend stritt er sich mal wieder mit einer seiner Schlampen. Der hatte ja dauernd eine andere. Als es wieder ruhig war, bin ich rüber zu ihm. Aber er war immer noch nicht allein. Ein alter Knacker war bei ihm, und es wurde schon wieder laut. Ich konnte alles verstehen. Grey musste die Alte von dem Typen durchgevögelt haben und hat sie dann anscheinend erpresst. Der Alte hat Grey regelrecht angewinselt, er solle doch die Finger von seiner Frau lassen und so weiter. Dann hat ihm Grey gesteckt, dass er nun mit dem Zahlen an der Reihe sei. Ich habe durchs Fenster gesehen, und in diesem Moment hat ihm der Alte ein Eisen übergezogen. Zuerst wollte ich rein und Grey helfen, aber dann habe ich gedacht, dass der Hurensohn das verdient hat und ich vielleicht einen Vorteil davon habe, wenn der Alte ihn totschlägt. Als der Alte weg war, bin ich ins Haus. Grey war tot, und auf dem Tisch lag dieser Umschlag mit dem vielen Geld. Weiß der Teufel, warum der Alte ihn nicht mitgenommen hatte. Wahrscheinlich war er zu durcheinander und ist in Panik abgehauen. Ich hätte die Kohle nicht vergessen.«

Das glaube ich dir, dachte Brooks, hütete sich aber, es laut auszusprechen.

»Warum haben Sie Grey so verstümmelt? Was sollte das für einen Zweck haben?«

Pascoe grinste Brooks an.

»Na, willst du etwa behaupten, es hat euch kein Kopfzerbrechen bereitet? Ich wollte einfach falsche Spuren legen. Wie oft liest man von diesen Ritualmorden? Es steht doch

bald jeden Tag etwas davon in der Zeitung. Und der Bibelspruch, das war doch super, oder?«
»Wie können Sie so etwas tun, wenn Sie doch so gläubig
sind, dass Sie die Bibel auswendig kennen?«
»Oh ja, ich kenne die Bibel. Mein Vater hat sie Wort für Wort
in mich reingeprügelt. Das vergisst man so schnell nicht,
aber Ihr wärt nie darauf gekommen, dass diese Sache von
mir stammen könnte. So hat mir mein Alter doch noch genutzt.«
»Anscheinend hat er Ihnen doch nicht genutzt, sonst wären
wir wohl nicht hier.«
Wieder hatte Brooks seinen Entführer an den Rand eines
Wutausbruchs gebracht. Doch dieses Mal beherrschte sich
Pascoe.
»Der Alte war ein Wohltäter an der Menschheit. Der hätte
einen Orden verdient, weil er die Welt von diesem Hurensohn befreit hat. Ihr solltet einfach nicht auf ihn kommen,
deshalb mein kleines Arrangement.«
»Wir sollten nicht auf ihn kommen, weil er uns sonst von
dem Geld erzählt hätte. Ist es nicht so?«
Pascoe antwortete nicht mehr. Für ihn war genug geredet
worden. Er nahm den Kanister wieder auf und begann, das
Benzin im Raum zu verteilen.

12.

Walbright führte die Kolonne der Polizeifahrzeuge in die
Wälder am Mt. Greylock.
Es regnete jetzt stärker und die Waldwege wurden von Minute zu Minute rutschiger. Sie hatten nun einen Weg erreicht, den die normalen Straßenfahrzeuge fast nicht mehr
bewältigen konnten. Aber der junge Fahrer erwies sich als
sehr geschickt, und immer, wenn alle dachten, jetzt bleiben
wir stecken, ging es doch wieder weiter.

»Ist es noch weit?«, fragte Turner. Die Sorge um seinen jungen Detective war ihm förmlich ins Gesicht geschrieben.

»Etwa drei Kilometer noch, dann sind wir da. Die Hütte liegt auf einer kleinen Lichtung«, antwortete der Jagdaufseher. »Der Weg wird jetzt immer schlechter. Mit diesem Auto schaffen wir das nie.«

Als wollte das Schicksal ihn mit aller Macht bestätigen, sackte der Wagen plötzlich nach rechts weg. Der Fahrer war einen kurzen Moment unaufmerksam und fuhr direkt in ein riesiges Schlagloch. Sofort saß der Wagen auf dem Bodenblech auf und bewegte sich keinen Millimeter mehr vorwärts. Sie stiegen aus und begutachteten ihre Situation. Jeder sah sofort, dass hier nichts mehr ging. Sie hatten einen großen Fehler gemacht, denn hinter ihnen standen die geländetauglichen Fahrzeuge. Diese waren nun wertlos, denn an der festsitzenden Limousine kam kein anderes Fahrzeug vorbei. Sie hätten zwar das Auto aus dem Loch schieben können, aber das wäre sinnlos gewesen, denn wenige Meter weiter würde der Wagen wieder steckenbleiben. Zu allem Überfluss ging der Regen nun in Schnee über. Turner entschied sofort das weitere Vorgehen.

»Wir müssen den Rest zu Fuß weitergehen.«

Sie befolgten Turners Anweisung und gaben sie an die nachfolgenden Kollegen weiter. Dann machte sich ein Trupp von zwanzig Polizisten in leichter Bekleidung und völlig untauglichen Halbschuhen auf den beschwerlichen Weg.

Turner hatte Davids Blick zur Uhr bemerkt und sagte: »Hoffentlich liegen wir mit unserer Vermutung richtig. Was, wenn wir falsch liegen und sie sind nicht dort?«

David antwortete nicht. Brooks war jetzt schon über drei Stunden in der Gewalt dieses Irren. Sie mussten einfach in der Hütte sein. Wenn nicht - dann wäre es wohl um den neu gewonnenen Freund geschehen.

Der Wald wurde immer dichter, und bald waren von dem Weg nur noch zwei Furchen zu sehen. Da der Boden durchweicht war, konnte man die Spuren eines einzelnen Fahrzeugs ausmachen. Es waren die Spuren von groben, großen Reifen. Dies gab den Polizisten enormen Auftrieb. Sie waren auf der richtigen Spur.

»Sie sagten vorhin, dass die Hütte auf einer Lichtung steht«, sprach David Kent Walbright an. »Gibt es noch eine andere Möglichkeit, einen anderen Weg von dort weg?«

»Nur wenn man fliegen kann. Warum haben Sie eigentlich keinen Hubschrauber angefordert?«

Turner war genervt, da er das ja schon erklärt hatte und antwortete deshalb sehr gereizt.

»Ich sagte doch schon, es hätte nochmal über eine halbe Stunde gedauert, bis der hier gewesen wäre, und dann hätten wir Pascoe mit dem Lärm nur gewarnt. Ich will kein Risiko eingehen.«

Von da an sprach Walbright kein Wort mehr und ließ sich zurückfallen.

Turner forcierte die Geschwindigkeit. Die anderen konnten kaum noch Schritt halten.

Sie alle waren bis auf die Haut durchnässt, die Kälte kroch in ihnen hoch, und ihre Kleidung dampfte.

Hin und wieder hörte man einen der Polizisten fluchen, aber alle folgten verbissen ihrem Chef.

Urplötzlich tat sich der Wald auf und die Lichtung lag vor ihnen.

In ihrer Mitte stand eine aus grob gehauenem Holz gebaute Hütte. Neben der Hütte parkte Pascoes Geländewagen.

»Er ist tatsächlich da«, flüsterte David, der die Gruppe hinter ihnen durch Handzeichen gestoppt hatte.

Turner teilte die Kollegen leise in zwei Gruppen ein, die jeweils von einer Seite die Hütte umgehen und sich in kurzen

Abständen verteilen sollten. Die beiden Gruppen schlichen sofort im Schutze der letzten Bäume vor der Lichtung los.

»Gibt es eine Hintertür?«, fragte Turner leise.

»Ich weiß es nicht genau, aber ich denke, hinten ist nur ein Fenster«, antwortete Walbright, der jetzt wieder neben Turner stand.

Jetzt begann das Warten. Die Kollegen mussten erst alle auf ihrem Posten sein, bevor weitere Schritte unternommen werden konnten.

Allen war die Anspannung anzumerken. Besonders Melissa, die schrecklich gefroren hatte, fühlte nur noch Wut auf Pascoe.

David dachte nach. Was würde geschehen? War Brooks überhaupt hier? Oder hatte sich Pascoe seines lästigen Anhängsels schon längst entledigt?

Nach weiteren zehn Minuten des quälenden Wartens trat Turner aus der Deckung der Bäume und hob die Hände zum Mund.

»Pascoe«, rief er laut zur Hütte hinüber, die ungefähr zwanzig Meter von ihm entfernt stand. »Pascoe, kommen Sie heraus. Hier ist die Polizei. Wir wissen, dass Sie da drinnen sind. Legen Sie die Waffen weg und lassen Sie unseren Kollegen frei.«

Keine Reaktion.

Die Spannung war unerträglich.

Es schneite jetzt heftig.

13.

Der Benzingestank nahm ihm fast den Atem.

Brooks zerrte an seinen Fesseln, aber sie lösten sich nicht im Geringsten. Pascoe hatte nur ein eiskaltes Grinsen für Brooks´ Bemühungen übrig. Der Kanister war nun leer, und gut zwanzig Liter Kraftstoff waren in der Hütte verteilt. Pascoe hatte einen alten Lappen um ein Holzscheit gewickelt und tränkte ihn nun mit den letzten Tropfen aus dem Kanister. Dann zog er ein Feuerzeug aus seiner Hose und stellte es auf den grob gezimmerten Tisch. Er zog eine dicke Felljacke an, die er von einem Haken an der Tür nahm und nahm die prall gefüllte Tasche vom Tisch.

»Zeit, sich zu verabschieden«, sagte Pascoe mit einem Grinsen im Gesicht.

Brooks verfiel jetzt endgültig in Panik. Der kleinste Funke würde hier alles in die Luft jagen.

»Verdammt nochmal, was bringt es dir denn, mich jetzt noch umzubringen? Du kannst doch genauso gut einfach gehen und mich zurücklassen. Meine Kollegen werden mich finden, und du bist dann kein Polizistenmörder. Überleg es dir nochmal. Wenn du mich tötest, wirst du nie mehr Ruhe haben. Meine Kollegen werden dich bis ans Ende der Welt jagen, und wenn es sein muss, noch darüber hinaus. Wenn du aber so gehst, dann hast du eine reelle Chance.«

Pascoe schaute Brooks nachdenklich an.

Für einen kurzen Moment dachte Brooks, er hätte es geschafft und Pascoe würde ihn am Leben lassen. Doch dann kam wieder dieses perverse Grinsen, und Pascoe sagte nur ein Wort, bevor er das Feuerzeug vom Tisch nahm und sich zur Tür wandte.

»Hosenscheißer.«

»Pascoe!«

Der Ruf Turners ließ beide in der Hütte erschrocken blicken. Während Brooks erleichtert aufatmete, geriet Pascoe nun in Panik. Fieberhaft überlegte er.

»Pascoe, kommen Sie raus. Hier ist die Polizei. Wir wissen, dass Sie da drinnen sind. Legen Sie die Waffen weg und lassen Sie unseren Kollegen frei.«

Turners Stimme ließ keinen Zweifel daran aufkommen, dass die Sache zu Ende war.

Verdammt nochmal, wie kommen die so schnell hierher, dachte Pascoe. Woher wussten die überhaupt von seiner Hütte? Selbst wenn er die Antwort gewusst hätte, in diesem Augenblick wäre sie wertlos gewesen. Doch so schnell wollte sich Pascoe nicht geschlagen geben. Eine Minute lang überlegte er angestrengt, dann trat er an die Tür, öffnete sie einen kleinen Spalt und spähte hinaus. Dichtes Schneetreiben hatte eingesetzt. In der Hütte hatte er das nicht bemerkt; er war mit seinen Vorbereitungen zu beschäftigt gewesen.

Vielleicht gar nicht so übel für mich, dachte Pascoe. Der Schneefall würde den Bullen den Zugriff auf ihn erschweren, und für einen gezielten Schuss gab es kaum eine Möglichkeit. Langsam gewann seine Selbstsicherheit, die mit dem ersten Ruf Turners schlagartig wie weggewischt schien, wieder die Oberhand. Er fasste einen Plan.

Durch den Schnee sah er ein halbes Dutzend Polizisten mit ihren Waffen im Anschlag. Zwischen ihnen erkannte er auch die kleine Polizistin, die ihn zusammen mit Brooks aufgesucht hatte. Sein Geländewagen stand etwa fünf Meter von der Eingangstür entfernt.

»Keinen Schritt näher«, rief er den Polizisten zu. »Ich habe euren Freund hier bei mir, und wenn einer von euch näherkommt, dann wird er sterben. Das ganze Haus ist voller Treibstoff; wenn einer von euch denkt, er müsse schießen, dann fliegt hier alles in die Luft.«

»Verdammt nochmal«, sagte David leise zu Turner. »Ob das stimmt? Was sollen wir tun?«

»Ich weiß es nicht. Wenn das mit dem Benzin stimmt, dann dürfen wir auf keinen Fall schießen. Warten wir ab, was er vorschlägt und handeln danach.«

Melissa, die etwa fünf Meter links von den beiden stand, hatte kein Wort des Gesprächs verstanden. Sie trat zu ihnen und stellte dieselbe Frage wie zuvor schon David.

»Was sollen wir jetzt tun?«

David wollte gerade antworten, als Pascoe sich wieder meldete.

»Ihr tut jetzt, was ich euch sage. Ihr geht alle zurück an den Waldrand. Alle, bis auf die kleine Schnüfflerin. Die brauche ich noch. Ich will keinen von euch anderen mehr auf der Lichtung sehen.«

David schaute Melissa erschrocken an. Was konnte Pascoe von ihr wollen?

»Das kommt gar nicht in Frage«, rief Turner.

»Dann könnt Ihr euren Kollegen in kleinen Stückchen hier rausholen.«

»Okay«, schaltete sich Melissa ein, »geht zurück, ich bleibe.«

»Bist du sicher?«, fragte David, der sich jetzt gewaltige Sorgen machte.

Melissa bejahte, und auch Turner konnte nicht anders, als zuzustimmen.

»Okay, Pascoe«, rief Turner. »Wir gehen zurück. Aber seien Sie sicher, wenn Sie einem der beiden auch nur...«

»Genug geschwafelt«, unterbrach ihn Pascoe. »Zurück jetzt.«

Während sich die Polizisten langsam und widerwillig zurückzogen, ging Pascoe wieder in die Hütte zurück. Brooks hatte dem Dialog gespannt gelauscht und war mit dem vorläufigen Ausgang keineswegs zufrieden.

»Was haben Sie vor?«, fragte er Pascoe. »Sehen Sie denn nicht, dass Sie keine Chance mehr haben? Wie wollen Sie denn hier noch rauskommen?«

Pascoe zog ein Jagdmesser aus dem Stiefel und ging zu Brooks. Als er sich mit dem gezückten Messer vor Brooks hinkniete, zuckte dieser zusammen.

»Ganz ruhig, Brauner. Wir fahren jetzt zusammen mit deiner kleinen Bullenfotze ganz einfach hier raus. Manchmal sind die einfachsten Lösungen doch die besten, meinst du nicht auch?«

Während Pascoe redete, schnitt er Brooks die Fußfesseln durch. Er war dabei so dicht vor Brooks´ Gesicht, dass dieser ihm direkt in den Mund blickte. Er sah zwei Reihen verfaulter Zähne und musste plötzlich kichern.

»Was ist denn jetzt los? Was ist so witzig? Bist du jetzt irre?«, wollte Pascoe wissen.

»Du solltest mal zum Zahnarzt gehen.«

Pascoe schaute verwirrt.

»Du stinkst aus der Fresse wie ein Schweinestall.«

Jetzt verlor Pascoe die Fassung. Der Scheißkerl von Bulle ignorierte einfach seine schlimme Situation und provozierte ihn auch noch.

Pascoe packte Brooks am Kragen und riss ihn hoch. Genau darauf hatte der gewartet. Er nutzte den Schwung, mit dem Pascoe ihn hochzog, riss gleichzeitig sein rechtes Knie hoch und traf Pascoe mitten zwischen die Beine. Der schrie laut auf, krümmte sich zusammen und fiel auf den Boden. Natürlich hatte er dabei Brooks nicht mehr festhalten können, und der, von den Fußfesseln befreit, nutzte seine Chance. Er rannte an dem fallenden Pascoe vorbei, öffnete mit den hinter dem Rücken gefesselten Händen die Eingangstür und stürzte ins Freie. Er strauchelte, und fast wäre er gestürzt, als ihm wieder schwarz vor Augen wurde. Aber er schaffte es nach draußen.

Etwa zehn Meter vor sich sah er eine schemenhafte Gestalt mit der Waffe im Anschlag. Es war Melissa, die den Schrei gehört hatte und sofort reagierte. Brooks torkelte auf sie zu und wollte etwas zu ihr sagen, brachte aber keinen Ton heraus. Zu anstrengend waren die letzten Sekunden gewesen.

In diesem Moment stürzte Pascoe mit einem Messer in der Hand und schmerzverzerrtem Gesicht aus der Hütte. Durch den Schmerz waren ihm Tränen in die Augen geschossen, was seine Sicht zusammen mit dem Schneegestöber fast auf null reduzierte. Er sah nur zwei Schatten, die sich in einiger Entfernung bewegten. Vor lauter Wut, Schmerz und Enttäuschung lief er auf die Schatten zu.

Mit drei großen Schritten war er hinter Brooks und holte mit dem Messer aus, um es ihm in den Rücken zu rammen.

Die Polizisten, die das ganze Szenario vom Rand der Lichtung aus verfolgten, hatten keine Möglichkeit, einzugreifen, aber Melissa hatte trotz des Schneefalls die Situation sofort überblickt. Sie trat einen Schritt zur Seite, um Brooks nicht zu gefährden, zielte kurz und drückte ab.

Die Kugel traf Pascoe von vorne in den Hals, zerfetzte den Kehlkopf, schlug durch die Wirbelsäule und trat im Genick wieder aus. Sie flog durch die offenstehende Tür der Hütte und traf die eiserne Kaminverkleidung.

Was dann folgte, war ein höllisches Inferno.

Epilog

Sonntag

1.

David und Melissa erwachten gegen 8 Uhr. Sie hatten sich für 9 Uhr mit den Kollegen verabredet, um gemeinsam zum Krankenhaus zu fahren.

Am Frühstückstisch gingen die beiden noch einmal die Ereignisse des Vortags durch.

Melissa hatte unheimliches Glück gehabt. Als Pascoes Hütte explodierte, wurde Melissa nach hinten auf den weichen Boden geschleudert. Trotz der Wucht hatte sie nur ein paar blaue Flecken abbekommen. Die anderen Kollegen, die hinter den ersten Bäumen standen, wurden natürlich auch von der Druckwelle erfasst. Aber keiner trug Verletzungen davon.

Das verhielt sich bei Pascoe und Brooks anders.

Pascoe wurde erst von der Kugel nach hinten und dann von der Druckwelle einer gewaltigen Explosion nach vorne geschleudert. Er war sofort tot.

Brooks hatte zum ersten Mal an diesem Tag Glück, trotzdem erwischte es ihn schwer.

Seine Bergung erwies sich als äußerst schwierig. Da die Hütte nun lichterloh brannte, konnte der Verletzte nicht von einem Hubschrauber abgeholt werden. Also bauten die Kollegen eine provisorische Trage und brachten Brooks zurück zu den abgestellten Autos und von da ins Krankenhaus, wo er sofort operiert wurde.

Die Feuerwehr wurde informiert, blieb allerdings mit ihrem schweren Gerät auch im Wald hängen. So gingen die Feuerwehrleute zu Fuß zur Hütte und konnten nur verhindern, dass der Brand auf den Wald übergriff.

Das Geld, das Pascoe bei Grey entwendet hatte, verbrannte restlos.

Turner, David und Melissa blieben so lange im Krankenhaus, bis ihnen der operierende Arzt sagte, dass Brooks´ Verletzungen doch nicht so schwer waren wie zuerst befürchtet. Er hatte sich das rechte Bein gebrochen und die Kopfhaut war angesengt worden. Die Schusswunde am Kopf war harmloser als gedacht, nur diagnostizierte der Arzt bei Brooks eine schwere Gehirnerschütterung. Er würde wohl noch längere Zeit einen Brummschädel haben. Der immense Blutverlust hatte ihn zudem geschwächt.

Die Kollegen waren natürlich erleichtert, dass gute Aussichten für Brooks´ vollständige Genesung bestanden und fuhren wieder in ihr provisorisches Revier.

Dort schrieben sie ihre Berichte auf den endlich angeschlossenen Computern. Turner, David und Melissa erstatteten der Staatsanwältin Bericht. Die sagte ihnen nebenbei, dass sie im Verfahren gegen Kevin Shaney die Ermittlungen eingestellt hatte, da gegen Tote nicht ermittelt wurde. David und Melissa schauten sich kurz an. Erleichterung lag in ihren Blicken, denn nun war die Sache mit der Kassette hinfällig. Es würde keinen Skandal um Melissas Vater geben.

Das letzte Puzzleteil im Fall Grey würde wohl erst Brooks hinzufügen können.

Gegen 21 Uhr fuhren David und Melissa nach Hause. Wie selbstverständlich fuhr Melissa mit zu David.

Im Haus angekommen, bemerkte David, dass an seinem Anrufbeantworter die Kontrollleuchte blinkte. Automatisch drückte er die Taste, um die neue Nachricht abzuhören. Sofort bereute er diesen Schritt. Shelley machte ihm Vorwürfe, weil er Cliff hatte alleine nach Hause fahren lassen. David schaltete das Gerät ab, ohne sich die wütenden

Proteste seiner Exfrau fertig anzuhören und ging mit Melissa ins Badezimmer.

Nachdem er liebevoll ihre Prellungen versorgt hatte, setzten sie sich ins Wohnzimmer und machten es sich noch eine Weile gemütlich. Sie tranken ein Glas Wein und fielen dann todmüde ins Bett.

Nun hatte Melissa schon die zweite Nacht in Davids Bett verbracht, und immer noch waren sie sich körperlich nicht nähergekommen. Zumindest nicht so nahe, wie sie sich das beide vorgestellt hatten.

An diesem Sonntag hatten sich noch zehn weitere Kollegen auf dem Revier eingefunden, die alle mit zum Krankenhaus fahren wollten. Es würde eng werden in Brooks´ Zimmer.

In der Klinik angekommen, sagte man ihnen, dass Brooks schon von der Wachstation auf die Krankenstation verlegt worden war. Als die Polizisten sich dem Zimmer näherten, hörten sie einen lauten Streit und gleich darauf einen langen Schmerzensschrei.

Turner und David stürmten voraus und rissen die Tür auf. Verblüfft blieben sie im Türrahmen stehen.

Im ersten Bett bei der Tür lag Brooks und wimmerte. Von ihm war das Lachen gekommen, aber dann hatten ihn die Schmerzen wieder überwältigt.

»Was ist denn hier los?«, fragte Turner.

Dann erst sah er auf das zweite Bett. In diesem lag Bane, den Oberkörper dick verbunden, ein Drahtgestell war in seinem Kiefer verankert.

»Fieser Feckfack lafft fohn fen fanzen Morgen über mich«, presste Bane durch die Drähte hervor.

»Er ist aber auch zu niedlich, wenn er spricht«, sagte Brooks und verfiel sofort wieder in Gelächter. Auch die Kollegen, die sich inzwischen alle in das Zimmer gequetscht hatten, stimmten nun ein.

»Faus. Falle faus!«, rief Bane und bedachte seine Kollegen mit seinem bösesten Blick.

»Jetzt ist aber genug«, mahnte Turner, »ich glaube, wir können froh sein, dass uns allen nicht mehr passiert ist. Euch beiden scheint es ja auch schon richtig gutzugehen, ihr werdet euch in den nächsten Wochen sicher anfreunden.«

»Niemals«, sagte Bane zu Brooks gewandt.

Brooks aber reagierte nicht und sah Melissa nachdenklich an. Sein Kopf war verbunden, sein rechtes Bein war eingegipst und hing an einem Geflecht aus Seilen und Rollen über dem Bett.

»Melissa?«, sagte Brooks leise.

»Ja?«

»Danke. Du hast mir das Leben gerettet.«

»Das war doch selbstverständlich«, sagte Melissa und trat nah an Brooks´ Bett. »Ich würde das immer wieder für dich tun.«

Sie beugte sich zu ihm hinunter und gab ihm einen dicken Kuss auf die Wange. Brooks strahlte über beide Backen und sagte zu David: »Siehst du, sie liebt mich doch.«

2.

Die Beamten blieben noch eine halbe Stunde bei ihren verletzten Kollegen und erkundigten sich ausführlich nach deren Gesundheitszustand. Es stellte sich heraus, dass beide wohl noch Monate ausfallen würden.

Brooks erzählte, wie er Pascoe auf die Spur gekommen war. Seine Aussage wurde von Turner aufgenommen, und einer der Cops wurde angewiesen, sie auf dem Revier abzutippen. Brooks würde dann noch unterschreiben.

Nach und nach verabschiedeten sich die Kollegen und gingen aus dem Zimmer, nicht ohne den beiden zu versprechen, dass man sie öfter besuchen würde. Auch David und Melissa verabschiedeten sich. Als sie vor der Klinik standen, sahen sie sich lange in die Augen.

Erstmals wurde sich David der Tiefe in Melissas Augen bewusst. Er wäre am liebsten in diesem strahlend blauen Meer versunken.

»Und nun?«, fragte Melissa und riss ihn aus seinen Träumereien. »Fahren wir zu dir? Wir haben heute frei, und es soll ja niemand wagen, uns anzurufen! Mir sind jetzt alle Toten und Mörder egal.«

David wusste genau, was Melissa damit meinte. Er legte den Arm um sie, so gingen sie gemeinsam zu seinem Auto.

Ende

»Moralische Motive« ist eine fiktive Geschichte. Ähnlichkeiten mit tatsächlich existierenden Institutionen, Geschehnissen, sowie lebenden oder verstorbenen Personen sind rein zufällig und nicht beabsichtigt. Den Ort Brookfield gibt es in Massachusetts nicht. Alle anderen genannten Orte existieren wirklich.

Meinen herzlichen Dank an Karina Pfolz vom Karina-Verlag, die es mir ermöglicht hatte, die erste Auflage dieses Krimis in ihrem Verlag zu veröffentlichen.

Danke auch an meine Lektorin Angela Hochwimmer, die meine Schwächen aufgedeckt und mich unterstützt hat, sowie an Erich Röthlisberger, der das Coverbild für die erste Auflage geliefert hatte.

Mein größter Dank gilt meiner Frau Sylvia, die mir als erste Testleserin all meiner Texte kritisch und beratend zur Seite steht. Ich liebe Dich.

Frank Huhnhäuser wurde 1960 in Berlin geboren und lebt mit seiner Frau in der Südpfalz. Im Jahr 2015 begann er mit dem Schreiben. Seinen schriftstellerischen Schwerpunkt stellen Kurzgeschichten und Kriminalromane dar.

Seine Kurzgeschichte »*Fundamente*« zählte zu den Gewinnern des Schreibwettbewerbs *Irgendwas bleibt* der Saarländischen Buchmesse *HomBuch* und wurde in deren Anthologie zur Messe 2015 veröffentlicht.

Die Krimi-Kurzgeschichte »*Blutmond*« wurde in der Anthologie »Jedes Wort ein Atemzug« im Karina-Verlag veröffentlicht.

Die Kurzgeschichte »*Sühne*« erschien im Mai 2015 im EL-VEA-Magazin.

Für das Projekt Die *Trilogie der Flügel* des Karina-Verlags, bei dem 60 Autoren gemeinsam einen Thriller schrieben, lieferte Frank Huhnhäuser Kapitel für den ersten Band »Vergessene Flügel« und den dritten Band »Vollendete Flügel«.

Mit »*Moralische Motive*« erschien im Juli 2015 sein erster Krimi im Karina-Verlag.

Im Jahr 2016 erreichte der Autor bei der Wahl zum *Hombuch-Preis* in der Kategorie *Krimi* den zweiten Platz.

Im Januar 2018 erschien »*Jochen - Bastardkind*«, der zweite Teil mit dem Untertitel „*Stirb endlich!*" folgt im Januar 2019.

Mehr zu Frank Huhnhäuser finden Sie unter:

HP: www.frankhuhnhaeuser.jimdo.com

E-Mail: Bastardkind@gmx.de

Facebook: http://facebook.com/autor.frank

Jochen - Bastardkind

Das DDR-Flüchtlingskind Jochen ist nach der Scheidung der Eltern hilflos der physischen und psychischen Gewalt seiner Familie ausgeliefert. Im Alter von 12 Jahren erkrankt der Junge an Morbus Crohn, einer unheilbaren Darmentzündung. Ein schwerer Krankheitsverlauf, in Kombination mit täglichen Misshandlungen beherrscht sein Leben, in dem er des Öfteren dem Tod die Hand reicht.

Schonungslos offen und stellenweise brutal schildert Jochen seinen Leidensweg.

ISBN-10: 3746093058
ISBN-13: 978-3746093055
ASIN: B079NS7S54

Jochen – Bastardkind II
Stirb endlich!

Schon in jungen Jahren muss Jochen in Rente gehen. Dem Martyrium durch seine Familie ist er vermeintlich entkommen, doch die Krankheit „Morbus Crohn" hält ihn fest in ihrem Griff. Nach mehreren schweren Operationen, bei denen ihm der Magen entfernt und ein künstlicher Darmausgang angelegt wird, erlebt Jochen eine Reise durch den Wahnsinn, als er nach multiplem Organversagen im Koma liegt.

Die Streitigkeiten mit seiner Familie nehmen ebenfalls kein Ende. Nach dem rätselhaften Suizid seines Vaters kommt es zum endgültigen Bruch.

Brutal offen und gnadenlos erzählt Jochen weitere Episoden seines Lebens.

ISBN: 9783748138983